KB251322

회심곡 연구

최삼곡 연구

KSI 한국학술정보㈜

서 문

<회심곡>은 나에게 어려서부터 낯설지 않은 노래였다.

내 할머니는 유행가 가사 한 소절도 부르지 않는 분이었는데, 단두 가지 할 줄 아는 노래가 있었다. "자장 자장 우리 아가 앞집 개도 짖지 마라 뒷집 개도 짖지 마라 우리 아기 잘도 잔다"라는 간단한 자장가, 그리고 <회심곡> 카세트테이프를 들으시다가 한두 마디 아시는 구절이 있어 자랑스럽게 따라 부르시던 모습이 기억난다. 내가 석사과정에서도 불교민요에 관심을 갖게 되었고, 계속 민속적인 불교시가를 살펴보다가 결국 <회심곡>을 대상으로 박사학위논문을 쓰게 된 것도 어려서부터의 緣業이 아닐까 싶다.

이 시대 한국 사람으로 살아가면서 불교에 관심을 두지 않는 분들이라 해도 <회심곡>을 한두 번 들어보지 않은 분은 없을 것이다. 이미 종교성을 떠나서 한국인의 정서에 가슴 저리게 와 닿고 肉親에 대한 가없는 사랑과 自我에 대한 바닥없는 성찰에 빠지게 만드는 노래가 <회심곡>이라 생각된다.

학위논문을 쓰면서 여러 선생님과 큰 스님들의 많은 가르침을 받고서도 그 깊은 뜻을 온전히 실어내지 못하여 송구스럽기 그지없다. 佛敎文學에 대한 온전한 시각을 열어주시고 불민한 제자를 학문의 正道로 이끌어주신 인권환 선생님, 佛敎歌辭의 대계와 다양한 쟁점을 가르쳐주신 임기중 선생님, 엄정하면서도 자상하게 논의의 오류를 짚어주신 유영대 선생님, 부족한 논문을 너무나 세심하고 정밀하

게 읽어주시며 잘못을 바로잡게 해주신 신경숙 선생님, 형님처럼 다
정하게 논문의 틀을 교정하도록 도와주신 김기형 선생님. 이 분들의
가르침이 없었다면 학위논문이 대강의 형식이나마 갖추지도 못했을
것이다.

또한 재의식에서 뵙고 많은 가르침을 베풀어주신 채지우 스님,
<회심곡>의 다양성을 다루어주신 천봉 스님, 화청에 대한 넓은 시야
를 열어주신 한동희 스님, 무지한 질문에도 심원한 답변을 주신 심
상현 스님, <회심곡>의 전모를 교술해주신 장청봉 스님, 그리고 불
쑥 찾아뵙는 무례에도 괘념치 않으시고 기꺼이 반야의 지혜를 베푸
신 여러 스님들께 깊은 감사의 말씀을 올린다.

이 책이 나오게 된 것에는 한국학술정보(주)의 권현옥 선생님의
도움이 지대했다. 그리고 가장 가까운 내 가족에게도 감사를 드리고
싶다. 나에겐 최고의 잔소리꾼인 아내와 인연이 허락해 준 사랑하는
딸 윤하, 글쓰는 게 항상 늦는 사위를 도탑게 다독이시는 장인어른
과 독실한 불자이신 장모님께 고마운 마음을 바친다. 이 책이 <회심
곡>의 의의를 합당하게 평가받는 데 이바지하는 바가 있다면, 못난
아들과 함께 직접 여러 사찰을 방문하며 운전을 도맡아 해주시고 나
보다 더 고생하신 내 부모님, 전적으로 두 분의 공로일 것이다.

2008년 1월
김동국

목 차

Ⅰ. 序　論

1. 研究目的

<회심곡>은 한국불교시가 영역을 대표하는 작품 중 하나이다. 조선시대 불교가요 중 민중의 喪葬儀禮와 밀접한 관련을 맺고 다양한 면모를 보이며 발전해 온 시가 양식이며, 현재까지 僧俗間에 널리 퍼져 불리고 있다. 민중불교의 종교적 숙명론과 極樂往生의 來世祈福으로 나타나는 生死觀의 전통적 사유체계를 드러내는 작품이며, 종교문학의 범주를 벗어나 우리 생활에 밀착되어 온 불교가요의 역사적 연속성을 검증할 수 있는 검토 대상이다. 이런 점에서 <회심곡>의 전반적 존재양상에 대한 파악과 문학사적 의의에 대한 집중적 관심이 요구된다.

국문학상 <회심곡>의 연구는 대체적으로 佛教歌辭의 한 유형으로 다루어 왔다. 불교가사는 '불교라는 종교의 영향하에 이루어진 문학 영역인 佛教文學의 한 갈래로서, 4음4보격 연속체라는 가사의 형식을 취한 작품군'을 지칭한다. 인권환[1]은 불교문학의 영역을 13가지로 나누었고, 그중에서 韻文 계열은 지식층인 高僧들, 기타 귀족 지배층, 일반 居士층 등의 창작적인 불교 시문학과, 하층인 일반 信徒나 大衆 등 민간에 의한 또는 그들을 위한 口碑·口誦的인 불교 가요문학 및 불교민요 등이 해당되는데, 불교가사는 이 중 후자에 속한다.

불교시가 가운데, 高僧들의 禪詩文學이 심오한 깨달음의 禪思想을 바탕으로 하고 詩禪一如의 종교와 문학 간 차원 높은 합일을 이루는 데 비하여, 대중이나 승려들에 의해 지어지고 불린 불교가사는

---

1) 인권환, 『韓國佛教文學研究』, 고려대출판부, 1999. pp.25-30.

敎化的 方便으로서의 성격이 강하게 나타난다.2) 그러므로 불교가사는 내용 면에서 볼 때 중생을 제도하기 위한 불교의 포교적 성향이 뚜렷하게 나타나고 있으며, 불교적 가르침은 청중으로 하여금 공감을 느낄 수 있도록 청중의 삶과 직결되는 묘사를 통해 전달된다. 불교가사의 전반적 특성은 현실의 질곡을 벗어나 극락에 다다르자는 일정한 지향성이며, 임기중3)의 조사에 따르면 약 123편에 이르는 불교가사 대부분에서, 현실적 삶의 양상과 念佛에 의한 내세의 구원이 계기적으로 연결되는 구조를 이루고 있다.

이러한 대중적 불교가요의 성격을 지닌 <회심곡>은, 연행담당층의 층위가 승려에서 속인들까지 확산되고, 연행공간 또한 사찰문화권을 넘어 무속의 굿이나 유흥적인 예술공간에 이르기까지 확장됨에 따라 다양한 존재양상을 보이게 된다. <회심곡>은 寺刹 내의 儀式謠로서 齋의식에서 和請4)으로 불렸고, 의식요가 아닌 승려들의 佛歌5)로 활용되기도 한다. 승려가 사찰 외에서 활동할 경우에도 가창되어, 動鈴僧 및 사당패의 勸施主 행각에서 쓰이는 念佛노래로 인식되는 면모도 드러난다. 또한 巫佛習合의 전통하에 巫堂이나 讀經巫의 巫歌로 습용되기도 하였으며, 민중들에게 널리 전파되어 일반적인 장례

---

2) 인권환, 『高麗時代 佛敎詩의 硏究』, 고려대 민족문화연구소출판부, 1983. pp.257−264.
3) 임기중, 「불교가사에 나타난 우리 글말의 쓰임새」, 『한글』214호, 1991. p.121.
4) 和請은 광의의 범주에서 보면, 梵唄에 대비되는 개념으로서 국문으로 된 불교시가를 총칭하는 용어로 쓰인다. 그러나 본고에서는 和請의 의미를 '불교의식(재의식)에서 불린 국문시가'로 국한시켜 논하기로 한다.
5) 기능적인 면에서 齋儀式에서가 아닌 승려의 非儀式謠로 불린 경우도 광의의 화청에 포함된다. 그러나 이 경우 喪葬儀禮와 직접 관련된 것이 아니어서 연행공간의 차별성이 있고, 불린 내용 구성 면에서도 재의식의 화청과 변별성이 있다. 이를 儀式謠인 和請과 구분하기 위해 본고에서는 佛家로 지칭하기로 한다.

의식의 輓歌로서 불리기도 했다. 불교의식이나 무속에서 불릴 경우의 공통된 성향인 祭儀的 맥락을 벗어나, 종교성이 탈색된 公演藝術로서 정착되는 일면도 나타나게 된다.

불교가사의 범주에서 유독 <회심곡>만이 이와 같은 다면성을 보이며 현대에 이르러서도 지속적으로 불리고 있는 현상은, 口碑詩歌이며 대중적 포교문학이란 작품 성격의 파악만으로는 해명될 수 없다. 우선 불교의식요로서 <회심곡>의 기능과 성격이 규명되어야 하고, 그 범주를 벗어나 佛僧 이외의 연행자들에 의해 비의식요로서 유흥공간에서까지 새로운 연행방식으로 가창될 수 있었던 내재적 요인의 검토가 필연적으로 요구된다. 외부적 요인으로는 연행담당층의 확산과 변화를 초래한 詩歌史, 文化史的 動因이 무엇인가에 대한 검토가 필요하다. 또한 연행담당층의 변모는 喪葬儀禮와 결부된 현장성의 쇠퇴와 더불어, 향유층의 수용의식을 폭넓게 확장시키는 결과를 낳기도 했다. 연행환경이 다양화되면서 변화된 연행환경에 맞추어 <회심곡>의 의미와 기능이 변질되어, 人生의 虛無를 다루는 노래로 받아들이기도 하고, 孝思想을 강조하는 노래로 인식되기도 한 것이다. 곧 <회심곡>의 전승기반 자체가 확산·변모하는 과정에서 여러 형태의 변이양상을 파생시키는 것이며, 이에 대한 종합적 검토와 전체적 조망이 이루어져야 한다.

이를 위해 <회심곡>의 현전 자료를 정리하고, 연행담당층에 따라 어떤 형식으로 가창되었으며 어떤 변화과정을 겪으며 발전해 왔는지 고찰해 보고자 한다. <회심곡>이 지닌 역동적 전승원리에 대한 모색은 조선 후기에서 현대에 이르는 불교시가의 계승방식에 대한 실질적 접근인 동시에, 국문시가의 영역 내에서 전파되어 다양한 활용성을 획득한 <회심곡>의 위상과 그 의미를 밝혀보는 일이라 하겠다.

2. 硏究史 검토 및 硏究方法

<회심곡>이란 무엇인가? 불교가사로서의 문학적 검토와 화청, 염불, 민요 분야의 음악적 검토 등 다방면에서 <회심곡>에 대한 연구가 이루어져 왔음에도 불구하고 이 문제에 대한 해답은 아직 확연하지가 않다. 문학과 음악의 분야에서 각각 지칭하는 <회심곡>의 범주에 편차가 있고, 또한 <회심곡>이란 명칭 자체가 한 종류의 작품을 지칭하는 고유명사로서 또는 유사 작품군을 통칭하는 보통명사로서 변별 없이 사용되는 경향이 있기 때문이다.

불교가사에서 '회심'이란 명칭은 문헌기록상 『普勸念佛文』[6)의 '회심가고',[7] '淸虛尊者回心歌'[8] 등에서 처음 나타난다. 이하 <回心曲> 또는 <悔心曲>으로 호칭되고 있는데, 回心은 사악한 마음을 뉘우치고 올바른 신앙의 마음으로 돌아감을 의미하고, 悔心은 잘못을 뉘우친다는 뜻으로 서로 혼용되어 사용되고 있다. 鶴鳴[9]은 1924년 정읍 내장사에 禪院을 결성하여 半農半禪운동을 펼친 인물로, 禪院 '규칙'의 하나로 "1. 梵音은 時勢에 적합한, 淸雅한 梵唄를 학습하며 또 讚佛 自讚 回心 還鄕曲을 新作하거나 唱하기로 함"이라 하여,

---

6) 『보권염불문』의 판본으로는 용문사(1704), 수도사(1741), 동화사(1764), 홍률사(1765), 용문사(1765), 해인사(1776), 선운사(1787) 판본이 있어 18세기 전국적인 범위에서 널리 유통되었음을 알 수 있다. 김영배 해제, 『염불보권문의 국어학적 연구』, 동악어문학회, 1996. 참조.
7) 『普勸念佛文』, 1764, 桐華寺本.
8) 『新編普勸文』. 1776, 海印寺本.
9) 학명의 불교가사는 문집 『白農遺稿』가 소실된 관계로 『불교』지와 『석문의범』에 수록되어 전한다. 그의 가사작품으로는 <망월가>, <선원곡>, <신년가>, <왕생가>, <원적가>, <참선곡>, <해탈곡> 등의 7편이 있다. 김종진, 「학명의 가사 선원곡에 대하여」, 『동악어문논집』33, 동악어문학회, 1998. 참조.

回心을 '승려가 새로 지어 부를 수 있는 詩歌類型'으로 인식했다. 이와 같은 관점이 승려들에 의해 계승되어, '회심'이란 용어를 사용하는 불교가사들을 내용 면에서 변별성이 드러남에도 불구하고 모두 동일한 계열의 작품으로 다루게 되는 면모를 보여주게 된다.

1910년대부터 1960년대 중반까지의 <회심곡>의 초기 연구는 발생 문제와 연행 주체에 대한 논의를 다루고 있다. 이능화는 『朝鮮佛敎通史』[10]에서 탁발승의 행각 시에 <회심곡> 등이 불렸고 걸립패의 모연 시에도 <화청>이 불렸다고 소개하였으며, 그 작자 문제에 대하여 '唱回心曲(松雲大師所作)'이라 수록하여 '松雲大師, 즉 사명대사의 작'으로 언급하였다. 손진태는 『朝鮮神歌遺篇』[11]에 <回生曲>과 <戒責歌>를 소개했고, 『佛敎』[12]지에 <自責歌>, <回心曲>, <西往歌>를 소개하면서 巫覡이 불교가사 전승의 주체로 중요한 역할을 하고 있음을 밝혔다. 또한 김태준의 『조선가요집성』[13]의 <회심곡> 해제에서는 '淸虛尊者, 즉 서산대사 휴정의 작'이라 하였다. 이에 비해, 김사엽은 '<회심곡>·<별회심곡>이 명승 서산대사 휴정 작이라 하나 어법표현이 모두 후대의 것에 속하면서 문학적 가치를 인정할 수 없는 것이며, 이 또한 무명승의 모의작일 것이다.'[14]라 하여 <회심곡>의 작자 문제에 이의를 제기하였다. 김동욱은 "이조에 들어와서의 歌詞 같은 것은 너무나 유형적이고 문학과는 먼 위치에 서 있다. 다시 俗歌적인 위치에까지 내려온다면 <염불타령>, <회심곡>, <산염불> 등 佛敎遊藝者의 타락과정에서 민요화된 것도 있다."[15]고

---

10) 이능화, 『조선불교통사』, 신문관, 1918.
11) 손진태, 『조선신가유편』, 향토연구사, 1930.
12) 손진태, 「조선불교의 국민문학」, 『불교』86-91호, 불교사, 1931.8-1932.1.
13) 김태준, 『조선가요집성』, 한성도서주식회사, 1934.
14) 김사엽, 『이조시대의 가요연구』, 대양출판사, 1956. p.224.
15) 김동욱, 「신라향가의 불교문학적 고찰」, 『백성욱 박사 송수기념 불교학논문집』, 1959. p.227.

하며 <회심곡>을 하나의 시가유형 개념으로 다루었고, 동녕염불승의 활동에 주목하여 "염불승·문승들이 심경을 외우고 회심곡조의 가사를 외워 불러 여기에서 회심곡이나 산염불 같은 민요조 문승염불가락이 파생했다."[16]고 하였다. 이대복은 불교서사문학과 불교시가의 교섭 가능성에 관심을 기울이며 <회심곡>이 "중국의 講唱文學과 같이 염불포교의 내용을 나타내어 불교의 보편화 및 대중화 과정에서 형성된 것"[17]으로 추정한 바 있다.

이와 같은 초기의 논의는 두 가지 문제의식을 초래했다. 한 가지는 <회심곡>의 작자 문제로서 휴정의 작품인가, 후대의 무명승에 의한 위작인가 하는 논쟁의 유발이다. 또 한 가지는 <회심곡>의 연행 배경에 대한 문제로서 문전염불의 민요화 및 무속화 등이 제시된다. 그러나 초기 연구는 시기적으로 전반적 자료가 수집되기 전이어서 당시 연행되던 <회심곡>의 양상만을 검토한 한계성이 있고, <회심곡>의 용어를 20세기 전반 유통되는 '회심'의 시가유형을 의미하는 보통명사로 사용하고 있는 면모를 보인다.

1960년대 후반에서 1980년대 중반까지 불교가사의 자료가 수집 정리되면서, <회심곡> 연구는 보다 구체적인 접근이 이루어진다. 무형문화재 조사 보고서 『和請』[18]이 1969년 학계에 보고된 것을 계기로 형성 및 배경에 대한 검토가 이루어지고, 음악적 접근도 시도된다. 『和請』에서는 불교가사란 기본적으로 불교의식의 한 과정으로서 연행된 화청이라 하였다. 화청은 범패와 더불어 의식음악의 기능을 가지며 영혼천도의례의 회향 시에만 연행된 것으로 조사 보고되었고, 가사 면에서 본 화청 종류로서 <회심곡>, <별회심곡>의 두 가지

---

16) 김동욱, 『한국가요의 연구·속』, 이우출판사, 1980. p.89.
17) 이대복, 「講唱文學으로서 본 회심곡」, 『서울사대학보』제7권 1호, 1965.
18) 『화청』, 무형문화재 조사보고서 제65호, 동국대불교대학, 1969.

를 다른 것으로 분류하고 있다. 이상보는 불교가사를 승려들이 念佛이라는 포교적 수단에서 만든 것이며, 연원은 梵唄에서 찾아야 할 것이라고 했다.[19] 『한국불교가사전집』에서 불교가사 자료 70편을 수집, 정리하여 개괄적으로 소개하고 '<회심곡>, <특별회심곡>, <속회심곡> 등의 내용의 차이는 長短의 양본에서 오는 것'[20]으로 보아 이러한 작품들이 이본 관계에 있는 것으로 파악했다. 또한 시대별로 불교가사에 대해 논하며 "조선 중기 불교가사로는 서산대사 휴정이 지은 <회심곡>이 있어 겨우 그 명맥을 계승하고 있을 뿐이다."[21]라고 하여 <회심곡>의 작자를 휴정으로 보는 견해를 수용하고 있다. 김성배[22]는 "불교가사는 불승의 연화행각과 관련하여 발생·발전하였고 문전염불의 정착이거나 이를 배경으로 창작된 것이며 게송찬의 하향적 속화라고도 보이겠으나 문전염불을 그대로 정착시킨 것도 많다'는 점을 근거로 '<회심곡>의 가사는 문전염불의 부연"이라고 논의했다. 또한 향두가[23]에 대한 구비자료에서 <회심곡>이 향두가로 쓰이고 있는 양상을 지적했다. 이러한 연구동향과 달리, 한만영은 음악적 면에서 <회심곡>의 파악을 시도하고 있다. 한만영은 "화청과 회심곡은 불교의 포교의 한 방편으로서 대중이 잘 알아들을 수 있는 민속적 음악에다 그 교리를 쉽게 이해시키고 신봉케 하는 사설을 얹어서 부르는 음악"[24]이라 하였다. 이를 불교음악의 면에서 검토하여 "걸립이란 원래 절을 중건할 때 모금하기 위하여 승려들이 민가로 다니며 경문을 외거나 염불을 하여 시주받는 것을 말하는데, 화청을

---

19) 이상보 「불교가사의 역사」, 『불교』19호, 1972.
20) 이상보, 『한국불교가사전집』, 집문당, 1980.
21) 이상보 외, 『불교문학연구입문』, 동화출판공사, 1991. p.25.
22) 김성배, 『한국불교가요의 연구』, 아세아문화사, 1973. pp.145−146.
23) 김성배, 『향두가·성조가』, 정음사, 1975.
24) 한만영, 『한국불교음악연구』, 서울대출판부, 1981. p.12.

제외한 告祀소리는 주로 걸립패들의 소리로 고사염불은 대개 평조 염불을 부른 후 부모은중경을 부르는데 이것이 <회심곡>"이라고 음악적 개념을 정리했다. 최강현은 "불교의식에서의 음성공양에는 설경, 송경과 명칭가곡이라 일컬어진 고성염불이 있으며 가사문학은 이러한 음성공양에 의해 전승되었다"[25]고 하며 역시 염불로의 연행을 중시했다.

이 시기의 논의는 <회심곡>의 형성배경에 대한 추론이 제시되며, 화청과 문전염불·향두가 등으로 불린 연행의 다양성을 주시하기 시작했고, 음악적인 이해가 시도되고 있다. 여러 가지 연구방법의 시험을 통하여 <회심곡> 연구의 토대를 마련한 시기라 할 수 있다.

이처럼 여러 방면에서 검토되어 온 연구성과를 기반으로, <회심곡>의 연구는 1980년대 후반부터 문학과 음악의 두 가지 관점에서 본격화되었다.

먼저, 문학적인 면에서는 불교가사의 유형을 분류하며 <회심곡>의 여러 異本을 비교하거나 연행, 유통, 구조 등을 다룬 연구들이 나타난다.

회심곡의 작품군은 이옥영[26]에 의해 처음으로 분류가 시도되었다. 이옥영은 『악부』(고대본), 『염불보권문』, 『자책가』, 『석문가곡』, 『석문의범』에 실린 <회심곡> 계열의 작품을 '회심곡류'라 지칭하고 이를 <회심곡>·<별회심곡>·<특별회심곡>·<속회심곡>의 4종류로 구분했다. 각 종류의 진술방식에서 <회심곡>은 긍정적 제시이며, <특별회심곡>·<속회심곡>은 부정적 제시 형태이며, <별회심곡>은 직업적 걸립패가 변형시킨 민속음악으로서 '회심곡류'의 폭넓은 향유와 이해도를 나타낸다고 하였다. 지병규[27]도 '원가 회심곡'과 이본들로 구분

---

25) 최강현, 「불교문학으로서의 가사」, 『금강』6월호, 1985.
26) 이옥영, 『회심곡 연구』, 이화여대 석사논문, 1988.

하여, '원가'는 고승 휴정의 작이며 이본들은 원가가 승속에 널리 퍼진 후 이를 본으로 삼아 내용이나 구성을 달리하고 변화시킨 후대적 이본이라 보았다. 또한 "정토사상의 배경과 염불권선, 극락왕생의 주제가 시가화되어 가사로 성립된 것이 <회심곡>이며, 서사문학으로 정착된 것이 『王郎返魂傳』으로, 표현이나 형식만 다를 뿐 같은 맥락의 작품"이라 했다. 김주곤은 '回心類'라는 용어를 사용하여 "回心이란 좋지 못한 마음을 고치는 것, 즉 마음을 바로잡고 바른 길로 들어가서 선행을 하라는 것이니, 이러한 회심류에 속하는 작품으로는 <회심곡>·<별회심곡>·<특별회심곡>·<속회심곡>·<몽중회심곡>·<반회심곡>·<법문곡> 등이 있다."[28]고 하였다. 이에 비해 김동국은 '회심'이라는 명칭을 사용하는 불교가사 작품들에 대하여 선행 연구자들이 대체로 <회심곡>을 원형으로 이해하고 유사작품들을 모두 <회심곡>의 '異本群'으로 간주하든지, 하나의 작품인 '회심곡'과 '회심곡류'라는 시가유형 개념을 혼용하는 점에 의문을 제기했다. '회심곡류' 혹은 '회심곡 계열'이라 지칭되어 온 작품군을 '회심곡 유형'과 '별회심곡 유형'의 두 갈래로 분류하여 상호 관련성을 지닌 이본 관계가 아니라 별개의 작품군을 이루는 것으로 논의했다.[29] 연행·유통 면에서 <회심곡>을 다룬 연구로는 김종진의 논고가 있다. 김종진은 불교가사의 연행 면에서 불교의 영혼천도의례인 사십구재, 예수재, 수륙재에서 각 의례의 신앙적 성격과 기능에 따라 연행작품의 내용이 규정되었을 것으로 보면서, <회심곡>의 연행 확대 면에 있어서는 걸립패의 모연, 탁발승의 행각, 輓歌로의 연행, 탑돌놀이 시의 연행 등을 들었다.[30] 불교가사의 유통 면에서 보면 <회심가>와 <회심곡>은 서

---

27) 지병규, 「회심곡의 연구」, 『어문연구』21집, 어문연구회, 1991. pp.7 - 8.
28) 김주곤, 『한국불교가사연구』, 집문당, 1994. p.86.
29) 김동국, 「불교가사의 몇 가지 문제점에 대한 고찰」, 『우리어문연구』 제10집, 1996.

로 다른 작품군을 이루고 있으며, <회심가>가 19세기에 들어서며 <회심곡>이라는 제목으로 굳어져 통용되었기 때문에 혼효현상이 일어났고 이는 <회심가>의 첫 구절과 <회심곡>의 첫 구절이 서로 비슷하게 섞이면서 나타난 결과로 보았다.31) <회심가>는 1700년대 중반 이후 각지 사찰에서 판각되며 영향을 확대하고 그 작자를 청허존자로 비정하여 그 전승력을 높였으나, 이에 비해 <회심곡>은 판각의 기회도 얻지 못하였고 기록된 최초 연대를 실증할 수 있는 문헌도 없다고 하였다. 그러므로 서산대사의 권위에 의지하여 전승력을 높인 것은 <회심가>일 뿐이며, <회심곡>은 오롯하게 1800년대에 완성된 민중예술의 발흥이라는 시대적 분위기에 연출된 대중적 노래로 파악하고 있다. 또한 구조 면에서 <회심곡>을 파악하려 한 연구로는 이승남32)의 논고가 있다. 이승남은 <회심가>와 <회심곡>의 작품 전개방식을 대비하여, <회심가>는 현실세계와 이상세계라는 상반된 두 공간을 대립적으로 제시한 후, 현실세계로부터 이상세계로의 환원을 꾀함으로써 그 대립의 해소를 지향하는 공간적 순환구조라 하였다. 이에 비해 <회심곡>은 생로병사의 인생여정이 시간적, 순차적으로 진행되며 표면적으로는 현실에서 죽음으로 향하는 진행구조이면서 심층적으로는 죽음의 세계에서 다시 현실의 세계로 향하는 회귀구조인 이중구조를 띠고 있다고 하였다.

한편, 음악적인 면에서 보면 和請에 대한 음악적 분석이 시도되고, 특히 1988년 결성된 한국 고음반연구회에 의해 留聲機 音盤에 수록된 자료들이 발굴 소개됨으로 인하여 본격적 연구가 이루어지기 시작했다.

---

30) 김종진, 『불교가사의 연행연구』, 동국대 석사논문, 1991.
31) 김종진, 『불교가사의 유통연구』, 동국대 박사논문, 1999.
32) 이승남, 「불교가사 회심가와 회심곡의 대비 고찰」, 『어문학』72집, 2001.2, 한국어문학회.

강석임[33]은 화청으로서의 <회심곡>에 대해 검토하면서, <회심곡>은 화청의 일종이지만, 대중에게 널리 알려진 관계로 화청의 곡명이 아니라 화청을 통칭하는 개념으로 정착되어 통용되었다고 하였다. 정지은[34]은 음악적인 면에서 '화청 회심곡'과 '민요 회심곡'을 비교하여 "松岩 스님이 부른 불교의 <회심곡>은 비교적 정연한 4·4조의 사설로 되어 있고 장단도 엇모리장단이며 한 소절이 끝날 때마다 태징을 쳐서 리듬을 잡아준다. 이에 반해 안비취의 민요 <회심곡>은 7·5조나 불규칙한 사설로 되어 있고 장단도 불규칙한 것으로 불가의 <회심곡>에 비해 많이 복잡해지고 다양해진 것을 알 수 있다."고 하였다. 성기련[35]은 유성기 음반에 수록된 <회심곡>을 대상으로 하여 '화청 회심곡'과 '염불 회심곡'을 비교하였다. 유성기 음반 사설을 검토하여, "같은 내용의 <회심곡> 사설이라도 화청으로 부르면 화청 <회심곡>이 되고, 치악산조로 부르거나 경조인 평염불로 부르면 염불 <회심곡>이 되는 것이어서, 화청 <회심곡>과 염불 <회심곡>은 각기 노래를 하는 주체와 음악이 쓰이는 용도 그리고 음악적 특징에 의해 구별되는 별개의 곡이다"라고 언급하고 있다. 배연형[36]은 <회심곡>의 음반 사설을 유성기 음반부터 CD에 이르기까지 채록하여 자료로 제시한 바 있고, 임기중은 이를 종합적으로 검토하여 <회심곡>을 음악적인 면에서 '별회심곡', '화청 회심곡', '염불 회심곡', '소릿조 회심곡' 등으로 분류하며 "현행 <회심곡>은 (덕담)-생-로-병-사-(오조)-극락-지옥을 골격으로 짜인 한바탕의 소리"

---

33) 강석임, 『화청에 관한 연구』, 고려대 교육대학원 석사논문, 1987.
34) 정지은, 『화청의 기원과 전개에 관한 연구 ―회심곡을 중심으로―』, 동국대 석사논문, 1998.
35) 성기련, 「화청 회심곡과 염불 회심곡」, 『한국음반학』제9호, 1999.
36) 임기중, 『불교가사 연구』, 부록: 회심곡의 음반사설 채록, 동국대출판부, 2001.

라고 정의하고 있다.

위와 같이 기존 연구자들의 <회심곡>에 대한 접근은 다양하게 제시되어 왔고 여러 방면의 성과를 이루고 있지만, 문제점 또한 적지 않아 좀 더 심도 있는 연구와 다양한 측면에서의 고찰이 요청되고 있다. 본고는 이 중 가장 중요하다고 보이는 문제점 몇 가지를 집중하여 재검토하기로 한다.

첫째, <회심곡>의 개념과 영역 정리의 문제점이다.

지금까지 <회심곡>에 대한 연구는, 연구자의 관심 분야에 따라 다루는 자료의 범위에서부터 편차가 드러난다. 문학적인 연구에서는, 불교가사 전반을 다루는 고찰 속에서 한 유형으로 제시하였으며 대중적 포교문학으로서의 성격 규명에 치중해 왔다. 또한 음악적인 연구에서는 <회심곡>이 실려 불린 음악의 장단, 곡조에 따라 분류하는 양상을 보인다. 이러한 경향성은 국문시가의 지평 내에서 <회심곡>의 분포 영역과 그 범주에 대한 전체적 파악이 아직 미비한 점에서 기인한다. <회심곡>은 불교가사의 범위에 국한되지 않고 구비문학으로서의 다양한 활용성을 지닌 작품으로서, 확산·유통된 여러 장르의 성격과 변이양상이 검토되어 연행된 형태의 전체를 아우를 수 있는 기반이 마련되어야 <회심곡>에 대한 복합적 이해가 가능해진다. 근래에 이르기까지 <회심곡>의 사적 전개에서 중요한 중간과정에 해당되는 동녕승의 연행에 대해 자료가 소략하여, 승려가 부르는 <회심곡>과 국악인이 부르는 <회심곡>의 상관성을 해명하기에 난점이 있었다. 그런데 유성기 음반 자료에서 동녕승의 <회심곡>이 확인되면서, 승속 간에 공유하게 된 <회심곡>의 전개과정에 대한 파악과 해석이 가능해지고 있다. 이러한 자료들을 전체적으로 검토하여 <회심곡>의 실체와 다양한 전개양상에 대해서 살펴보고자 한다.

둘째, 자료의 변별성에 대한 문제점으로서 <회심곡> 자료를 다루는 시야의 확장이 필요하다.

연행 면에서 볼 때, <회심곡>은 불교의식 속에서 단독으로 불린 노래가 아니라 타 시가에 연계되어 불린 노래이다. 사찰의 재의식에서 和請으로 불릴 경우, "아 지심걸청 지심걸청 / 일회대중에 지심걸청 / 거헐랑 두어두구 / 금일영가 선자모 / (본관성씨) 부인영가 / 이세상 하직하시니 / 어언간에 사십구일이 당도하여 / (사찰명)사 부처님께 영산법회를 베풀으사─"와 같은 양식으로 시작되는 화청 서반부가 선행된 후, 靈駕의 극락천도를 기원하는 화청이 구송되다가 이에 연계되어 화청 후반부에 <회심곡>이 불리는 경우가 많다. 재의식의 화청은 여러 종류의 불교가사를 필요에 따라 섞어 부르는 것으로 <회심곡> 한 종류만을 단독으로 부르지는 않는다. 그러므로 齋僧의 '화청 회심곡'이란 '<회심곡>을 중심으로 2종류 이상의 불교가사가 연계되어 불린 화청'으로서의 <회심곡>인 것이다. 이와 같은 '화청'에서 <회심곡>이 차지하는 분량이 많고, 의미에서도 중심요소를 차지하고 있기 때문에, 명칭에서 '화청'·'회심곡'·'화청 회심곡' 등으로 통용되고 있는 것이다. 이로 보면, '화청'에서 <회심곡>과 연계되어 불리는 타 화청가사의 사설과 <회심곡>의 관련성이 고찰되어야 하고, 또한 재의식에서 불리는 불교의식요로서 <회심곡>이 담당한 종교적 역할이 파악되어야 한다.

또한 <회심곡>이 불승들의 勸施主 행각에서 불릴 경우, "일심정념 극락세계 / 남무아미타불─"로 시작되는 平念佛(평조염불)에 이어져서 가창되든가, 행상 나갈 때 발인 시 불릴 경우 "나무아미타불 / 남방의화주 중이나중생도제요 / 방징보리 극락세계미로다─"의 형식으로 시작되는 悟調念佛의 사설에 이어져서 불렸다. 이처럼 <회심곡>보다 선행되어 불린 念佛은 <회심곡>의 연행목적에 따라 여러 가지 형태로 나타나지만, 대개 불승의 입장에서 시주를 축원하거나

권계하는 내용으로 이루어져 있다. 사찰 외에서 연행되는 <회심곡>이 이런 念佛類의 노래와 분리되어 독립된 곡으로 불린 것은, 동녕승이나 절걸립패와 연행의 배경을 공유하고 상호 교류한 낭걸립패의 입장에서, 선행되는 염불 부분을 제외하고 부른 이후의 현상으로 생각된다. 이러한 염불의 일부는 필사본 자료에 <회심곡> 가사와 함께 기록되어 있기도 하고, 경우에 따라 <회심곡> 가사와 뚜렷한 변별성을 가지지 않고 함께 <회심곡>의 일부로 인식되기도 한 것으로 보인다. 국악계에서 '회심곡 불가조'·'소릿조'·'관악산조' 등으로 나누는 음악적 구분이란 이와 같은 '염불＋회심곡'[37)]의 구조가 혼합되거나 분절되기도 하면서 불림으로 인하여 각각의 형태로 분화되어 나간 면모에 기인한다.

齋儀式謠의 일부로서 또는 念佛에 이어지는 노래로서, <회심곡>이 가지는 구조적 기능의 문제는 불교경전의 3단 구성과도 접맥하여 파악해 볼 수 있다. 東晉의 불교학자 道安[38)]에 따르면, 하나의 경전은 세 단락으로 구성되어 있다. 序分은 경문 첫머리에 경을 설한 때와 장소 그리고 대상 등 일체 사정을 기술한 부분이고, 正宗分은 경의 본체이며, 流通分은 경문 마지막에 그 설법을 들은 대중의 감격이나 계발의 정도 및 이 경을 읽는 사람의 이익이나 공덕 또는 그 경의 이름을 기록한 부분이 해당된다. 즉 <회심곡>은 자체로 완전한 작품이긴 하지만, 재의식의 화청이나 평염불, 오조염불의 전체 연행에서 그 일부로 본다면, 불교경전의 유통분과 같은 역할을 담당하고

---

37) 염불과 <회심곡>의 혼합은 동녕승이나 걸립패의 권시주 행각에서 불린 경우 외에도, 사찰 내의 승려들이 부른 佛歌나 국악인이 부른 民謠에서 찾아볼 수 있다. 본고에서는 이를 구분하기 위해 '염불＋회심곡'의 혼합 형태가 동냥·걸립의 목적으로 불린 경우에 한하여 '乞粒 회심곡'으로 지칭하고, 이를 학습한 경·서도 소리꾼의 연행물로 불린 경우 '民謠 회심곡'으로 보기로 한다.
38) 이재창, 『불교경전개설』, 동국대역경원, 1982.

있다고 보인다.

이로 본다면 잡가, 민요의 영역으로 확산되기 이전까지의 <회심곡>은 재의식 같은 불교의 공양의식에서 불린 종교적 의식요로서의 기능성을 가진 노래였으며, 동냥승·걸립패의 탁발로 인하여 속화되고 종교성을 잃은 연행물로 전이되면서 그 성격이 변질되어 왔다는 것을 알 수 있다. 이와 같은 형태에서 <회심곡>의 사설 부분만을 검토하는 것은 국부적 연구에 머무를 수 있으므로, 연행된 노래 전체의 총체적 파악이 필연적으로 요구된다고 하겠다.

셋째, <회심곡>과 타 시가와의 교섭양상에 대한 고찰이다.

<회심곡>이 불교의식에서만이 아니라 민요·무가·향두가 등으로 불리는 다양한 연행과 변이양상에 대한 해명은 아직 충분히 이루어지지 못하고 있다. 이를 검토하기 위해서는 <회심곡>의 사설을 세부적 단락으로 분석하여 살펴볼 필요가 있다. <회심곡>의 변이양상은 <회심곡> 사설 단락들의 첨삭으로 인한 것만이 아니라, 타 시가와 연계되어 불리며 타 시가의 사설이 유입되고 부연되어 변형·발전해 가는 경향성이 뚜렷하기 때문이다. 각 단락별로 어떤 시가들과 관련성을 지니며, 어떤 방식으로 타 시가의 사설을 유입하고 있는지에 대한 검토가 필요한 것으로 생각된다.

본고에서는 이와 같은 구도하에 조선 후기 불교시가로서 생성된 이래 현대까지 다양한 형태로 전승되고 있는 <회심곡>의 복합적인 면모를 전체적으로 살펴보고자 한다.

제Ⅱ장에서는 공시적으로 불교가사 중에서 '회심'이라는 명칭의 사용으로 인하여 혼용되어 온 <회심가>와 <회심곡>을 비교하여 상호 변별점을 찾아보고, 통시적으로 <인과문>과 <회심곡>의 관련성을 검토하여, <회심곡>의 범위를 설정하며 그 형성과정을 추론해 보기로 한다.

　제Ⅲ장에서는 <회심곡>의 자료를 사설 단락의 배열 면에서 유형을 정리해 보고자 한다. 우선 <회심곡>과 연계되거나 혼용되어 온 타 시가의 종류와 성격을 파악하고, 문헌 자료와 음반 자료로 나누어 <회심곡> 변이양상을 살펴서 <회심곡>과 교섭한 여러 시가와의 영향 관계를 검토하기로 한다.

　제Ⅳ장에서는 <회심곡>의 연행양상에 따른 차이점을 논의하기 위하여 연행공간의 차별성을 기준으로 사찰 내에서 승려에 의해 불린 ‘화청 회심곡’, 사찰 외에서 동녕승에 의해 불린 ‘걸립 회심곡’, 공연예술로서 국악인이 부르는 ‘민요 회심곡’, 무속인이 부른 ‘무가 회심곡’, 민중의 상여소리인 ‘향두가’의 형태로 나누어 각각 儀式별 특성을 모색하고 그 창자계층과 음악적 특징에 대하여 확인해 보기로 한다.

　제Ⅴ장에서는 <회심곡>과 내용상 관련성을 지닌 타 장르 작품을 비교 검토하기로 한다. 무가와 불교서사문학의 분야에서 각각 <회심곡>의 여러 단락들이 어떤 작품들과 관련양상을 보이고 있는지 추출하고 영향 관계를 파악하기로 한다.

　제Ⅵ장에서는 <회심곡>의 구조적 특징과 <회심곡>에 나타나는 여러 사상의 면모를 검토하여 보기로 한다.

　이와 같은 과정을 통하여 불교의식요로 전승된 <회심곡>과 민중 속에 파고들며 변화해 간 <회심곡>의 전반적 윤곽을 파악할 수 있을 것으로 생각된다.

Ⅱ. 回心曲의 範疇 및 淵源

<회심곡>은 연구자의 시각에 따라 불교가사 혹은 화청으로 다루어지기도 하고, 문전염불노래로 파악되기도 한다. 선행연구에서는 연구목적과 주요 관심 분야가 무엇인가에 의해서, 해당 장르 내에서만 자료를 검색하고 성격을 규정하는 경향성을 보이는 것이다. 이처럼 연구자의 태도에 따라서 다루는 범주의 편차가 있는 <회심곡>에 대한 개념의 혼란을 정리하고, 회심곡의 발생 문제를 다루기 위해서는 다음과 같은 과정이 필요하다.

첫째, 共時的으로 '회심'이라는 명칭을 함께 사용하는 불교가사인 <회심가>와 <회심곡>을 비교하여, <회심곡>의 獨自的인 性格을 규정해야 한다.

둘째, 通時的으로 <회심곡>에 시기적으로 앞서며 영향 관계가 뚜렷한 불교가사와의 비교를 통하여 회심곡의 生成 背景을 검토해야 한다.

셋째, 통시적 비교와 관련하여 불교의식요인 和請으로 활용된 18세기 불교가사의 변모양상과 이에 대응되는 19세기 화청으로서 <회심곡>의 기능성이 검토되어야 한다.

집합 내지 혼합 상태의 '回心歌辭'로 통칭되어 온 영역에서 <회심곡>을 구분·분석하고, 불교시가의 전통 속에서 <회심곡>이 형성되는 주요 동인에 대한 모색이 필요하다. 또한 <회심곡>의 연원과 형성 배경의 전반적 면모를 살피려면 불교시가 영역 내에서의 검토만으로는 충분하지 않다. <회심곡> 발생의 시대적 특성을 살펴보기 위하여 <회심곡>과 타 불교문학과의 관련성을 검토하고, 그 상관성하에 <회심곡>이 변모되어 가는 제 양상의 이유를 고찰해야 한다. 이 순서에 따라 <회심곡>의 실상을 파악하고, 발생과 전개문제에 접근해 보고자 한다.

1. <回心曲>의 範疇

1) <회심가>와 <회심곡>의 共時的 比較

(가) 〈회심가〉

<회심가>라는 이름으로 문헌에 수록된 작품은 다음과 같은 작품들이 있다.

ㄱ) 목판본
회심가고(『보권염불문』,[1] 동화사1764 / 용문사1765 / 해인사1776 / 선운사1787) 淸虛尊者回心歌(『신편보권문』,[2] 해인사1776)

ㄴ) 필사본
회심가고(『보권념불문』, 국립도서관본)

<회심가>가 실린 『보권염불문』은 극락왕생을 권하는 염불서이며 불교의식의 절차를 정비한 일종의 念佛儀禮集으로 18세기 전국적으

---

1) 『보권염불문』의 편자 明衍은 책의 서문에서 스스로 '淸虛 後裔'임을 밝히고 있음에도 불구하고, 처음 판각된 예천 용문사본(1704)에서 <서왕가>의 경우 <나옹화샹셔왕가>로 판각한 점에 비해 <회심가>는 판각하지 않았다. <회심가>는 동화사본(1764)부터 판각되고 있으며, <회심가고>의 제목으로 실려 있다.
2) 『신편보권문』은 靈隱寺의 覺醒의 부탁으로 丙申年(1776) 해인사의 有機가 펴낸 염불서이다. <江月尊者西往歌>와 <淸虛尊者回心歌>가 수록되어 있다. <회심가>의 작자를 휴정으로 추정하는 견해는 여기 수록된 자료의 명칭을 근거로 하고 있다.

로 거듭 판각되었다. 예천 용문사(1704)에서 처음 판각된 이래, 팔공산 수도사(1741), 대구 동화사(1764), 구월산 흥률사(1765), 묘향산 용문사(1765), 합천 해인사(1776), 무장 선운사(1787)에서 판각되고 유통되었다. 목판본 <회심가고>는 이 중 18세기 후반의 동화사본 이후에 순 한글의 귀글체로 판각되었고, <청허존자 회심가>는 국한문 혼용으로 된 이본이다. 19세기 이후에는 <회심곡>(『증도가』3) / 『감응편』4) / 『자칙가』 / 『가집』 / 『악부』 / 『석문의범』)의 명칭으로 바뀌어 수록되며, 그 밖에 <재이변 회심곡>(역대가사문학전집 2127번), <권불가>(필사본 『불교가사』) 등의 명칭으로 수록된 경우도 있다. 순 한글로 된 4·4조 232구 <회심가>를 내용 순서대로 단락을 분석하고 단락별 주제를 추출하면 아래와 같다.

   1) 텬디이의 분흔 후에 삼나만샹 일어나니 – 범부고뎌 셩인되믄 오직 사름 최귀하다 (6구): 도입(사람의 귀중함)

   2) 요순우탕 문무주공 삼강오샹 팔죠목을 – 어화 황공ᄒ다 우리 민심 황공ᄒ다 (10구): 현세의 찬미

   3) 태고텬디 ᄂ려오고 요슌일월 블가시되 – 참혹ᄒ다 주검이여 다믄 됴긱 가마괴라 (24구): 현세의 악업으로 인한 재앙

   4) 불슌인도 슬피시소 우텬 지앙 뎌러ᄒ니 – 충효가져 입신ᄒ고 념불가져 안양가새 (14구): 충효와 염불 권유

   5) 아미타불 태즈시예 념불법문 고디듯고 – 금구소셜 무샹법을 지셩으로 봉지ᄒ소 (18구): 아미타불의 발원(염불효능 예시1)

   6) 셔가여래 츌가시예 뉴리뎐샹 칠보궁에 – 셜산대스 행스보와 츌농

---

3) 『증도가』(필사본, 1864 – 1899)에는 '回心曲 – 懶翁和尙撰'으로 수록하여 <회심가>의 작자를 나옹으로 제시했다.

4) 『감응편』(필사본, 미상)에는 <西山大師回心曲>으로 수록되었고, 『자칙가』(필사본, 미상)와 『악부』(이용기 편, 1931 – 1935), 『가집』(1931 – 1935), 『석문의범』(안진호 편, 1931초판)에는 <회심곡>으로 실려 있다.

학이 어셔 되소 (18구): 석가여래의 八相(염불효능 예시2)

7) 셰간탐심 못 ㅂ리면 삼악도에 뻐러디고 – ㅈ조 ㅈ조 념불ㅎ야
   불국으로 어셔 가새 (6구): 염불 권유

8) 부모효심 바히 업고 념불 ㅎ번 아니ㅎ며 – 션힝 닷근 덕을 보소
   국왕대신 뎌 아닌가 (14구): 악행과 선행의 과보

9) 팔만대장 니른 말과 북쳔논소 사신 말ㅁ – 못듣고ㄴ 말녀니와
   듯고 춤아 아니 흘가 (8구): 염불의 중요성

10) 명토문을 귀경ㅎ니 신심으로 념불ㅎ면 – 인간고초 하 셜우니 뎌
    진락에 어셔 가새 (10구): 극락의 광경 묘사

11) 몽즁 ㄱㅈ흔 사름사리 초로인싱 구디 너겨 – 승쇽남녀 다 피ㅎ니
    말셰되니 그러ㅎ가 (25구): 인생무상

12) 지혜인이 아조 져거 녁듸왕후 고금호걸 – 텬당 가며 디옥 갈줄
    사라신 저 알리로쇠 (13구): 염불의 효능

13) 긔한인을 의식 주고 빈병인을 구톄ㅎ며 – 십이시즁 쥬야업시 미
    타셩호 외우쇼셔 (12구): 선행과 염불 권유

14) 간쳥ㅎㄴ 그 효ㅈ와 신쳥ㅎㄴ 뎌 부모ㄴ – 오직념불 어셔 ㅎ고 일
    체 원슈 믓디 마소 (26구): 염불하여 복을 받은 사례(八歲龍女 /
    韋婦人 / 目蓮尊者 / 孫敬德) 제시(염불효능 예시3)

15) 광대녕통 무량슈불 ㅈ긔샹에 명백ㅎ야 – 어분 아기 못 어드며
    가진 졈심 비골ㅎ니 (10구): 현세의 미망

16) 반야혜검 쌔혀 나야 무명황초 버히시고 – 부ㄴ ㅂ람 요풍이오
    불근 광명 슌일이라 (8구): 극락에 감

17) 년화듸예 올라 안자 됴주청다 부어 먹고 – ㅈ직히 노닐면서 태
    평곡을 부르리라 (7구): 극락의 생활

18) 나무아미타불 나라리 리라라 나무아미타불 (3구): 염불

위에서 살펴본 것과 같이 <회심가>의 내용은 승려의 교술적인 입
장에서 청중에게 念佛할 것을 반복하여 권유하며, 다소 산만하게 현
세와 내세[극락]의 일이 단편적으로 비교되어 나열하고 있다. 단락의

구성을 보면, '염불의 목적(효능)+염불 권유'라는 형태가 3)+4), 5)·6)+7), 12)+13) 등의 구조에서 반복적으로 나타나는 점을 알 수 있다. 이와 같은 병렬적인 서술로 인하여, 염불의 목적을 설명하는 부분에서 다루어지는 현세와 극락의 배경도 선후 관계를 이루는 게 아니라, 일정한 규칙이 없이 번갈아 가며 제시되어 있다.

(나) 〈별회심곡〉

(가)의 〈회심가〉와 변별되는 형식인 〈회심곡〉의 작품은 사찰에서 판각된 필사본으로 전해지며, 〈회심곡〉·〈별회심곡〉·〈특별회심곡〉·〈속회심곡〉·〈반회심곡〉 등 여러 가지 제목의 이본이 전해지고 있다. 이 중 내용이 정비된 형태로서 『석문의범』5)에 '별회심곡'으로 명명된 작품을 〈회심곡〉의 定型으로 삼아, 〈회심가〉와 비교하기로 한다. 『석문의범』은 사찰에서 '일반 신도가 보는 것이 아니라 스님들이 공부하는 책'으로 인식되며, 여기 수록된 '화청가사'들을 현재 승려들이 화청을 가르치고 전수하는 교범으로 삼고 있다. 역시 한글 고어와 국한문 혼용의 두 가지 표기법이 있으며, 『석문의범』에 실린 순 한글로 된 내용 4·4조 306구를 순서대로 분석하면 아래와 같다.

> 1) 세상천지 만물중에 사람밧게 또잇는가 / 여보시오 시주님네 이
>   내말삼 들어보소 (4구): 도입(사람의 귀중함)
> 2) 이 세상에 나온사람 뉘덕으로 나왔는가 — 이삼십을 당하여도 부

---

5) 『석문의범』(안진호 편, 1931)은 20세기 초 불교의식을 정비하는 불교의 례서이며, 下篇 第十七章 歌曲篇에 20편까지 번호를 붙인 불교가사와, 번호를 붙이지 않은 관음신앙가, 문맹퇴치가 등이 실려 있다. 수록 순서에 따라 〈회심가〉는 '第二回心曲'으로, 〈회심곡〉은 '第三別回心曲'으로 기재되어 있다.

　　모은공 못다갑하 (12구): 탄생(부모은공)

3) 어이업고 애달고나 무정세월 여류하야 — 걱정근심 다제하면 단
　사십도 못살인생 (20구): 老化와 한탄

4) 어제오날 성튼몸이 태산가튼 병이드니 — 무녀불러 굿을 하나 굿
　덕인들 잇을손가 (12구): 병고(救護의 무효험)

5) 재미쌀을 쓸코쓸어 명산대천 차자가서 — 어느성현 암음잇어 감
　응이나 할까부냐 (14구): 병고(祈願의 무효험)

6) 제일전에 진광대왕 제이전에 초강대왕 — 제구전에 도시대왕 제
　십전에 전륜대왕 (10구): 명부 十王의 나열

7) 열시왕의 부린사자 일직사자 월직사자 — 만단개유 애걸한들 어
　늬사자 들을손가 (22구): 저승사자의 도래

8) 애고답답 서른지고 이를어이 하잔말가 — 이세상을 하직하니 불
　상하고 가련하다 (16구): 인생무상(죽음의 숙명성에 대한 한탄)

9) 처자의 손을 잡고 만단설화 다못하여 — 친구벗이 만타한들 어늬
　뉘가 동행할가 (12구): 죽음의 무상함(죽음에는 혈육, 친구도 소
　용이 없음)

10) 구사당에 하직하고 신사당에 하배하고 — 혼백불러 초혼하니 업
　든곡성 낭자하다 (6구): 사망

11) 일직사자 손을끌고 월직사자 등을밀어 — 쇠뭉치로 등을치며 어
　서가자 밧비가자 (16구): 저승으로 가는 과정

12) 이렁저렁 여러날에 저생원문 다달으니 — 무섭기도 끗이업고 두
　렵기도 칙량업다 (14구): 저승입구의 광경

13) 대명하고 기다린 옥사장이 분부듯고 — 대상호령 기다리니 엄숙
　하기 측량업다 (14구): 저승의 봉초

14) 남녀죄인 잡아들여 형벌하며 뭇는말이 — 죄악이 심중하니 풍도
　옥에 가두리라 (37구): 죄인(남자)의 문초

15) 착한사람 불러듸려 위로하고 대접하며 — 저른사람 선심으로 귀
　히되여 가나니라 (28구): 선행남자의 소원성취

16) 대웅전에 초대하야 다과올려 대접하며 — 너희놈은 죄중하니 풍
　도옥에 가두리라 (6구): 선악인 처우 대비

17) 남자죄인 처결한후 여자죄인 잡아들여 ─ 시긔하기 조와한년 풍
   도옥에 가두리라 (20구): 죄인(여자)의 문초

18) 죄목을 무른후에 온갖형벌 하는구나 ─ 각처지옥 분부하야 모든
   죄인 처결한후 (9구): 죄인처결

19) 대연을 배설하고 착한여자 불러들여 ─ 극락으로 가게하니 그아
   니 조흘손가 (16구): 선행여자의 소원성취

20) 선심하고 마음닥가 불의행사 하지마소 ─ 내생길을 잘닥가서 극
   락으로 나아가세 (16구): 不義 경계와 積德 권유

21) 나무아미타불 관세음보살 (2구): 염불

위와 같이 <별회심곡>은 시간의 순서에 따라 순차적으로 진행된
다. 생(1, 2), 노(3), 병(4, 5), 사(6─10)의 인생과, 이승에서 저승으
로의 이행과정(11, 12)까지 단계별로 진행되며, 저승의 문초와 선악
인의 처벌(13─19)이 다양하게 나타나고 권계(20)로 마무리된다. 이
를 크게 나누면 '현세의 인생무상'(1─10) 부분과 '저승을 통한 권
계'(11─20)로 양분할 수 있다. 일개인의 저승으로의 여행과정을 그
린다는 점에서 부분적으로는 기행서사물의 성격을 띠고 있다고 볼
수도 있다.

(다) 〈회심가〉와 〈회심곡〉 비교

위에서 검토한 <회심가>와 <회심곡>을 내용 면에서 비교 정리해
보면 다음과 같다.

<회심가>의 성격은 다음과 같이 정리된다.
① 배경이 현세와 극락이다.
② 내용 구조상 염불의 목적(효능)＋염불 권유의 반복으로 병렬적으
   로 설명하는 진행 형태이다.

③ 불교가사가 死生二靈을 동시에 위하는 노래라는 점에서 볼 때, 亡者를 위한 극락왕생하는 과정의 단락과, 生者에게 염불 권유하는 단락이 함께 나타나며 일정한 배열의 원칙이 없이 반복되고 있다.

④ 내세에 주안점을 두어 극락왕생을 궁극적 목표로 하고 있다.

⑤ 현세의 악행은 현세의 참상과 내세의 과보로 응보받게 된다.

이에 비해 <회심곡>(별회심곡)의 특성은 아래와 같다.

① 배경이 현세와 저승[冥府]이다.

② 내용 구조상 시간의 진행에 따라 서술하는 형태이다.

③ 亡者의 극락왕생 과정에 대한 내용 단락이 나타나지 않고, 生者에게 들려주는 현세의 무상함과 저승에서의 과보를 교술하고 있다. 인생무상을 생로병사에 따라 서술하며, 죽은 후 저승 기행과정의 見識이란 시점에서 서사적 성격을 지닌다.

④ 현세에 주안점을 두어, 인생무상과 저승의 과보를 빌려 현실의 선행을 강조한다.

⑤ 현세의 선·악행은 내세의 과보로만 응보받으며, 저승에서 판결받게 되는 과정이 상세히 나타나는 점이 특징을 이룬다.

이와 같이 각 편으로서의 <회심가>와 <회심곡>은 내용의 구조 면에서 변별성이 뚜렷이 나타나는 형식이다. 양자는 명칭상 '회심'이란 용어를 공유하지만, 별개의 작품구조를 이루고 있는 것이다. 이 중 전자인 <회심가>의 경우, 동일한 작품이 19세기 이후의 문헌에 <회심곡-나옹화상찬>(『증도가』, 1864-1899), <회심곡>(『감응편』), <회심곡>(『자칙가』), <권불가>(『불교가사』), <회심곡>(『아악부가집』13, 1931-1935), <회심곡>(『가집』126, 1931-1935), <회심곡>(『악부』12, 1931-1935), <회심곡>(『석문의범』, 1931) 등과 같이 <회심곡>이라는 제목으로 수용되는 양상을 보인다. 그렇다면 과연 <회심가>와 <회심곡>은 어떤 관련양상을 맺고 있는가. 상호 異本 관계인가, 아니면 완전히 다른 계통의 작품인가에 대한 의문이 제기된다.

양자를 비교해 보면, 일단 내용 구조에서 완전히 별개의 작품이다. 그러나 19세기에 공시적으로 함께 통용되면서 역사적·사회적 관습으로 '회심가사'[6]로 다루어져 온 것이라 하겠다. 이러한 현상이 초래된 것에는 다음과 같은 요인을 찾아볼 수 있다.

첫째, 제목의 유사성으로 인해 이본 관계로 인식되었기 때문이다. <회심가>는 <청허존자회심가>라는 명칭에서 보듯 서산대사 작으로 전해져서 고승의 작품이라는 명분과 권위 면에서 우월성을 획득하고 있는 작품이다. <회심곡>은 사찰문화권에 한정되지 않고 일반민중 속으로 전파되는 실제연행 면에서 우월성을 지니고 있다. 이런 점에서 양자가 동일 계열의 작품으로 전파되는 데 상보적 역할을 했으리라 추정된다. <회심가>는 사찰에서 판각되어 불교가사로서의 가치와 공인성을 얻은 작품이나, 불교의식의 화청으로 활발히 연행된 작품이라고 하기는 어렵다. 이에 비해 <회심곡>은 판본이 없이 구비연행으로 전승되어 작품의 권위를 입증할 방법은 없었지만 전파력이 가장 뛰어나고 널리 불린 불교가사라 할 수 있다. 이러한 관계하에서, <회심가>가 19세기 민중사회에 보급되기 위하여 <회심곡>의 명칭을 차용하게 되고, <회심곡>은 <회심가>의 청허존자 작이라는 권위에 편승한 것이라 할 수 있다.

둘째, <회심곡>의 도입 부분은 公式句의 성격을 띠고 있다. <회심가>는 "천지천지 분한 후에 삼라만상 일어나니"와 "세상천지 만물중에 사람밖에 또 있는가"로 시작되는 도입 부분을 갖고 있으며, <회심곡>은 <회심가>의 1, 2구 부분이 없이 "세상천지 만물중에 사람밖에 또 있는가"로 시작된다. 그런데 <회심곡>의 각 편 중에서도 일부는 <회심가>의 1, 2구를 첨가하여 부르는 이본 형태가 존재한다.

---

6) 『불교의 회심가사』, 삼영출판사. 1978.

<회심곡>은 사찰의 판본으로 정립된 적이 없는 口碑詩歌로서 이를 학습·변개하는 구연방식이 <회심가>보다 자유롭다. <회심곡>의 가창에 있어 도입 부분의 유사 형태인 <회심가>의 표현을 따서 오기도 했고, 이로 인하여 양자가 동일계열 작품으로 인식되어 유통되기에 이른 것으로 보인다.

셋째, 19세기에 <회심곡>과 공존했던 <회심가>는 20세기 초반까지 함께 지속적으로 유통된 것으로 보인다. 20세기 중반 이후에 이르러서야 <회심가>는 그 기능성을 소실하며 불리지 않게 된 것이다. 현전하는 和請 또는 佛歌에서 <회심가>는 불리지 않으며, <회심가>의 음반도 전하는 바가 없다. 현재 재의식에서 불리는 화청은 (나) <별회심곡>의 내용구조를 지닌 <회심곡>이며, 타 불교가사와 혼합되어 '화청 회심곡'으로 연행되고 있다.

이와 같이 <회심가>와 <회심곡>은 제목·도입부의 유사성과 유통시기의 공통성으로 인하여, 서로 다른 작품구조를 이루고 있음에도 불구하고 동일 계열의 작품으로 인식되어 온 것으로 보인다. 양자는 내용 구조 면의 차별성이 뚜렷하여 異本 관계가 아닌 별개의 작품인 것이다.

그러나 내용상 차별성이 뚜렷하다고 해도 양자를 완전히 다른 계통의 작품으로 전혀 연관이 없다고 단정 짓기는 어렵다. 상호 이본 관계를 검토하는 것과, 역사적 시공간 속에서 함께 전승된 양자 간의 관련성을 따져보는 것은 다른 문제이기 때문이다. <회심가>와 <회심곡>의 밀접한 관련성을 보여주며 논란의 여지가 될 수 있는 문제점들을 거론해 보면 다음과 같다.

첫째, 19세기에서 20세기 초반에 이르는 시기의 공시적 전개 속에서 양자가 함께 불리며 <회심곡>이라는 하나의 시가유형으로서 다루어져 왔다는 실상을 해명할 수 없는 점이다. 이러한 전통적·사회적 인식을 단순히 양자의 부분적 유사성에 따른 혼동에서 기인한 것으로 단정 지을 수 있는가. '회심'이라는 범주 내에서 이본 관계로 인식되며 공존했던 현상 자체가 양자 간의 친연성을 보여준다. 이를 도외시하고 양자를 서로 무관한 작품으로 좌단하는 것은 위험한 논지라 하겠다.

둘째, 재의식의 화청과 불교가사의 상호 연관성에 대한 문제점이다. 화청은 여러 불교가사가 혼재되어 불리는 양식으로서, 불교가사는 화청을 구연하는 대본으로 쓰인다. 그 반대로 연행자가 새로 지어 부르는 화청에서 기존 사설과 여러 종류의 공식구를 編辭하거나, 사설의 일부만을 정리하여 새로운 불교가사가 파생될 수도 있는 것으로 보인다. 즉 18세기 화청에서 기능적으로 함께 불리던 사설이 <회심가>와 <회심곡>으로 각각 분화되었을 수도 있는 것이다.

셋째, 20세기 초반 불린 잡가인 <회심곡 관악산조>의 사설을 보면, <회심가>와 <회심곡>의 일부 사설이 혼합되어 수용되고 있다는 점도 주목된다. 邪心을 뉘우치고 佛心에 귀의하게 되는 '回心'의 의미에서 양자는 함께 통용되었고, 상호 영향 관계를 맺으며 민중에게 향유되어 온 것이다.

그러므로 <회심가>와 <회심곡>은 異本 관계가 아닌 별개의 작품이면서도 '회심'이라는 범주에서 함께 다루어지고, 심지어 사설이 混用되어 불리기도 하며 역사적 친연성을 갖게 된 시가라 할 수 있다.

위에서 검토한 바를 고려하여, 본고에서의 <회심곡>은 (나) <별회심곡>과 같이 '인생무상－저승 과보'의 구조를 지니며 현재까지 불리고 있는 양식인 <회심곡>을 대상으로 하게 될 것이다. <회심가>는 <회심곡>과 변별하여, <회심곡>을 검토하는 보충 자료로서 다루기로 한다.

2) <인과문>과 <회심곡>의 通時的 比較

<회심곡> 세부 단락에서 21) 염불 부분을 제외한 1)-20)의 서술 구조를 정리하면 '생로병사-저승행-심판-권계'의 순서로 진행된다. <회심곡>보다 선행한 불교가사 중에서, 이와 같은 구조를 지닌 작품으로 <인과문>을 들 수 있다.

(가) 〈인과문〉

ㄱ) 목판본
인과문(『보권염불문』, 예천용문사1704 / 수도사1741 / 동화사1764 / 해인사1776 / 선운사1787),

ㄴ) 필사본
인과문(『보권념불문』, 국립도서관본)

<因果文>은 『보권염불문』에 실린 작자 미상의 불교가사이다. 『보권염불문』의 처음 판본인 용문사본(1704)에 <나옹화상셔왕가>와 <인과문>이 판각되어 있는데, <회심가>가 동화사(1764)본부터 나타나는 걸 보면 <인과문>이 <회심가>보다 약 60년 정도 선행된 작품임을 추측할 수 있다. 시기적 출현 순서대로 배열하면 <인과문>(1704) → <회심가>(1764) →<회심곡>(1800년대)로 나타난다. <인과문>은 4·4조와 4·4·4조의 서술로 이루어져 있는데, 이를 세부 단락으로 분석해 보면 다음과 같다.

   1) 셕가세존님은 삼계도ㅅ시고 ㅅ싱에 부모시라 - 츌가난득 불법난

봉 아니온가 (6구): 도입(불법인연의 중요성)

2) 텬디간의 최귀ᄒ니 다문사름 ᄲᆫ니로다 / 이보소 어르신네 이ᄂᆡ 말삼 드러보소 (4구): 사람의 귀중함

3) 머리도 쇠리도 ᄯᅳᆺ도업슨 말이로쇠 – 념불동참 불교보시 ᄒ온밧긔 ᄯᅩ 무ᄉ일이 잇돗던고 (11구): 탄생(사람이 행해야 할 덕목 나열)

4) 인간애 나온ᄉᆞ름 목숨을 혀여보소 – ᄉᆞ름어더 듸신흘가 갑슬주고 여흴손가 (11구): 노화와 한탄

5) 이내몸애 즁병드러 곤고히 아야라 우릴젹의 / 피치못흘 져길일ᄉᆡ 답답ᄒ고 더욱설다 (4구): 병고

6) 그밧긔 ᄯᅩ셜우니를 ᄌᆞ세히 ᄉᆞ뢰리라 – 념불동참 불공보시 우이너겨 불연못ᄆᆫ 사름드라 (9구): 세사에 탐착한 사람들

7) 명마촐 그날에 념나대왕 보내오신 – 어서나라 슈이나라 직촉ᄒ거든 뉘말이라 거슬손고 (8구): 저승사자의 도래

8) 부모동ᄉᆡᆼ 쳐ᄌᆞ노비 겻틔ᄀᆞ득 ᄒ야신들 – 먹고가며 가져갈가 그 아니 셜울손가 (7구): 죽음의 무상함(죽음에는 혈육, 친구도 소용이 없음)

9) 쳔하의 머무러잇ᄂᆫ 황뎨왕후 후공졔상 – 내닙으로 ᄉᆞ론 후에 그 뉘라셔 구졔흘고 (18구): 저승의 심판

10) 우두나찰 마두나찰 모도 쒸여 드리ᄃᆞ라 – 팔만ᄉᆞ쳔 무간디옥 쳘위셩도 노프실샤 (17구): 지옥으로 가는 과정

11) 쇠문안 드리ᄃᆞ라 목버히며 혀 ᄲᅢᆫ히며 – 엇지아니 셜올손고 슬프고 셜온지라 (26구): 저승의 처벌

12) 인간에 힝득인신 나오신 존비귀쳔 – 대강만 ᄉᆞ수와 젼ᄒᆞᄂᆞ이다 (18구): 염불동참의 권유

<인과문>을 이루는 단락의 순서를 살펴보면 생(1, 2, 3), 노(4), 병(5), 사(7, 8)의 인생과, 저승의 심판 처벌(9 – 11), 염불권계(12)로 마무리 지어진다. '현세의 인생무상 – 저승의 권계'로 나타나는 19세기 <회심곡>의 구조는 18세기 <인과문>에서 원형을 찾아볼 수 있다.

(나) 〈인과문〉, 〈회심가〉, 〈회심곡〉의 비교

<인과문>의 단락에는 아직 <회심곡>의 '부모은공', '명부 十王名의 나열' 등의 사설이 나타나지 않고, '저승의 처벌' 양상도 단순하게 처리되고 있다. <인과문>의 저승 판결 부분은 악업에 대한 지옥의 처벌을 중심으로 묘사되어 講經文의 교술적 성향이 강하게 나타난다. 이에 비해, <회심곡>에서는 선인과 악인의 행위와 그에 대한 처벌이 十王의 審問에서 口演性을 띠고 상세히 나열되고 있다.

또한 서술 형태 면에서도 <인과문>과 <회심곡>의 선후 관계를 살필 수 있다. <인과문>에는 1) 도입, 3) 탄생, 6)세사에 탐착한 사람들의 단락이 특히 4·4·4조로 이루어져 있는데, 이러한 단락들은 <회심곡>에서는 나타나지 않는 부분이다. <인과문>의 4·4·4조의 단락들이 탈락되고, 그 대신 화청에서 활용할 수 있는 공식구나 4·4조의 민속적 노래를 수용하여 <회심곡>이 이루어졌을 가능성이 있다. 양자의 차이점을 비교해 볼 때, <인과문>의 기본 구조에 새로운 사설이 첨가되고 또한 <인과문>의 세부 단락이 분화, 장형화된 형식이 <회심곡>이라 할 수 있는 것이다. 곧 <인과문>의 발전 형식 내지 재창작된 형식이 <회심곡>이 아닌가 생각된다.

<인과문>이 18세기 초 불교의례집인 『보권염불문』에 수록된 이유와, 19세기에 이르러 '인생무상-저승권계'의 동일한 구조를 지닌 <회심곡>으로 재창작되는 필연성을 불교시가의 흐름에서 살펴보려면, 먼저 18세기에 불교의식요인 화청으로 불렸을 불교가사들의 상호 연관성과 종교적 기능에 대한 추론이 필요하다.

근대 전환기로서의 18세기 사회문화의 변화는 판소리를 비롯한 연행예술의 발전을 이루었다. 이러한 변화는 조선시대 지속적인 斥佛의 결과로 경제적 기반을 잃고 寺刹契의 헌납이나 탁발, 齋의식

등으로 명맥을 이어가던 불교계에도 서민문화에의 접근과 佛敎儀禮의 대중화를 시도하는 계기를 이룬다. 법당 내부에서나 野壇法席으로 열린 불교의식에도 연행예술로서의 면이 존재한다. 이러한 불교의식을 정비하고 활성화시켜 민간 불교로의 발전을 도모한 것으로 보인다. 18세기 불교의례의 정비와 확산을 위한 목적에서 전국적으로 『보권염불문』이 거듭 판각된 것이며, 여기에 <서왕가>, <인과문>, <회심가>가 함께 실려 있는 점이 주목된다.

용문사본(1704): 나옹화상셔왕가 / 인과문
수도사본(1741): 나옹화상셔왕가 / 인과문
동화사본(1764): 나옹화샹셔왕가라 / 인과문 / 회심가고
용문사본(1765): 나옹화샹셔왕가라 / 회심가고
해인사본(1776): 나옹화샹셔왕가라 / 인과문 / 회심가고
선운사본(1787): 나옹화샹셔왕가라 / 인과문 / 회심가고

동화사본, 해인사본, 선운사본에서 <인과문>이 <서왕가>, <회심가>와 함께 실려 있는 것을 보면, <인과문>은 <서왕가>에 못지않게 활발히 유통된 18세기의 보편적인 불교가사라 할 수 있겠다. 그렇다면 18세기의 불교가사로서 <인과문>이 불교의식 속에서 담당했던 역할이 무엇인가.

불교의식인 재의식에서 불리는 和請은 종교적 의식요에 해당된다. 生死一如의 불교적 관점에서 死生二靈을 위하여 불리는 노래로서, 화청승의 필요에 따라 여러 종류의 불교가사를 혼합하여 불린다. 그런데 梵唄가 여러 漢讚과 다라니를 포함하면서도 일정한 의식 순서에 따라 불리듯이, 화청의 구연도 대략적인 순서가 존재하는 것으로 보인다. 망자를 위해 개설되는 遷度齋의 화청일 경우 그 순서는 다음과 같은 네 부분의 연결된 구조로 이루어진다.

가) 齋儀式이 열린 경위와 목적
나) 亡者 遷度 (극락왕생)
다) 亡者와 生者 동시 권계 (인생무상)
라) 生者 勸誡 (저승의 과보)

그 예문을 들면 아래와 같다. 불교가사 <왕생가>와 <회심곡>이 이어져 불린 형태이다.

가) 지심걸청 지심걸청 일회대중 일심봉청 금일영가 선엄부(인명) 후
    인(인명)영가 인간세상 나왔다가 사바세계 여의시고 십왕세계 돌
    아간지 어언간에 사십구재 돌아와서 극락도사 부처님께 차과공
    양 진설하고 왕생극락 하시라고 지성으로 발원하니 좋은 불념 많
    이듣고 상품연대 가옵소서 일가권속 함께모여 지극하신 정성으
    로 명부상단 불을밝혀 칠보대상 모셔놓고 극락세계 가시라고 축
    원하고 발원하니 삼천대천 불보살이 이 회상에 강림하여 고혼영
    가 인도하네
나) 금일영가 천운영가 지혜광명 빛을받아 삼계화택 영리하여 생사
    고해 건너갈 때 선고용선 빌어타고 인의예지 양돛달고 효자충신
    노를젓고 열녀효부 닻을감아 한가운데 극락도사 아미타불 사자
    좌상 정좌하고 좌우보처 양대보살 관음세지 시위로다 이물에는
    인로왕보살 천첩보개 손에들고 화만영락 몸에걸고 고물에는 지
    장보살 장상명주 대천세계 비추시고 하단에는 사바세계 불념중
    생 가득싣고 망망창해 넓은바다 건너갈 때 팔부신장 옹호하고
    천동천녀 시위하네 (중략)
다) 이몸받아 나을적에 남녀노소 막론하고 빈손빈몸 들노나와 물욕
    탐심 너무마오 삼일수심 천재보요 백년탐물 일조진데 삼일동안
    닦은 마음 일천년에 보구되고 백년동안 탐한재물 하루아침 띠끌
    이라 초로같은 우리인생 위수중에 정평같고 풀끝에 이슬같고 바
    람앞에 등불같고 단불에는 나비같고 하루살이 같은 목숨 백년살

> 며 천년사나 이세월이 견고한줄 태산같이 믿으면서 인간세상 살
> 았건만 백년광음 못다가서 저승길을 돌아가니 애닯픈 이길이라
> 이제한번 돌아가면 언제다시 돌아와서 처자권속 손을 잡고 만단
> 설화 나눠볼까 (중략)
>
> 라) 이세상에 나왔다가 황천길을 돌아갈 때 열시왕의 명을 받아 일
> 직사자 월직사자 한손에 창검들고 또한손에 성명삼자 적어들고
> 쇠사슬을 비껴차고 활등같이 굽은길을 살대같이 달려와서 닫은
> 문을 걷어차고 어서나오 바삐나오 뉘영이라 거역하며 실낱같은
> 이내목숨 혼비혼산 질책하니 일월조차 무광코나 명사십리 해당
> 화야 꽃진다고 설워마라 명년삼월 봄이 되면 너는 다시 피련마
> 는 초로같은 우리인생 이세상을 하직하면 움이나나 싹이나나 영
> 쾌종처 가고만다 (후략) <화청>[7]

가)는 齋 設立의 취지를 말하는 부분으로 재의식의 현장 묘사와 망자에 대한 축원에 해당된다. 나)-라)의 부분이 화청의 내용이다. 나)에서 먼저 先亡靈駕를 위하여 극락왕생하는 과정과 극락의 묘사가 이루어지는데, 亡者를 위해서 불리는 부분이라고 할 수 있다. 다)에서는 亡者에게 인생무상의 한탄을 들려주며 그 동시에 망자의 유가족 및 재의식에 모인 청중들에게도 현세의 무상함에 대한 공감을 얻게 되므로, 亡者와 生者에게 동시에 권계하는 부분이다. 라)에 이르면 권계의 대상이 亡者에서 生者로 완전히 전환된다. 현세의 선·악행이 죽은 이후 저승의 판결로 과보를 받는 과정을 다루며 生者들에게 적선공덕과 염불을 권하는 내용으로 이루어진다.

현전하는 불교가사 각 편은 다)의 요소를 공유하며 나), 라)의 요소들이 부분적으로 혼합되어 나타나기 때문에 엄격히 구분 짓는 것은 무리겠지만, 중심요소에 따라 분류해 본다면 나)에 해당하는 것이

---

7) 이대호 편『청년회심곡』, 1999, 도서출판 다라.

<서왕가>이고, 다)＋라)에 해당하는 것이 <인과문>이다. 그렇다면 염불의례서인 『보권염불문』 중 18세기 전반에 판각된 용문사본(1704), 수도사본(1741)에 <서왕가>와 <인과문>의 두 작품만이 실린 것은 어떤 의미를 갖는지 추론이 가능해진다. 이는 곧 '18세기 불교의 재의식'에서 불린 화청의 정리로 추정된다. <서왕가>－<인과문>의 순서로 수록된 것은 나)－다)－라)로 이어지는 화청의 대본을 부르는 순서에 따라 정리해 놓은 것에 다름 아니다. 망자의 천도와 생자의 권계는 齋의식의 화청에서 불려야 할 필수적 요소로, 불교의례의 정비와 함께 계속 확대 재생산되어야 했을 것이다. 불교가사의 작품에 유사한 형태가 많이 나타나는 이유도 여기에서 찾을 수 있다.

<서왕가>, <인과문> 두 작품보다 시기적으로 늦게 동화사본(1764)에서부터 수록되며, 화청의 구조에 확연히 부합되지 않는 <회심가>의 이해에는 조심스러운 접근이 필요하다. <회심가>의 성립에는 두 가지 가능성을 추론해 볼 수 있다.

첫째, 화청이란 여러 불교가사를 섞어 부르는 것인바, <회심가>가 단일 작품이 아니라 여러 불교가사의 사설이 혼합된 형태일 가능성이다. <회심가>의 단락에서 1) 도입 단락부터 4) 충효와 염불 권유 단락까지 내용 면에서 일관되게 진행되며, 마찬가지로 5)－7), 9)－13), 14)－17) 단락들은 각각 내용의 연계성을 지니고 있다. 1)－4) 단락만 분리해 보면 화청의 구조에서 다) 亡者와 生者 동시 권계(인생무상)에 해당하는 작품임을 알 수 있으며, 그 이후는 '염불의 목적(효능)＋염불 권유'의 형식으로 여러 화청의 사설을 끌어와서 부연하는 형태로 파악할 수 있는 것이다. 1)－4) 단락만으로는 한 편의 불교가사로서 분량이 불충분하기 때문에 전승되는 과정에서 5)－17) 단락이 첨가되었고, 이 형태가 동화사본 『보권염불문』에 와서 정착되었을 수 있다. 그러나 <회심가>가 1)－4) 단락을 기본형으로 하여

여러 불교가사의 부연, 확장으로 이루어진 작품이라면, 이런 혼합형식이 어떻게 변별되지 않고 하나의 작품으로 인식되어 유통되었는가에 대한 해명이 이루어지기 어렵다.

둘째, <회심가>가 死生二靈을 위한 화청의 순차적 연행방식에서 탈피하여 나)+다)+라)의 혼합을 시도한 작품일 가능성이다. 화청의 대본으로서의 범주를 벗어나 보다 뚜렷한 大衆布教의 성향을 드러내며 염불의 권유라는 목적의식이 강화된 결과, 권계에 중점을 두고 현실의 묘사와 함께 나), 다), 라)의 요소를 번갈아 가며 수용한 형태로 볼 수 있다. 이로 인하여 병렬적인 구조를 이루며 염불의 목적(효능)의 서술이 끝날 때마다 염불권유가 반복되는 양상을 보이는 것이다. 18세기 동안 염불의례서인 『보권염불문』이 거듭 판각되며, 수록된 불교가사에 대하여 기존 작품의 정비에만 그치는 것이 아니라 새로운 형식과 내용에 대한 요구도 대두되었을 것이다. <회심가>는 그러한 시도로서 18세기 활용된 여러 화청 사설을 받아들여 이루어진 작품일 개연성이 드러난다.

그러므로 화청의 발전과정에서 볼 때, 18세기는 나) 망자를 위한 노래인 <서왕가>, 다)+라) 생자를 위한 노래인 <인과문>의 순서로 구분되던 화청이 나)+다)+라)의 혼합인 <회심가>로 변형되며 다양성을 추구해 가는 시기라 할 수 있겠다. 그 후에 성립된 작품들은 화청의 나), 다), 라) 구성요소 중 어느 부분에 중점을 두었는가 또는 나)-라)의 내용을 어떤 순서로 배열하고 있는가에 따라 재창작되며 다변성을 보여주게 되는 것이라 하겠다.

불교가사가 佛教儀式謠인 화청의 연결 구조에서 벗어나는 양상은, 불교가사의 문학적 발전과 다양성을 초래했다. 그러나 불교의식요인 화청에서 가)-나)-다)-라)의 순서로 배열되는 기능적인 면에서 본다면, 나)+다)+라)의 혼용양상은 발전이라기보다는 오히려 혼란의 초래밖에는 되지 못한다. 이는 화청 대본으로서의 불교가사가 재정비되어야 할 계기를 이루게 된다. 말하자면 18세기 후반은 <회심가>의 등장으로 불교가사가 불교의식요인 화청의 범주를 벗어나는 다양성이 시도되었고, 이에 대한 반동적 영향으로 불교의식에 필수적인 화청의 재정립이 요구되는 양면성을 지닌 시기인 것이다.

　이와 같은 불교시가의 흐름 속에서, <회심곡>의 형성이 이루어졌다. 18세기 화청에서 다)＋라)의 역할을 맡은 <인과문>에 대한 기록이 19세기부터는 더 이상 보이지 않고, 그 대신 <회심곡>이 활발히 전승되며 <인과문>의 역할을 대체하고 있다. <인과문>이 18세기의 불교의 재의식에서 사용되다가, 사찰을 벗어나서 민속으로 파고드는 민간불교의 지향성과 서민의식이 성장하는 사회적 변화 속에서 그 기능성을 잃고 19세기의 <회심곡>으로 재창작되었을 가능성이 드러나는 것이다. 즉 <회심가>의 경우 불교가사가 불교의례에서 탈피되는 면모를 보여준다면, <회심곡>은 불교의례에의 복귀 현상으로서 다)＋라)의 순서에 따른 구연에 필요한 화청으로 재구성되는 작품이라 할 수 있다.

　그런데 이와 같은 통시적 검토는 구비전승의 측면에서 고려되어야 할 두 가지 문제점을 내포하고 있다.

　먼저, 사찰의 판본에 나타나는 기록에만 의존하여 작품별 발생시기를 확언할 수는 없다는 점이다. <회심가>의 경우는 서산대사 휴정(1520－1593)의 창작으로 논의되기도 하는 작품으로, 작자 문제의 진위에 얽매이지 않는다고 해도 18세기 중반 이전에 존재했을 가능성을 간과할 수 없다. <회심가>가 기록 면에서 동화사본 『보권염불문』부터 수록되었을 수도 있으며, 사찰 판본 이외에는 <인과문>이 시대적으로 <회심가>보다 앞선다는 선후 관계를 확증할 방법이 없는 것이다.

또 하나의 문제는, '인생무상 - 저승권계'의 내용을 다룬 화청의 형태가 <인과문> 이외에도 존재하고 있었을 가능성이다. 재의식의 화청이 어느 시기부터 불렸는지 확연하지는 않지만, 18세기 초 <서왕가>와 <인과문>이 정비되는 것을 보면 그 이전부터 전승되어 왔을 것이다. 17세기 이전의 화청이 존재했다면 과연 어떤 양상을 지니고 있었을 것인가. '인생무상 - 저승권계'의 구조는 화청에서 다루어야 할 필수적 요소인 만큼, 하나의 작품으로 완성된 형태가 아니라 해도 전통적인 공식구의 형태로 전승되었을 가능성이 있다. 이러한 형태가 <인과문>과 더불어 <회심곡>의 성립에 영향을 주었을 것으로 추정해 볼 수도 있는 것이다.

위와 같은 문제점에 대해서는 증거자료가 현전하지 않아, 가설로서만 제기해 두고자 한다. 현전하는 자료를 바탕으로 한 검토에서는, <인과문>이 19세기의 시대적 요구에 따라 <회심곡>보다 시기적으로 앞선 자료로 남아 있고 내용구조 면에서 공통성을 지니는 것이 확연하다. 그러므로 본고에서는 <인과문>이 <회심곡>으로 재창작되었다는 관점하에 논의를 전개하고자 한다.

2. 回心曲의 淵源

1) <회심곡>의 作者層 문제

전술한 바와 같이 <회심곡>을 <인과문>의 계승된 형식으로 간주해 보면, 창작 주체에 대한 문제도 재검토되어야 할 것으로 보인다.

<회심곡>은 탁발승, 걸립패의 필요성에 의하여 문전염불로 불리며 민중 속으로 전파된 작품으로 인식되어 왔다. 이는 확산·변형의 면에서는 타당성을 갖지만, 창작의 면에서는 그렇지 못하다. 19세기의 필사본 자료로 남아 있는 <회심곡> 가사는 1)-20)의 단락 구성과 순서에 있어 부분적인 첨삭은 있지만 전체적 단락의 배열이 거의 동일한 순서를 지니고 있다.

<회심곡>이 평조염불이나 오조염불과 결합되어 불린 음반 사설을 검토해 보면,8) 탁발승, 걸립패의 구연으로 확장이나 부연되는 부분은 주로 평조, 오조의 염불에 해당되는 내용이다. 염불에 이어지는 <회심곡>의 가사 자체에 대해서는 새로운 단락이나 뚜렷한 변이양상을 찾아볼 수 없다. 이로 보아 <회심곡>은 사찰 내의 제의적 공간에서 그 내용 순서가 정해진 단락 구조를 완성한 이후, 사찰 외의 세속적 공간으로 전파된 것이라 하겠다. 또한 탁발승, 걸립패의 구연은 <회심곡>의 '현세의 인생무상-저승의 권계'의 구조에서 주로 '인생무상' 부분을 불렀으며, 불교가사로서는 '인생무상' 부분과 비중이 같은 '저승의 권계' 부분이 간략히 처리되거나 아예 생략되어 불리지 않은 면모를 보인다. 그러므로 탁발승이나 절걸립패는 <회심곡>의 연행과 유통 면에서 구비전승을 담당하거나 세부 단락의 첨삭에 의해 변형을 담당하였을 뿐, 창작 주체로 보기엔 무리가 있다. <회심곡>의 작자는 <인과문>에 대한 이해도가 높았고 佛敎儀式의 정비에 직접 관련한 梵唄僧이자 敎學僧일 가능성이 높다. 이러한 추정이 가능한 몇 가지 요인은 다음과 같다.

첫째, 사찰에서는 불교의식의 전승을 위해 전문지식을 갖춘 梵唄僧이 소질이 있는 승려에게 불교음악을 전수하는데, 범패와는 달리 국문시가인 화청은 상황에 맞추어 창작·변개가 가능하다. 이러한

---

8) 임기중, 전게서 I -36), pp.227-474.

전문적 구연자는 기존 화청인 <인과문>에 익숙한 입장으로 이를 원용하여 새로운 화청을 지어 불렀을 것이다.

둘째, 불교가사의 작자는 불교의 종교적 이념과 사상적 지향성을 갖춘 인물들이다. 임기중[9]은 불교가사의 작자층에 대하여, 불교가사는 누구나 자유롭게 쓸 수 있었던 개방적 문학형식이 아니며 각 시대를 대표하는 선승이며 학승인 고승대덕과 이들에 못잖은 엘리트 계층의 재가승이 작자로 되어 있는 특수 집단의 문학이라고 지적했다. <회심곡>의 성격상 그 작자를 禪僧으로 추론하기엔 무리가 있지만, 화청을 새롭게 짓거나 개작하여 부를 수 있는 구연자라면 수용자층인 민중의 소망과 관심에 대해 이해가 깊고 포교에 관심을 기울인 敎學僧의 위치에 있는 인물로 볼 수 있다. 개인의 창작이라기 보단, 이와 같은 입장의 승려들이 <인과문> 등 기존 화청의 공식구나 민간 구비시가의 공식적 사설 단락을 수용하여 <회심곡>의 원형을 이루게 되었고, 이 형태가 화청의 정비를 계기로 하여 <회심곡>으로 정형화되었을 가능성이 높다.

셋째, 佛家에서 靈山齋 같은 큰 재가 있을 경우, 전국의 승려들이 다 모여들어서 전국적 '魚山 마당'을 이루게 되는데, 각 승려마다 잘 하는 어산 소리가 따로 있지만 이런 자리에서 교류를 하게 된다. 이 같은 환경 속에서 범패뿐 아니라 화청도 교류되고 전파되며 지역적 특성이 없는 보편적 불교시가로 유통되었던 것으로 보인다. <회심곡>은 승려들이 쉽게 사설을 익히고 부를 수 있는 '인생무상-저승권계'의 구조를 지닌 작품으로, 전국 각지의 齋僧들이 공유하는 화청으로서 자리를 잡게 된 게 아닌가 한다.

넷째, 범패승과 변별하여 법당에서 염불을 하는 승려를 노전 스님이라 부르는데, 범패에는 능하지 못하여도 화청의 구연에는 능한 경

---

9) 임기중, 『불교가사 원전연구』, 2000, 동국대출판부. pp.29-56.

우가 많다. 음악적 수련이 요구되는 범패에 비하여, 화청은 쉽게 익히고 부를 수 있는 형식이다. 齋僧이 아니라 해도, 불교음악과 친숙한 입장에 있는 승려들 역시 불교의 국문시가 형성과 변개에 영향을 주었을 것으로 보인다.

이로 보면, <회심곡>은 19세기 사찰 내의 불교의식(재의식)의 필요성에서 정비되거나 재창작되어 사찰 내의 화청으로서 정형을 이룬 후, 민간으로 전파되어 나간 시가라고 보아야 할 것이다.

2) <회심곡>의 形成 背景

<회심곡>이 <인과문>을 모태로 하고, 流轉하는 구비시가의 공식구들을 활용하며 이루어졌을 것이라는 가능성은 앞에서 제시한 바와 같다. 그러나 <인과문>의 전승·구연이라는 단선적인 파악만으로는 <회심곡>의 형성에 대한 온전한 해명이 충분하지 않다. 18세기 불교가사인 <인과문>과 변별되는 19세기 불교가사로서 <회심곡>의 특성이 존재하며, 이러한 <회심곡>의 특성은 19세기 불교의 시대적 흐름과, 所依經典을 비롯한 타 불교문학과의 관련성을 통하여 해석해야 할 것이다.

인권환[10]은 불교시가의 발전과정을 3단계로 나누어 논의하고 있다. 1단계는 종교적 신앙에 머물고 있는 기계적인 의식요(송경, 염불, 다라니, 범패)이며, 2단계로 불교시가적 요소는 남아 있으나 어느 정도 민간의 시가화되어 가는 과정의 것(향가, 문전염불가요)을 들었고, 3단계로 불전과 불교의식의 틀을 벗어나 국문학상 작품으로 종교적 시가문학을 이루게 된 것(불교가사, 민요 속에 용해된 불교

---

10) 인권환, 「한국불교문학서설」, 『한국사상』11집, p103.

적 속요)이라 하여 불교가사의 시가사적 위치를 밝혔다. 이러한 불교문학들과의 영향 관계를 바탕으로 <회심곡>의 형성과 발전 과정을 추론해 보기로 한다. <회심곡>은 1, 2, 3단계의 작품들과 복합적인 영향 관계를 지닌 작품이라고 할 수 있다.

　1단계인 송경, 경행의 분야에서는 <회심곡> 형성에 영향을 준 불교경전을 찾을 수 있다. 먼저 『부모은중경』, 『목련경』, 『우란분경』 등 孝사상을 다룬 경전의 유통을 들 수 있다. 『부모은중경』은 효종9년(1658) 처음으로 언해본이 판각되었고, 1790년에는 정조의 명으로 판각한 용주사 본이 폭넓게 유통되어 19세기 민간불교에의 영향력이 확대되었다.11) 『부모은중경』이 불교가사 <회심곡>에 끼친 직접적 영향은 '2) 탄생(부모은공)'의 단락이라고 할 수 있다. 더욱 주목해야 할 사실은 『부모은중경』의 유통이 '부모은중경 화청'의 발생을 초래하였고, 그 내용이 회심곡의 단락에 직접 유입되거나 영향을 준 면모이다. 탁발승, 걸립패의 구연에서 '염불＋회심곡'의 연결된 노래로 불리면서 그 중간 고리로서 『부모은중경』의 사설 부분이 강조되고, 나아가서는 『부모은중경』이 곧 <회심곡>이라는 인식에까지 이른 것이다. 그러나 염불과 관련된 부분을 제외하고 <회심곡>의 세부 단락을 검토하면, 효사상은 중심사상이 되지 못한다. 부모의 은공을 다루고 효도를 강조하는 부분은 生老病死를 다루는 <회심곡>의 내용전개에서 生에 대한 단락의 확장·부연되는 사설로 유입되어 있을 뿐이다. 즉 <회심곡>은 효사상보다도 人生無常과 因果應報의 과정이 중심축을 이루고 있는데, '부모은중경 화청'과 교섭되고 사설이 혼효되면서 부모의 은혜를 기리는 노래로 불리는 면모를 지니게 되는 것이다.

---

11) 윤진원, 『조선시대 부모은중경의 개판에 관한 서지적 연구』, 성균관대 석사논문, 1998.

『목련경』과 『우란분경』도 효행을 강조하고 있지만 <회심곡>과의 연관성은 뚜렷하지 않다. 다만 『목련경』은 죄업과 처벌의 인과성을 다루며 지옥의 광경을 상세히 묘사하고 있는 점에서, 『우란분경』은 효행을 위한 齋의식의 중요성을 강조하고 있는 점에서, <회심곡>의 단락들과 부분적인 영향 관계를 찾을 수 있다.

그리고 『예수시왕생칠경』이나 『예수시왕생칠재의찬요』 같은 『시왕경』12)의 유통도 주목된다. <인과문>에서는 "념나대왕 보내오신 인로 ᄉ즈 네다ᄉ시", "시왕께 잡혀드러 츄열다짐 시비쟝단 가지가지 무ᄅ실졔"의 구절처럼 간략히 표현된 十王의 존재가 <회심곡>에서는 '6) 명부 시왕의 나열'로 구체적으로 열거되고 있다. <인과문>에서 '11) 저승의 처벌'로만 간략히 나타난 단락이, <회심곡>의 경우 '13) 저승의 봉초'부터 '19) 선행여자의 소원성취'까지 상세하게 분화되며 생전의 공덕과 죄악에 따른 인과응보를 나열하게 되는 것도 19세기의 재의식에서 시왕신앙이 강조된 결과로 보인다.

2단계로서 문전염불가요로 불린 <회심곡>의 성격을 고찰할 수 있다. 사찰 내에서 정비된 불교가사 중에서, 亡者를 위한 천도의식이 강한 작품이나, 불교의 신앙과 불교의식을 교술하는 작품은 승려와 불교신도의 사찰 문화권이란 한계성을 크게 벗어나기 어렵다. <서왕가>·<회심가>의 경우, 18세기 염불의례서인 『보권염불문』의 간행을 통하여 널리 보급하였음에도 불구하고 19세기 이후 널리 민중에게 유통되지는 못한 것이다.

이에 비해, 인생무상과 저승의 과보를 다룬 노래는 비록 불교라는 종교의 의식요이긴 하지만 生者를 위한 노래로서 탁발승, 걸립패가 민중의 보시를 받는 권시주 행각에 활용될 수 있었을 것이다. 18세기 <인과문>의 교술적 요소가 누락되며 19세기 대중 포교의 목적으

---

12) 조순향, 「한국판 시왕경 연구」, 『경기대학교 논문집』15집, 1984.

로 더욱 통속적으로 재구성된 <회심곡>의 가사는 巫佛습합된 민간
신앙을 기반으로 활발히 전파된 것이라 할 수 있다.

<회심곡>의 다양성이란, <회심곡>이 재의식에서 불리는 불교의식
요로서의 기능성을 탈피하고 사회적 격동기로 표현되는 19세기의 제
반 사회현상과 연계되며 파생된 것이다. 탁발승의 문전염불로 불리
던 <회심곡>은 무속적인 告祀소리와 연관을 맺으며 巫歌로 전이되
기도 하고, 민간의 장례의식에서 悟調염불로 불리기도 했으며, 상여
소리[13]인 향두가로 활용되기도 했다. 또한 19세기 후반 통속적 雜歌
가 성행하며, <회심곡>이 인생무상을 노래하는 잡가로서 수용되고
불리는 경향성도 나타난다.

3단계로서 불교시가는 아니지만, 저승의 見聞을 다룬 佛敎敍事文
學의 영향도 검토되어야 할 것으로 보인다. <회심곡>의 단락에서
11)-20)의 내용은 저승에서의 인과응보를 다루고 있다. 업보의 판결
을 담당하는 저승의 묘사는 『목련전』, 『왕랑반혼전』, 『저승전』 등 불
교계 국문소설에서도 나타난다. 이로 인하여, 회심곡은 불교적 저승
담이라는 인식하에 '가사체 독서물'로 전이되는 양상을 보이기도 한
다. 『제마무전』[14)의 뒷부분에 수록되거나 필사본 소설자료[15]에 독서

---

13) 18세기 초 형성된 것으로 보이는 興行藝術인 판소리에도 <심청가>, <흥
    보가>, <변강쇠가> 등에 삽입가요로 '상여소리'가 나오는데, 이와 같은
    '상여소리'에는 불교적 색채가 드러나긴 해도 <회심곡> 사설과 관련되
    는 부분은 드러나지 않는다. 판소리의 발전과정에서 민요, 잡가 등이
    대량 수용되는데도 불구하고, <회심곡>은 판소리 광대에게 활용되지 않
    았다. 이로 보면 <회심곡>을 민간의 상여소리로 사용하기 시작한 것은
    시기적으로 판소리 전성기 이후라는 추정을 할 수 있다.
14) 『제마무전』(朝鮮光文會藏本), 고려대본. <제마무전> 뒷부분에 <회심
    곡>이 합철되어 있다. <제마무전>은 "제마무가 40세에 과거에 실패하
    고 地獄十王을 꾸짖는 글을 써서 지옥에 잡혀갔다가 영웅으로 환생하
    여 중원을 다스렸는데, 깨어보니 남가일몽이었다"는 불교의 윤회소설이
    다. 저승을 기행하는 점에서 <회심곡>과 관련성이 있고, 활자본으로 함
    께 유통된 것으로 보인다.

물로 기록되기도 하였다.

이와 같은 과정을 거쳐, <회심곡>은 <인과문>을 계승한 사찰 내의 불교의식요에서 출발하여 동녕승, 걸립패의 권시주 행각을 통해 민간의식을 수용하며 발전한 불교문학으로 성립된다고 볼 수 있다. 연행담당층이 승려에서 속인으로 확산되면서 무가·잡가·민요 등의 다양한 장르로 파급되어 불렸고, 현대에 이르기까지 대표적인 불교 시가양식으로 전승되고 있는 것이다.

---

15) 『한글필사본고소설자료총서』 v51, v70, v86, 월촌문헌연구소. 박순호 소장의 필사본고소설 자료집 3권의 뒷부분에 각각 <회심곡>이 수록되어 있다. 소설 자료에 수록되었지만 서사물로 전이된 형태는 아니며, 불교가사의 채록 내지 필사본이 소설과 합철된 형태로 보인다. <회심곡>이 듣고 부르는 가창물로서만 아니라 보고 읽는 독서물로도 활용된 증거라 할 수 있다.

Ⅲ. 資料 槪觀 및 變異樣相 檢討

<회심곡> 자료는 존재양상에 따라 필사본, 가집 등에 수록된 문헌 자료와 창자를 알 수 있는 음반 자료의 형태로 전해지고 있다. 이러한 자료의 온당한 이해를 위해서는 원본의 탐색이 이루어져야 하고 그에 따라 이본의 계통과 변이양상이 파악되어야 하겠지만, <회심곡>은 <회심가>의 경우와는 달리 사찰에서 정비된 板本이 없고 구비전승의 과정에서 筆寫되어 온바 19세기 자료에 있어서는 선후 관계와 전승원리의 규명이 명료하지 않다. 그러므로 <회심곡>의 유형을 살펴보기 위해서는 <회심곡> 基本形의 설정이 필요하다.

대부분 <회심곡>의 필사본 자료는 Ⅱ장에서 제시한 바와 같은 1)-21) 단락의 시간적 전개에 따른 구조에서 일탈되지 않는 형식이다. 즉 시간적 전개에 의해 배열된 <인과문>의 경우와 마찬가지로, 내용 면에서 본다면 21) 염불 단락을 제외하고 1)-20) 단락의 순서적 배열이 <회심곡>의 基本形을 이루고 있다는 점에서는 이론의 여지가 없다. 각 편에서 1)-20) 단락의 배열이 도치되거나 일부 단락이 생략되고 또는 확장되기도 하는 변모양상에 따라 작품군의 친소관계를 살펴 유형을 정리해 볼 수 있다.

또 한 가지 문제점은 <회심곡>에 수용된 여러 念佛·雜歌類의 파악이다. <회심곡>은 '염불+회심곡'의 형태로 가창되며 여러 시가와 연계되어 불렸을 뿐 아니라, 타 시가의 사설을 각 세부 단락과의 친연성에 의해 <회심곡> 사설로 활용한 경우도 적지 않다. 기존 연구에서는 이러한 염불·잡가류에 대한 검토가 미흡하여, 이와 같은 부분을 <회심곡>이 지닌 자체적 특성으로 인식하거나 <회심곡> 사설의 변형으로 이해하는 면모를 보여 왔다. 이로 인하여 음악적 연구에서는 사설의 변별성 없이 검토하여 <회심곡>을 곧 <부모은중경>이라고 보는 견해까지 초래하게 되었다. 그러나 <회심곡>에 수용된 타 시가는 1)-20) 단락과 변별되는 부분이며, 타 시가의 사설이

<회심곡>에 흡수되는 요인 및 상호 영향을 준 관계양상이 필수적으로 고찰되어야 한다.

본고에서는 이에 따라 <회심곡>과 교섭한 염불·잡가 등에 어떤 작품들이 있는지 먼저 살펴보고 나서, 문헌 자료와 음반 자료를 검토해 보기로 한다. 현전하는 자료의 존재양상을 고찰하여 각 형태의 특성을 구분하고, 특히 동녕승과 국악인에 의해 가창된 일부 음반 자료에 대해서는 가능한 범위 내에서 시대별로 <회심곡>을 전승한 창자의 계보 및 창자별 변이양상을 파악해 보기로 한다.

1. <회심곡>과 교섭한 시가

<회심곡>은 문전염불이나 고사염불로 불릴 경우, '염불＋회심곡'의 연계된 형태로 가창되었다. 염불에 수용되는 다양한 사설에는 <평조염붉(검승타령)>, <오조염불> 등과 告祀소리의 뒷염불로 불린 <반멕이> 등이 나타난다. 또한 이와 같은 염불에 이어지는 <회심곡>의 사설 내에는 <부모은중경>을 비롯하여 <백발가>, <맹인덕담경>과 <제전> 등의 사설이 유입되기도 한다. 이와 같이 복합적으로 구성된 '염불＋회심곡'의 형식은, 경우에 따라 사설이 혼재되어 염불과 <회심곡>의 엄밀한 경계선을 긋기 어렵다. 염불이 <회심곡>으로 인식되어 불린 경우도 있고, 또한 염불의 사설이 <회심곡> 속에 포함되어 불린 예도 있는 것이다. '염불＋회심곡'의 형태에 수용되는 시가들을 살펴보면 다음과 같다.

① 乞僧打令(平念佛)

ㄱ) 일심정념 극락세계 남무아미로다 아하에—

ㄴ) 아들이면 도도님금상에 리금상마마 무량손님며리봉살 염불 동
창 시방에도 어진 셰존님 평생원이 발원이오 가자보록 효자충
신 열녀열부 발원이오 업는의기 생남발원이오 잇는의기 수명장
수 발원이요 자손 곱게길너 부귀영화 명복백년 눌너 가을마데
자미공덕 금상마마

ㄷ) 선심업시 남자되여 공덕업시 여자되오 고대광실 놉흔댁에 금의
옥식을 노적ㅎ고 남종녀종을 부리실졔 틱텽셩듸로 잘살다가 어
닉후시에 도라가서 찬한성형이 남자될이로다 남자녀자 원을마
소 선심업시 남자되어 공덕업시 극락가오

ㄹ) 쥬야장쳔 염불ㅎ오 노는입에 염불하오 염불이면 불법이오 불법
이면 염불이라 어서밧비 시주하오 (걸승타령 / 아악부가집189)

<걸승타령>은 『아악부가집』에 실려 있는데, ㄱ) 염불, ㄴ) 발원, ㄷ)
남자로 탄생되기를 축원, ㄹ) 염불과 시주의 순서로 되어 있다. ㄴ) 발
원 부분은 자손에 대한 축원 내지 덕담을 다루고 있고, ㄷ) 부분에서
는 이승에서의 부유한 삶과 후세에 남자로 태어나기를 기원한다. 이로
보면 <걸승타령>의 청중은, 걸승이 시주를 청하는 부녀자임을 알 수
가 있으며, 끝 부분이 '어서밧비 시주하오'로 되어 있는 것을 보면, 문
전염불인 평염불[1]의 수록으로 생각된다. 음악적으로는 平調염불이라

---

1) 한만영은 托鉢時의 절차에 대하여, "탁발 시 모 씨 집 문전에 가면 흔히
평염불을 부른다. 평염불의 사설 내용은 평조로 된 전반과 부모은중경으
로 나뉘어져 있다. 부르는 사람에 따라 혹은 어투에 따라 약간씩의 차이
가 있으나 대개 <一心精念은 極樂世界라 / 나무아미타불>로 시작하는 平
調를 부르고 난 후, <法華經은 아버님경 / 恩重經은 어머님경 / 형님동생
愛重經을 마련할 때 / 아버님께서는 뼈를 빌구 / 어머님께 살을 빌어>로
시작하는 인생의 生老病死와 除禍招福을 노래하는 대목이 父母恩重經
인데 이것을 간단히 回心曲이라 부른다는 것이다. 바꾸어 말하자면 회심
곡은 平調念佛의 後半部에 해당하는 대목"이라고 정의하고 있다. —한

한다. 동녕승의 탁발 시, 위와 같은 평염불 이후에 <회심곡>이 이어져 불리며 이런 형식을 '평염불 회심곡'이라 지칭하기도 한다.

② 悟調念佛

ㄱ) 나무아미타불 남방의화주중이나 중생도제요 방지보리 극락세계 미로다 사불의-지화염불은 대원이로다 나무아미타불

ㄴ) 예보나시오 시주님네요 일월이같소 시주나마마 염불의 저말쌈은 친애친견하시면 인간에도 세상에 다나오신 사람 빈손에 저 빈몸 다들고 나와 물욕의 탐심을 너무 마오 백년탐물은 일조진이요 삼일수심 천재보라 악심에 걸면 모은 천냥 먹고가며 쓰고가나 못다나 먹구 못다쓰구

ㄷ) 열손걸어서 배위에 얹구 두눈감구 한숨쉬구 스슬피 돌아가면 육진장포로 매를묶어 칠성판위에 모셔놓구 소방산에 소틀이며 대방산에 대틀인데도 육문감사 내려닫이 칠성닷줄 벌려메고 앞에군병 열두군병 뒤에군병 열두군병 스물네군병 발맞춰라 연방군아 불밝혀라 북망산천에 돌아가니 인간의 목적이 험하구나 세상의 사람이나 사각을 그저자잠간 하십소사 나무아미타불

ㄹ) 세상의 사람이 새로새생각하시면 한심하구두 기가 가련쿠나 묘창해지가 일속이요 반불에도 나비로다 뿌리없는 부평초같소 밤엔 죽구두 낮엔 사니 하루살이 같은인생 천년이라도 살며 만년이라도 사나 몽중같은 요세상살이 꿈결에 같이라도 돌아만 가십소사 나무아미타불 꿈결에 같이 돌아가면요

ㅁ) 인간세상에 다나온사람 임자절로 났다해도 임자라도 제절로 아니 그리났소 부모님의 은공을랑 남녀라도 노소가 잊지 마오 건명전에도 법화경과 또건명전에 은중경가 형님동생 애중경과 처자라도 권속에 사랑도 경이로다 분만허구두 대장경은 법화경은 아버님경이고 은중경은 어머님경인데 / 아버님전 뼈를 빌구 어머님전 살을빌어 (오조염불 / 박청해 창)2)

만영, 전게서 Ⅰ-24). p.104.

<오조염불>은 喪禮 과정에서 發靷 시 불린 염불을 지칭한다. 그 구성은 ㄱ) 염불, ㄴ) 재물의 무상함, ㄷ) 상례의 모습, ㄹ) 인생무상, ㅁ) 탄생의 순서로 되어 있다. ㄴ)과 ㄹ) 부분에서 현세의 무상함을 노래하고, 그 사이에 민간의 喪葬儀禮에 대한 직접적 묘사가 개입되어 있다. 이와 같은 각각의 단락은 일정한 배열을 이루는 고정된 형식이라기보다는, 상례에서 불리는 상여노래의 여러 공식구를 창자의 의도에 따라 수용하여 부른 것이라 하겠다. 이에 이어서 ㅁ) 부분부터 <회심곡>이 불렸는데, 이러한 형식을 '悟調回心曲'이라 부르기도 한다.

③ 반멕이(반막이)
(합창) 상봉길경에 불공만재로다 만복이자 사실지라도 늘여서 사대
　　　만 사십소사 나미아미타불
(독창) 명만있구 복없으면 못살구요 복있구도 명이짧으면 못사나니라
　　　명과복을 고루줄때 명을랑은 옛날옛적 삼천갑자 동방삭의 기나
　　　긴명으로 느려를 주시고 복을랑은 옛날옛적 석순이장자 김안태
　　　만 복으로 점지하야 건구건명 이댁가정의 아나금상 부인마마
　　　부처님의 은공으로 이삼사월이 넌짓되니 명산대천 삼재불공 화
　　　전놀이를 갔다오시는 길에 어떠한 삼을구해다가 장독옆에다 심
　　　었더니 그더덕이 자라는대로 건구건명 이댁가정 재산이 점점
　　　느는대로 날이면 날마다 그저더덕더덕 쌓이 잘도 납니다.
(합창) 만복이자 에헤헤 사실지라도 늘여서 사대만 사십소사 나무
　　　아미로다 나헤헤 <중략>
(독창) 왕생극락으루 가시는 시주마다 잘간다구 좋아말구 못간다구
　　　설어마소 이승공덕은 닦은대로 저승인연은 맺은대로 죽음길
　　　도 선후있네 백발노인은 먼저가고 이팔청춘은 나중가니 저건
　　　너섬리상 상상봉에 청산유수가 느린 듯이 <후략> (반멕이 / 남
　　　사당 이수영 창)

---

2) 한만영 채록, 전게서 Ⅰ-24), 오조염불·반멕이 사설 재인용.

<반멕이>는 충청, 강원, 경기지역의 고사염불3)로서, 노인들을 위해 따로 부르거나, 告祀先念佛(고사덕담)에 이은 뒷염불 대신에 불린 염불이다. 고사염불의 뒷염불은 지역별로 다르게 나타나는데, 서도지역은 수심가조의 <부모은중경>, 경기지역은 평조(관악산조)의 <성주풀이>, 충청 강원지역은 동부민요선법(치악산조)의 <반멕이>를 중심으로 부른 것으로 추정된다. 동녕승이나 절걸립패의 경우 고사염불의 일부로 <회심곡>을 부르기도 하였는데, 이와 같이 고사염불로 불린 노래라는 공통점에서 <회심곡>과 <부모은중경>·<성주풀이>·<반멕이>의 사설이 서로 넘나드는 배경이 마련된 것으로 보인다.

④ 父母恩重經
  1. 나를 잉태하시고 지켜주신 은혜
     여러 겁을 내려오며 인연이 중하여서 어머니의 태를빌어 금생에 태어날 때 날이가고 달이져서 오장이생겨나고 일곱달에 접어드니 육정이 열렸어라 한몸이 무겁기는 산악과 한가지요 가나오나 서고안고 바람결 겁이나며 아름다운 비단옷도 모두다 뜻이 없으니 단장하던 경대에는 먼지만 쌓였더라
  2. 해산에 임하여 고통을 받으신 은혜
     아기를 몸에 품고 열달이 다 차서 어려운 해산달이 하루하루 다가오니 하루하루 오는아침 중병든 몸과 같고 나날이 깊어가

---

3) 이창식은 고사염불에 대하여, "고사풀이는 부분적으로 고사소리이면서 사설 자체의 낭송을 위주로 한 경우가 있다. 고사풀이를 연행하는 주체는 소릿광대인데, 민간의식의 진행상 필수적으로 따른다. 중부이북에서는 걸립패 고사소리꾼이나 탁발승이 성주고사에서 소리를 부르기도 한다. 충청, 강원, 경기 지방에서는 고사염불이라고 하는데, 고사덕담 뒤에 뒷염불이 연행된다. 경기 서북 지방에서는 뒷염불인 <부모은중경>을 부르며 <회심곡>을 일반 소리꾼들이 따로 부르고 있다. 충청, 강원에서는 고사소리꾼인 비나리들이 뒷염불로 <반맥이>를 부르며 따로 <오조>라는 것이 있는데 이것은 상례과정에 부른다."고 언급하였다. —이창식, 「불교민요의 기능과 의미」, 『불교민속학의 세계』, 집문당, 1996. p.198.

니 정신조차 아득해라 두렵고 떨리는 맘 무엇으로 형용할까 근
심은 눈물되어 가슴속에 아득하니 슬픈 생각 가이없어 친족들
을 만날때면 이러다가 죽지않나 이것만을 걱정하네

3. 자식을 낳았다고 근심을 잊어버리는 은혜

자비하신 어머니가 그대를 낳으신 달 오장육부 그 보두를 쪼개
고 헤치는 듯 몸이나 마음이나 모두가 끊어졌네 짐승잡은 자리
가티 피는 흘러 넘쳤어도 낳은 아기 씩씩하고 충실하다 말들으
면 기쁘고 기쁜 마음 무엇으로 비유할까 기쁜 마음 정해지자
슬픈 마음 또 닥치니 괴롭고 아픈 것이 온몸에 사무친다

4. 입에 쓰면 삼키고 단것이면 뱉어서 먹이신 은혜

중하고도 깊고깊은 부모님 크신 은혜 사랑하고 보살피심 어느
땐들 끊일 손가 단것이란 다밭으니 잡수실 게 무엇이며 쓴것만
을 삼키어도 밝은얼굴 잃지 않네 사람하심 중하시사 깊은 정이
끝이없어 은혜는 더욱깊고 슬픔 또한 더하셔라 어느때나 어린
아기 잘먹일 것 생각하니 자비하신 어머님은 굶주림도 사양찮네

5. 마른자리에 아기를 눕히고 진자리에 누우신 은혜

어머님 당신 몸은 젖은 자리 누우시고 아기는 받들어서 마른자
리 눕히시며 양쪽의 젖으로는 기갈을 채워주고 고운옷 소매로
는 찬바람 가려주네 은혜로운 그 마음은 어느 땐들 잠드실까
아기의 재롱으로 기쁨을 다하시며 오로지 어린 아기 편할 것만
생각하고 자비하신 어머니는 단잠도 사양했네

6. 젖을 먹여 길러주신 은혜

아버님의 높은 은혜 하늘에 비기오며 어머님의 넓은 공덕 땅에
다 비할손가 아버지 품어주고 어머니 젖주시니 그하늘 그땅에
서 이내 몸이 자라났네 아기 비록 눈없어도 미워할 줄 모르시
고 손과발이 불구라도 싫어하지 않으시네 배가르고 피를 나눠
친히낳은 자식이라 종일토록 아끼시고 사랑하심 한이 없네

7. 깨끗하지 못한 것을 씻어주신 은혜

생각하니 그 옛날의 아름답던 그 얼굴과 아리따운 그 모습이
풍만도 하셨어라 갈라진 두 눈썹은 버들잎 같으시고 두뺨의 붉

은 빛은 연꽃보다 더했어라 은혜가 깊을 수록 그 모습 여위었
고 기저귀 빠시느라 손발이 거칠었네 오로지 아들딸만 사랑하
고 거두시다 자비하신 어머니는 얼굴모양 바뀌셨네

8. 자식이 멀리가면 생각하고 염려하시는 은혜
　죽어서 헤어짐도 참아가기 어렵지만 살아서 헤어짐은 아프고
서러워라 자식이 집을 나가 먼길을 떠나가니 어머니의 모든 마
음 타향 밖에 나가있네 밤낮으로 그 마음은 아이들을 따라가고
흐르는 눈물줄기 천줄긴가 만줄긴가 원숭이 달을 보고 새끼생
각 울부짖듯 염려하는 생각으로 간장이 다 끊기네

9 자식을 위해 나쁜 일을 하시는 은혜
　부모님의 은혜가 강산같이 중하거니 깊고 깊은 그 은덕은 실로
갚기 어려워라 자식의 괴로움은 대신 받기 원하시고 자식이 고
생하면 부모 마음 편치 않네 자식이 머나먼 길 떠난다 들을지
면 잘있는가 춥잖은가 밤낮으로 걱정하고 자식들이 잠시동안 괴
로운 일 당할 때면 어머님의 그 마음은 오래두고 아프셔라

10. 끝까지 자식을 사랑하는 은혜
　부모님의 크신 은덕 깊고도 중하여라 크신 사랑 잠시라도 끊일
사이 없으시니 앉으나 일어서나 그 마음이 따라가고 멀든지 가
깝든지 크신 뜻은 함께 있네 어버이 나이 높아 일백 살이 되었
어도 여든된 아늘딸을 쉼없이 걱정하네 이와 같이 크신 사랑
어느 때에 끊이실까 수명이나 다하시면 그때에나 쉬실까 (불설
대보부모은중경언해)4)

　國譯된 <부모은중경>은 <회심곡>과 별개로 '父母恩重經 和請'으
로 불리기도 하며, 告祀念佛에서 뒷염불로 활용되기도 한다. 고사염
불로 불린 <부모은중경>의 사설이 <회심곡>의 2) 탄생(부모은공) 단
락과 결부되어 <회심곡>의 사설로 수용되기도 하는데, 이와 같은 각

---

4) 전광현 해제, 『불설대보부모은중경언해』, 태학사, 1986.

편에서는 '부모은공'을 다룬 사설이 확장되어 <회심곡>의 후반부가 축약되거나 탈락되는 양상을 보인다. 이로 인하여, 논자에 따라서 '회심곡이란 부모은중경을 부른 것'이라는 인식이 이루어진 것이다. 그런데 불교가사로서의 <회심곡>에서 보면 <부모은중경>과 연결 지을 수 있는 부분은 2) 부모은공 단락의 몇 구에 불과하다. <부모은중경>의 사설은 '염불＋회심곡'의 중간 고리로서 개입되어, 확장 강조되며 <회심곡>과 이어져 불렸기 때문에 <회심곡>을 대표하는 특성으로까지 인식되기에 이른 것이라 하겠다.

⑤ 白髮歌
ㄱ) 슬푸고 슬푸도다 엇지하야 슬푸든고―의미업고 사정없이 세상 사람 늘끼는고 (59구): 노화한탄
ㄴ) 늙기도 설은중에 모양조차 늘거지네―억만번 다시생각 늙지말게 할수없네 (60구): 노화한 모습
ㄷ) 어화답답 서른지고 또한말 들어보소―제절로 독부되니 허희탄식 뿐이로다 (80구): 인생무상(세상탐욕의 허망함)
ㄹ) 부럽도다 소년들아 절멋슬제 덕을 닥소―진세오욕 탐착말고 선심공덕 어서하소 (63구): 선심공덕 권유
ㅁ) 이말저말 도시말고 후생로자 작만한후―극락세계 어서가세 나무아미타불 (28구): 극락왕생(백발가/『석문의범』)

불교가사 <백발가>[5]는 내용전개 면에서 ㄱ) 노화 한탄, ㄴ) 노화한 모습의 제시, ㄷ) 인생무상(세상탐욕의 허망함), ㄹ)선심공덕 권유, ㅁ)극락왕생의 순서로 이루어진다. <백발가> 사설은 歎老歌의 유형인 『초당문답가』의 <백발가>[6]에서 나타나기도 하고, 판소리 단

---

5) 불교가사 <백발가>는 『석문의범』의 백발가 외에 『역대가사문학전집』에 541.븩발가, 1163.백발가, 1164.백발가, 1768.백발가, 1769.백발가, 1770.백발가, 1771.백발가 1816.븩발가 1817.븩발가 등의 이본이 있다.

가인 <불수빈(공도라니)> 계열에서 찾아볼 수도 있다. 이는 <백발가> 사설이 조선 후기 인생무상을 노래하는 공식적 표현 단락으로 널리 활용되었음을 보여준다. <회심곡>에서도 3) 노화 한탄 단락에서 인생무상과 탄로의 내용을 다루며 이러한 <백발가>의 사설이 넘나드는 양상을 보인다.

⑥ 盲人德談經

ㄱ) 불션명당신조경은 텬강틱디슈명당 일셩월셩내외지라 동방에는 청뎨지신 남방에는 적뎨지신 셔방에는 백뎨지신 북방에는 흑뎨지신 즁앙에는 황뎨지신 렬위지신이 ᄒ감ᄒᄉ 소원셩취발원이요

ㄴ) 당상학발 량친을낭 오동느무 샹샹지에 봉황갓치졈지ᄒ고 슬ᄒ쟈손이 만셰영이라 무쇠목슘에 돌쓴다라 쳔만셰를 졈지ᄒ라 이틱ᄀ즁에 금년신수 틱통홀젹에 동졀문을 다든드시 오륙우러문을 여른드시 식옷닙은드시 늘식몸이 되게 졈지ᄒ고 평반에 물을담은드시 물에물탄드시 슐에슐탄드시 옥반에 진쥬담은드시 나지면은 물을 담고 밤이면은 불이밝아 수는쳥쳥화는명명 비단에 수결갓고 한강수물결갓치 그냥그대로 내리소셔

ㄷ) 이틱ᄀ즁에 귀ᄒ익기 틱산갓치 놉푸거라 하희갓치 너르거라 나라에는 츙신동이오 부모의게는 효ᄌ동이라 형뎨에는 우익동이오 일ᄀ에는 화목동이라 친구에는 유신동이오 세상텬디 웃듬동아 동방삭의 명을 빌고 강틱공의 나흘비러 션팔십 후팔십 일빅 녜슌을 졈지ᄒ고 셕슝의 복을비러 물복은 흘너들고 구렁복은긔 여들고 족졔복은 쮜여들고 인복은 거러들게 시시ᄀ문의 만복릭오 일일소디 황금츌이라 동내젼방닉젼에 남의 눈에 ᄾᆽ치되고

---

6) 연작형 가사 『초당문답가』의 첫편으로 <백발편>, <백발가> 등으로 전한다. 『초당문답가』는 19세기 말에서 20세기 초에 일반 대중에게 상당한 호응을 얻어 수용되었고, 여기 실린 <백발가>는 초당주인과 구걸하는 노인의 대화로 구성되어 있다. ─정재호, 『주해 초당문답가』, 박이정, 1996. pp.4─5.

이내몸에 닙히피여 거름발마다 향닉나게 점시ᄒ고 험흔놈의 닙
셩수며 귀셩수며 월익 달익 화직 지익 관직구셜 겍금치ᄉ 삼직
팔ᄂᆞ을낭 쳔만리 방송ᄒ고 어엿부고 얌젼ᄒ고 향닉나고 밉시잇
고 지젼ᄒ고 쌀쥭일낭 주인되ᄀ죾으로 시러드려라 급급여륳령
시힝 (밍인덕담경 / 『신찬고금잡가』)

<맹인덕담경>은 巫經의 요소와 고사염불의 덕담이 잡가화된 것으
로, 잡가집[7]과 『가집』, 『악부』에 수록되어 있다. ㄱ) 발원, ㄴ) 집안
축원, ㄷ) 자식 축원의 순으로 되어 있다. ㄱ)은 무경 『佛說明堂經』의
구술이고, ㄴ)은 兩親을 중심으로 집안 전체를 축원하는 덕담이다.
ㄷ)은 자식을 축원하는 덕담인데 민요적 표현으로 공식구의 성격을
지닌다. 盲巫에 의해 구송되던 巫歌의 형태가 雜歌로 전이된 형태라
하겠다. 동녕승이 부르는 <회심곡>에서 2) 탄생(부모은공) 단락을 장
형화하여 부를 때, ㄷ)과 같은 사설이 공식구로서 활용되었다.

⑦ 祭奠

ㄱ) 세샹빅년 싱겨날직 열시왕님젼 명을빌고 데석님젼 복을빌며 아
    부님젼 쎼를빌고 어마님젼의 살을빌어 열돌빅서러 이세샹빅년
    싱겨ᄂᆞ니

ㄴ) 우리부모 날길을적에 은ᄌ동이며 금ᄌ동이며 오식비단에 치식
    동이 금을주면은 너를사며 은을주면 너를사랴 쥐면은 써질ᄉ라
    불면은 날을ᄉ라 곱게곱다케 나를기를제 글빅ᄒ고 활쏘아 문무
    겸젼ᄒ여 됴명에립신양명흔 연후에 어진가쳐 구ᄒ여 당샹학발
    쳔년슈요 슬하ᄌ손 만세영ᄒ줏더니

ㄷ) 우연득 병탈난몸이 빅약이 무효로다 다만부르ᄂᆞ니 어머니오 찾

---

7) 『무쌍신구잡가』, 『신구유행잡가』, (1915) 『증보신구시행잡가』, 『신찬고금
   잡가』, 『특별대증보신구잡가』, 『일선잡가전』, (1916) 『시행증보해동잡가』
   (1917)에 7회 수록되어 있다.

ᄂ니 닝슈로다 무녀불너 굿슬ᄒᆫ들 굿덕인들 닙을소냐 쟝님불너
셜경ᄒᆫ들 경덕인들 닙을소냐 셩쳔에리경화월나라 편쟉화타가
다시 깅쇼년ᄒᆞᆯ지라도 이내병 곳치기 만무로다 형방ᄑᆡ독산이며
곽향졍긔산환약탕약이다 부졀업다 인삼록용으로 집을지며 당ᄉᆡ
향으로 구들돌놋코 우황쳥심환으로 니불덥고 불로초로 불을 쌘
들이 내병 곳치기ᄂᆞᆫ 만무로구나

ㄹ) 여보 마루라 나죽어 북망산쳔 도라갈제 셔양쳥국 비단오릉죡빅
이며 삼슈갑산 회령죵셩령ᄆᆡᆼ포도 다겨ᄆᆞᆫ 두고 님닙든 단속옷버
셔 이내일신명모악슈를 막시워 류진쟝포 열두ᄆᆡ기 아조 쌍쌍묵
거ᄂᆡ여 졋나무 쟝광틀에 수물네명 샹부군 어헐너헐 발맛추며
연발군아 불붉켜라 붉은명졍은 죵로대로상에 표불ᄒᆞ고 남문밧
ᄉᆞ십리 보통송긱 리별ᄒᆞᆯ제 풍취광야에 지젼비ᄒᆞ니 고묘루루 츈
초록이라 당리화영빅양슈ᄂᆞᆫ 진시ᄉᆞ싱리별쳐라

ㅁ) 명막즁쳔곡불문에 소소모우인귀거ᄒᆞᆯ제 이모루 져모루 얼는지ᄂᆞ
고 력골잔뎡에 흑돗친 연후에 홍안박명 쳥춘ᄋᆡ쳐가 님죽은 분
묘를 차자갈제 이모루져모료 다ᄌᆞ가니 님죽은 분묘가 여긔로구
나 분묘압헤ᄂᆞᆫ 금쌈썩로다 금짠썩 우에다 졔석을 펴며 졔셕 우
에다 조조반놋코 조조반 우헤다 삼간지 펴고 삼간지 우헤다 금
변지 펴고 그 우헤다 온갖 음식을 즈르루 다 버릴적에 (중략)

ㅂ) 왜죽엇너니 왜죽엇너니 옷밥이 그러워 네죽엇너니 세상텬디에
졔일보빅를 놋코 네왜죽엇네 망죵왓든길에 ᄒᆞᆫ번불너ᄂᆞ보고 가
ᄌᆞᆺ구나 나오나라나오나라 귀신이라도 네나오고 졍령이라도 네
나오려무나 시시째째로 네ᄉᆡᆼ각못니져 나못살갓네 (졔뎐(祭奠) /
『뎡졍증보신구잡가』)

　　<제전>은 서도 잡가로서 <배뱅이굿>, <안중근가>, <전쟁가> 등을
지은 서도소리의 대명창 김관준 명창이 지은 것으로, 김관준은 만년
에 박수무당으로 살았다고 한다. 김관준 명창은 평안남도 용강 출신
이며 그 아들 김종조 씨를 비롯해서 최순경 씨, 이인수 씨와 같은

명창을 길러냈다.8) <제전>의 사설은 ㄱ), ㄴ)에서 <회심곡>의 1) 도입, 2) 탄생(부모은공)의 부분을, ㄷ)에서 4), 5) 병고의 부분을 그대로 차용하고 있음이 주목된다. ㄹ)도 <속회심곡>, <반회심곡> 등에 유입되는 사설과 유사한 것으로 보아, 이러한 <회심곡>의 변형과 관련을 맺고 있는 것으로 보인다. ㅁ)부터는 <제전>의 독자적인 사설로, ㅁ)은 제사상을 차리고 제례를 지내는 과정, ㅂ)은 죽은 이에 대한 한탄의 내용이다.

위에 제시된 시가들은 ①-③ 염불, ④⑤ 화청, ⑥⑦ 무속적 잡가로 나누어진다. ①-③의 염불은 승려나 절걸립패의 탁발이나 고사시 활용된 시가이다. 탁발할 때의 속성상, <회심곡> 앞뒤에 덕담이나 축원소리가 다양하게 불리게 된다. 사찰을 떠나 민간으로 전파되는 전개과정에서 이러한 염불 사설은 특히 <회심곡> 앞부분과 결부하여 불리며 변이양상을 초래했고, 사설이 혼용된 '걸립 회심곡'을 형성했다. ④⑤의 화청과 ⑥ 맹인덕담경은 <회심곡>의 내부 단락과 관련성을 갖는다. ④, ⑥은 <회심곡>의 2) 탄생(부모은공) 단락과, ⑤는 3) 노화 한탄 단락과 교섭되며 '걸립 회심곡'의 장형화를 이루게 했다. ④의 경우는 불경의 언해를 화청으로 부른 것이어서, <부모은중경 화청>→<걸립 회심곡>의 영향 관계가 확연하다. 이에 비해 ⑤⑥의 사설 단락은 口碑詩歌의 공식구로 유전되다가 동녕승의 '걸립 회심곡'에 유입되었을 가능성이 높다. ①-⑥의 시가들이 <회심곡>의 변형에 영향을 주거나 상호 관련성을 갖는 반면, ⑦의 경우는 <회심곡>에서 일방적인 영향을 받아 형성된 작품이다. <회심곡>의 사설 일부를 가져와서 잡가 <제전>의 사설로 사용한 경우이다.

이러한 작품들은 <회심곡> 사설을 '현세의 인생무상'(1-10) 부분

---

8) 서도소리 명창 이은관 증언-AK012, LG 미디어 LGM 최순경 서도소리 (1CD) 1996, 해설서.

과 '저승을 통한 권계'(11－20)로 나눌 때, 모두 현세적 문제[인생무상]와 관련되어 있는 시가들이다. 연계된 시가들의 활용은 음반 자료에서 두드러지는데, 이로 인하여 '인생무상' 부분만을 확장·부연하여 부르고 '저승' 부분을 생략하는 경향성을 드러낸다.

2. 문헌 자료

<회심곡>의 문헌 자료는 대부분 필사본으로 전해지며, 수록양상에 따라 <회심곡> 기본형의 단락들만으로 구성된 '佛歌 회심곡' 자료와, <회심곡> 사설에 타 시가의 사설이 혼합된 '佛歌 회심곡'의 변형 자료,9) 雜歌로 전이된 자료, 巫歌로 전이된 자료로 나누어 살펴볼 수 있다.

1) 佛歌 回心曲

(가) 筆寫本의 유통과 婦女子層의 수용

<1> 회심곡(재삼) (교훈가－역대10)1400번): 20) 선심공덕 권유 부분

---

9) <속회심곡>·<반회심곡>의 경우 염불과 <회심곡>이 혼합되어 있지만, 동녕·걸립의 목적으로 불린 노래가 아니므로 '걸립 회심곡'과는 변별된다. '佛歌 회심곡'의 확장된 변형으로 다루기로 한다.
10) 임기중 편, 『역대가사문학전집』(1－50권), 아세아문화사, 1998. 수록번호임. 이하 '역대'로 표기.

이 "래생길을 잘닥아서 / 극락으로 나아가새 / 우리들이 모두다가 / 선션심하옵시다"로 약술되어 있다.

<2> 회신곡(우민가 회신곡-역대1403번): 끝 부분에 '병신년(1896년 추정) 이월 십이일 쓰음'으로 기록되어 있다.

<3> 회심곡니라(역대1404번): 1) 도입 부분이 "이셰상 만물즁의 셔른 기사 사람밧겨 쏘닌난가 / 니닌말삼 듯보니 / 세상삼겨날띠 닌니 점시 / 뉘득으로 삼겨든고"로 약간 늘어나 있고, 끝 부분이 "회심곡을 허수마라 / 생심공득 안인하면 우마귀시 못면이한이 / 형심ㅎ고 조심ㅎ소"로 약술되어 있다.

<4> 회심곡(역대1769번): '백발가' 뒤에 첨부되어 있다.

<5> 회심곡(역대-2433번): '을미(1895년 추정) 윤삼월 이십일일'로 기록되어 있다.

<6> 회심곡(역대2434번): '황겨ㅅ라 숙쥬씨 필적'으로 기록되어 있다.

<7> 회심곡(『가집』93 / 1931-1935)

(가)의 자료들은 제목이 국문으로 <회심곡> 또는 <회신곡>으로 명명되어 있고, 1) 도입 부분이 "상천지 만물중에 / 사람밖에 또 있는가"로 시작된다. 4·4조의 율격을 지키고 있으며, <회심곡> 기본형의 1)-20) 단락 순서가 동일하다. 이 자료들의 筆寫本 定着이 연행자의 記述인지 향유자의 자발적 학습에 의한 採錄인지 판별하는 것은 무리가 있으나, 대체적으로 佛敎信徒이며 국문을 쓸 수 있는 婦女子層의 기록으로 추정된다. <회심가>가 화청 정리의 견지에서 사찰의 판본으로 정착된 데 비하여, <회심곡>은 승려층의 가치인식이나 기록의식이 미약한 노래여서, <회심곡> 筆寫本의 성립에는 불승의 역할보다 오히려 부녀자층의 구송·기록의 역할이 지대했던 것으로 보인다. 민중불교의 전파는 여성 편향성을 지니며, 巫俗과 결합되는 면모도 드러난다.

사찰에는 기거하며 살림을 돕는 '공양주 보살'을 비롯하여 주기적으로 사찰 행사에 참여하여 공덕을 닦는 부녀자 신도층이 있다. 이러한 불교신자들은 화청으로서의 <회심곡>에 익숙해진 입장에서 자발적으로 배우고 따라 부르는 방식으로 적극적인 수용을 했을 것이다. 또한 서민층의 부녀자들은 사찰에 가지 않는 입장이라 해도 일상생활 속에서 탁발승이나 걸립패에게 布施하며 염불과 연계된 <회심곡>에 익숙하여졌을 것이며, 소극적인 태도의 불교신자층으로 잠재하는 양상을 보인다. 在家의 일반 신도층일 경우 특히 가족의 喪을 당하였을 경우를 계기로 하여, 망자의 명복을 위해 염불이나 불교시가를 적극적으로 익히고 가송하는 면모가 있다.

그러나 <회심곡>을 향유하고 필사한 부녀자들의 계급적 기반을 庶民層만으로 국한시키는 데는 무리가 있다. 생사관과 내세관에 대한 불교의 신앙은 부녀자에게 범박하게 퍼져 있는 것으로 일부 계층의 부녀자들만 지녔던 것은 아니다. 이로 본다면, <회심곡>도 식자층 부녀자들에 의해 채록 내지 필사의 과정을 겪었을 것으로 보인다.

첫째, 士大夫 부녀층은 儒敎的 교육과 질서하에서 생활하였으나 儒敎가 내세신앙적 면까지 충족시켜 주는 것은 아니었으므로 그중에서도 불교신앙을 지니고 사찰에 공양을 다닌 부녀자들이 있었으며, 閨房歌詞가 기록·필사된 것과 마찬가지로 불교가사 <회심곡>도 채록되었을 가능성이 있다.

둘째, 宮女의 기록과 필사의 가능성도 주목된다. 조선시대 궁녀는 종신직으로서, 상전이 죽으면 상전의 3년 상을 치른 후 출궁하여 대체로 寺刹에서 여생을 보내는 경우가 많았다.[11] 특히 문서적 업무와 관련된 書記나 女史의 직분을 맡았던 궁녀가 사찰에서 여생을 보낼

---

11) 절에 들어가지 않은 궁녀들은 한곳에 모여 살거나 친인척에 몸을 의탁했는데, 서울 은평구 갈현동의 궁말이란 마을은 출궁한 궁녀들이 모여 살아서 궁말이라 불렸다고 한다. 신명호, 『궁녀』, 시공사, 2004. p.290.

경우, 사찰의 불교가사를 듣고 채록하거나 <회심곡> 문헌 자료를 필사하기도 하였을 것이다.

셋째, 中人·平民층에서 국문소설의 讀者層을 이루는 부녀자들의 역할도 고려할 수 있다. 국문소설을 읽는 독자라면 이를 충분히 필사할 수 있는 능력을 갖추고 있었고 기록한 자료를 남기기도 했다. 조선 후기 說經·寫經의 공덕이 강조되는 儀式佛敎的 영향을 고려해 볼 때, 국문으로 된 佛歌를 기록하며 공덕을 쌓는다는 의미로 <회심곡>도 채록되고 필사되었을 것이다.

국문시가의 筆寫는 당연히 국문을 읽고 쓸 수 있는 사람에 의해 이루어졌을 것이므로, 문맹자가 많은 서민층보다는 대부분 이러한 식자층 부녀자에 의해 <회심곡>이 기록되었을 개연성이 높다.

이 외에도, <회심곡>의 향유층에는 降神巫로서의 女巫들도 포괄될 수 있다. 김태곤[12]의 조사에 의하면, 世襲巫와는 달리 강신체험이 있는 降神巫인 文德順, 鄭大福의 경우 자신이 봉안한 巫神을 信仰하지만 불교를 좋아하며 절에 佛功을 드리러 다닌다. 巫佛習合의 종교적 전통하에서 무속을 본업으로 하는 무당들이 주거지에 가까운 사찰에 공양하러 다니는 것이다. 이러한 강신무들이 불가의 <회심곡>을 직접 수용하여 무가로 부르지는 않았다고 해도, 來世觀·宗敎觀에서 그 사상적 영향을 받은 점은 충분히 짐작해 볼 수 있다. 일반 信徒들의 경우, 사찰에 가더라도 山神閣이나 七星閣에 참배하면 雜神이 내린다 하여 기피하는 경향이 있다. 이처럼 잡신이 내린 '보살'은 사찰의식에 참여하기도 하며, 승려의 염불과는 별개로 개인적인 염불인지 무가인지 분별하기 힘든 呪語를 외우기도 한다.

---

12) 김태곤, 『한국무속연구』, 집문당, 1981. pp.41−57, pp.133−140. 참조.

(나) 歌謠集의 수록과 名稱의 변화

<1> 별회심곡(학명 스님 / 백발가 별회심곡 한양가 신년가 원적가 - 역
    대1170번): 1) 도입 부분이 "새상쳔지 말물중애 사람밧계 쏘잇
    는가"로 표기되어 있다.
<2> 별회심곡(역대1785번): 서두에 '別回心曲 求得於求禮'로 기록
    되어 있다. 19) 선행 여자의 소원성취 단락 중에 "제일전 진광
    대왕 경오생 신미생 임신생 계유생 갑술생 을해생" 등과 같이
    十齋日의 내용이 별도로 첨부되어 기술되어 있다.
<3> 별회심곡(『석문의범』/ 1931)
<4> 별회심곡(『조선가요집성』/ 1934)
<5> 별회심곡(『법주사탑돌놀이』/ 1972)
<6> 특별회심곡(『악부』15 / 1931 - 1935): 332구로 별회심곡보다 '저승
    의 판결' 부분의 분량이 늘어나 있으나, 단락의 배열 순서는 같다.
<7> 善心歌(『불교가사』/ 필사본, 1887)

(나)의 자료는 제목만 <별회심곡>, <특별회심곡>, <선심가> 등으
로 바뀌었으며 단락의 배열 순서나 내용 면에서 (가)의 자료와 뚜렷
한 치별점이 없다. <1>, <2>의 자료는 필사 시기를 확인할 수 없지
만, <3> - <6>은 1930년대 이후 가요집 자료로서 <회심곡>에 대해
모두 <별회심곡>이란 명칭을 붙이고 있는 점이 확인된다. 1920년대
의 잡가집에서는 <회심곡>13)으로 수록되어 있고, <별회심곡>이란
명칭은 나타나지 않는다. 이를 보면, <회심곡>을 <별회심곡>이란 명
칭으로 확정하여 부르게 된 것은 『석문의범』(1931)의 편찬을 전후한
시기로 보인다. 『석문의범』은 1930년대 불교의식의 정비를 위해 편
집된 불교의례서로서 근대 한국불교의 의식문을 합리적으로 정리하

---

13) 잡가집에는 <회심가>가 수록된 예가 보이지 않는다. 반면 <회심곡>은
    10종의 잡가집에 <회심곡>의 명칭으로 수록되어 있다.

고 있다. 『석문의범』 편찬자인 안진호의 편찬의식에 의해, <회심곡>을 <회심가>와 변별하기 위해 <별회심곡>으로 명칭을 바꾼 것으로 추정된다. 1930년대 음반 자료에는 <회심가> 음반이 없고, <회심곡 관악산조>에만 <회심가>의 흔적이 남아 있다. 이로 보아, 1930년대는 <회심가>가 연행 면에서 거의 효용성을 잃어가는 시기라 할 수 있다. 반면 <회심곡>은 권명학, 하룡남 등의 음반으로 유통되며, 활발히 전승되고 있다. 그러나 불교가사를 정비하며 '회심'의 명칭을 지닌 작품군을 동일계열로 파악하는 『석문의범』의 편찬의식에서 볼 때, <회심가>의 문헌 자료는 '청허존자 작'의 권위를 지니고 전승되고 있기 때문에 이를 <회심곡>의 원본으로 보아 <회심곡>이라 명명하고 <회심곡>은 이와 변별하기 위해 <별회심곡>의 명칭을 부여한 것이라 하겠다. 이와 같은 의식의 영향을 받아, 1930년대의 가요집과 그 이후의 가요집에서는 <별회심곡>의 명칭으로 수록되기에 이른 것으로 보인다.

(다) 〈회심곡〉 단락의 選擇的 구연

> <1> 무량가(역대1743번): 1) 도입 단락이 "세상텬디 만물중에 / 최령한것 사람이라 / 여이하여 최령한가 / 인의예지 삼강오륜 / 팔조목을 발키기로 / 스람밧게 쏘잇는가"로 나타나며, 2) 탄생, 3) 노화와 한탄 부분이 길게 부연되어 있다. 4), 5)의 병고 단락이 탈락된 대신, "세상사를 구벼보니 / 억천만사 몽중일세 / 어서밧비 깨달아서 / 불생불멸 드러가소―대몽을 어서 쌔여 / 어서밧비 쌔달르소"(53구)의 <夢幻歌> 사설이 삽입되고, 7) 저승사자의 도래―13) 저승의 봉초의 순서 다음에, 6) 명부 시왕의 나열 부분이 나타나며, 14) 죄인(남자)의 문초―20) 선심공덕 권유로 이루어진다.

<2> 사체가(『서방금곡』/ 崔就虛[14]) 필사 1931): 회심곡의 1), 2)
단락이 누락되고 그 대신 3) 노화와 한탄 단락이 "세상사을
싱각ᄒ니 / 묘망해지일속이라 / 꿈결갓튼 살림ᄉ리 / 가소롭고 우
삽도다-우리도 소년행락 어졔갓치 지닛드니 져근드시 늘거지
니 소년행락 씰듸업다"(42구)로 장형화되고 있다. 단락의 배열
순서는 3) 노화와 한탄-5) 병고(祈願의 무효험), 7) 저승사자
의 도래-13) 저승의 봉초의 순서 다음에, 6) 명부 시왕의 나
열 부분이 "제일에 진광대왕 경오갑을 차지ᄒ고-제십 오도전
륜대왕 무오갑을 차지ᄒ고"(20구)로 생년갑자와 관련하여 부연
되고 있다. 14) 죄인(남자)의 문초-20) 선심공덕 권유까지의
배열 순서는 차이가 없다.

<3> 憾死別曲(『서방금곡』/ 崔就虛 필사 1931): 1), 2) 단락이 누
락되고, 3) 노화와 한탄 단락이 "세상사을 싱각ᄒ니 / 가련ᄒ고
한심ᄒ다-숀발젓고 죽는인생 이내목전 파다하다"(10구)로 나
타나고, 20) 선심공덕 권유 부분이 "세상사람 싱각ᄒ오 선심업
시 ᄉ람되며-염불노 건져늬야 왕생극락 천도하세"(12구)의 염
불 권유로 나타난다. 단락의 배열은 3) 노화와 한탄, 20)선심공
덕 권유, 4) 병고(救護의 무효험)-5) 병고(祈願의 무효험), 7)
저승사자의 도래-9) 죽음의 무상함, 20) 염불 권유의 순서로
나타나며, 저승에 대한 단락은 나타나지 않는다.

  (다)의 자료는 <회심곡> 기본형의 단락 순서를 벗어난 형식으로,
1)-20)의 <회심곡> 단락 중에서 일부 단락을 탈락시키기도 하고,
단락 순서를 도치시키기도 하며, 한 단락을 선택적으로 길게 부연하

---

14) 崔就墟(생몰연대 미상)는 20세기 초 신체 불교가사 <귀일가>를 지은 이
    다. 1931년 필사한 『서방금곡』에 <회심곡> 이본인 <사체가>, <감사별
    곡>이 실려 있는데, <회심곡>의 1), 2) 단락이 누락되고 '세상사를 생각
    하니'로 시작되는 공통점이 있다. 작자 미상의 작품이지만, 최취허가 의
    도적으로 <회심곡>을 변개하여 수록한 작품일 가능성이 드러난다.

는 양상을 보인다. <1>, <2>의 자료에서는 <회심곡>에서 '인생무상'
에 대한 부분에서 나타나는 6) 명부 시왕의 나열 단락이 '저승권계'
의 부분에서 나타난다. 또한 <1>에서는 <몽환가>가 개입되어 있어
서, 여러 불교가사가 혼용되는 양상도 보여준다. <3>의 자료는 <회
심곡>의 내용에서 '인생무상'의 부분만을 부르고 '저승권계' 부분을
완전히 제외한 이본에 해당된다. 이 자료들은 모두 <회심곡>과 다른
명칭이 붙어 있는데, <회심곡>을 바탕으로 하여 필사자의 관심에 따
라 변개한 작품들이라 하겠다.

(라) 特定 단락의 擴張

<1> 회심곡이라(『부인치가사』[15] / 1848경): 서두에 "나무하미타불
     극낙셰괴로 / 남무하미타불"의 염불에 해당하는 구절이 나타
     나 있고, 1)−6) 단락의 부분까지만 기록되어 있다. 시기적으
     로 확인 가능한 필사본으로 <회심곡>이 19세기 전반부터 유
     통되었다는 증거라 할 수 있다. 다만 앞부분만이 기록되어
     있고 6) 명부 시왕명 나열 이후가 누락되어 전모를 알아볼
     수 없다.

<2> 회심곡(『회심곡 단』[16] / 1893경): 1) 도입 단락에 "일시암정
     남은 극낙셰계로다"의 평조염불 서두 부분이 서술되어 있고
     "쳔지쳔지 분흔후의 삼남화상 이러ᄂ셔"로 되어 있어 <회심
     가>의 서두 부분과 흡사하게 확장되어 있다. 20) 선심공덕 권
     유에서 "인간고싱 ᄒ는 거시 / 젼싱죄로 그러ᄒ니 / 흔를말고 원

---

15) 『부인치가사』는 상하권 1책 45장의 필사본 문헌으로 책의 앞표지에 '무
    신시월시무날죵필'로 기록되어 戊申年(1848) 필사된 것으로 추정된다.
    내방가사인 <치가사>와 한글 간찰의 대본인 '언간독(上下)'과 함께 <회
    심곡이라>가 합철되어 있다.
16) 『회심곡 단』은 고려대소장 11장의 단권 책자이다. 용지 이면이 壬辰
    年(1892) 時憲曆書로, 1893년경 필사되었을 것으로 추정된다.

를말고 / 마음닥가 션심ᄒ면 / 젼싱죄를 버셔노코 / 후세귀니 되
는니라 / 님군의게 츙셩ᄒ고 / 부모의게 효셩ᄒ며 / 부체님게 지
셩ᄒ면 / 젼싱죄와 이싱죄를 / 모도다 버셔노코 / 소원ᄃᆡ로 되는
이라 / 부귀ᄒ고 빈쳔ᄒ미 / 도시ᄉ쥬팔ᄌ이라 / ᄉ쥬도망은 못
ᄒ는니 / 마음닥가 션심ᄒ소 / 남무아미타불 관셰음보살"로 확
장 부연된다.

<3> 회심곡(『懷心曲 卷單』[17]): 1) 단락에 "쳔지쳔지 분ᄒ후에
삼남화상 이러나이"의 부분이 있고, 20) 션심공덕 권유 화소
에서 "부귀ᄒ고 빈쳔ᄒ미 / 소원ᄃᆡ로 되ᄂ이라 / 도시사쥬팔ᄌ이
라 / 그러ᄒ나 션신ᄒ라 / 사쥬도 말못ᄒᄂ이다"라는 내용이 첨
가되어 있다. 끝에는 "글ᄌᆡ 용열ᄒ나 일치말고 보시압소셔"라
고 쓰여 있다.

<4> 뇩셜긔젼지단 회심곡(역대2435번): 1) 단락에 "일시암졍념은 극
낙도세게라" "텬지텬지분한후의 삼남화상니러나셔"가 나타나
고, 20) 단락에 <2>의 자료와 마찬가지로 "인간고싱 ᄒ는거시 /
젼싱죄로 그러ᄒ니−부귀와 ᄉ쥬팔ᄌ / 임의로 엇지흘고 / 필셔"
로 사주에 대한 내용이 나타나고 있다.

<5> 회심곡(역대2436번): 1) 단락에 "일심암셩념은 극낙세게라 / 나
무아미타불" "쳔지쳔지 분ᄒ후의 / 삼남화상 이러ᄂ셔"로 나타
나고, 20) 단락에 "이 인간고싱 ᄒᄂ거시−부귀ᄒ며 빈쳔ᄒ미 /
도시ᄉ쥬 팔ᄌ이라 / ᄉ쥬도망못ᄒᄂ이 / 마음착히 닥가세게 / 나
무아미타불 관셰암보살"이 나타나며 '신츅이월초오일등셔라'
로 표기되어 있다.

<6> 懷心曲(역대2438번): 1) 단락에 '천지천지 분한후에 사름畵狀
닐어나셔'가 있고, 20) 단락에 "부귀되고 빈쳔되미 / 도시 사
주 팔자로다 / 사주도망 못하난이 / 마암닥가 션심ᄒ쇼 / 션심닥

---

17) 『회심곡 권단』은 장서각소장 6장의 단권 책자로, 마지막 장에 '광주
군 낙생면 구미리', '이영평ᄃᆡᆨ칙이라·李永平宅入納此冊上記載如'로 기
록되어 있다.

가효도ᄒᆞ면 / 관세음보살 되난니라”가 나타난다. 계속하여 “선ᄒᆞ마암 젼이업고 / 불선행사 과히ᄒᆞ고 / 쳘솟슬 걸어놋코 / 질름장을 덥계셀려 / 도시환생 못하기로 / 쳘솟틔 쌈난이라 / 이연의 자식되야 / 어예사을 지ᄂᆡ난이 / 부모죄을 물름씨고 / ᄋᆡ만쥬검 ᄒᆞ난니라 / 일가친척 불목ᄒᆞ고 / 형제우애불합ᄒᆞ면 / 이말을 자세 듯고 / 형제일가 화목ᄒᆞ쇼”로 이어지며 유교적 윤리를 서술하고, 후반부는 夫婦間遠別曲으로 이어진다. 불교가사와 유교가사를 교술적 견지에서 연이어 수록한 형태이다.

<7> 회심곡(朝鮮光文會藏本 『제마무젼』 / 고대본1925): 1) 단락에 ‘일시암정남은 극낙세계라 남무아미타불’ ‘쳔지쳔지 분ᄒᆞᆫ후의 삼남화샹 이러나셔’가 나타나고 20) 단락에 사주팔자에 대한 내용이 나타난다. 말미에 ‘紅樹洞重刊’으로 표기되어 있다.

<8> 회심곡니라(한글 필사본고소설 자료총서 / 박순호 소장 v51): 20) 단락에 사주팔자에 대한 내용이 나타나며, 말미에 “관세음보살 ᄃᆡ세지보살 / 처쳥져ᄃᆡ 희중보살 / 회심곡이라”로 부연되어 있다.

<9> 회심곡이라(한글 필사본고소설 자료총서 / 박순호 소장 v70): 1) 단락에 ‘일시암정남은 극낙세계라 / 남무아미타불’ ‘쳔지쳔지 분ᄒᆞᆫ후의 / 삼남화상 이러나셔’가 나타나며, 20) 단락에 사주팔자에 대한 내용이 나타난다. 말미에 “셔쳔셔역국 금강ᄃᆡ 력ᄃᆡ길 / 아미타불 덕문셰상즁의 / 극낙세계로 가거셔라 / 이글 ᄯᅳᆺ슬 집피일어 / 인생고란을 가이 알시여다 / 부ᄃᆡ마오 슉시”로 첨언되어 있다.

<10> 회심곡 일권(한글 필사본고소설 자료총서 / 박순호 소장 v86): 1) 단락에 ‘일시암정남은 극낙세게라’ ‘쳔지 분한후의 / 삼남화상 이러나서’가 나타나고 20) 단락에 사주팔자에 대한 내용이 있으며, 말미에 ‘극낙세로 도라가소서’가 첨언되어 있다.

<11> 환참곡(필사본 『환참곡』 / 고종 때-역대2423번): 제목이 환참곡으로 되어 있다. 1) 단락에 ‘쳔지인간 ᄂᆞ온뒤의 삼나만상

이려나셔’가 첨가되어 있으나, 20) 부분은 ‘션심하고 마음닥
거 불의힝사말고 조심하고 수신하세’로 약술되어 있다.

　(라)의 자료는 대부분 1) 도입, 20) 선심공덕 권유의 두 단락이 확
장되는 공통점을 지닌다. 이 자료들을 살펴보면, 단행본으로 필사되
거나(<2>, <3>, <11>) 내방가사(<1>, <6>), 소설(<7>−<10>)과 함께
수록된 작품들이란 점이 주목된다. <1>, <8>의 자료를 제외하면 모
두 1) 도입 단락에 ‘천지천지 분한 후에 / 삼남화상 일어나서’와 같이
<회심가>의 서두와 유사한 구절이 첨가되어 있다. 이 같은 서두의
유사성은 ‘회심’의 명칭을 공유한 <회심곡>과 <회심가>의 혼용으로
나타나는 현상이다. 또한 <2>−<10>의 자료에서는 20) 단락에 ‘사주
팔자’에 대한 부분이 첨가되어 있는데, <회심곡>에 운명론적 사유방
식이 가미되고 있음을 보여주는 일면이다. 이로 보아 (라)의 자료에
서 1) 도입 단락의 <회심가> 첫 구절의 수용과 20) 단락에 ‘사주팔
자’ 사설이 유입되는 경향성은 서로 밀접한 상관성을 지니며, 이는
歌唱物이 아닌 讀書物로 유통된 <회심곡>에서 나타나는 현상임을
확인할 수 있다. 필사본으로 정착된 <회심곡>이 독서물로 전환됨에
따라 부연되는 사설이라 하겠다.

　또한 <3>, <6>의 자료에서 보듯 명칭에 있어서도 기존의 回心·
悔心과는 달리 <懷心曲>으로 기재되는 면모를 보인다. 이 중에서
특히 주목되는 것은 <6>의 자료인데, 이는 <회심곡>이 독서물로 유
통되며 敎訓歌辭와도 연관을 맺고 있음을 보여주는 증거가 된다. 박
연호[18]는 조선 후기 교훈가사의 내용이 가문지향형과 향촌지향형으
로 나타나며 대체적으로 모든 교훈사항을 효와 관련시키기나 효만을
주제로 한 작품이 많다고 하였다. 이러한 교훈가사와 <회심곡>의 접

---

18) 박연호 『조선 후기 교훈가사 연구』, 고려대 박사논문, 1996.

맥은, <회심곡>에서 효사상이 강조되는 경향과 더불어 불교가사의 범주를 벗어나 서민가사의 성향을 띠게 된다는 점에서 주시해야 할 현상이다.

<회심곡>은 유교적 교훈가사와는 엄연한 차별성이 있지만, 몇 가지 공통된 특성을 갖추고 있다.

첫째, 19세기 종교가사로서의 교술 및 훈계를 다루는 작품 성격이다. 조선 후기 교훈가사는 사회구성원 전체를 교훈대상으로 삼음으로써 가사문학의 수용층을 확대시켰고, 유교의 오륜이라는 주제를 윤리적 훈계로 제시하였다. 향촌지향형 교훈가사는 18세기에서 19세기로 오면서 특히 '부부유별'의 항목과 부인에 대한 경계가 강조된다.[19] <회심곡>의 경우도 불교의 종교적 윤리를 교술하고 있으며, 포교 및 전파의 주요 대상은 향촌 부녀자층이라 할 수 있다. 이처럼 교술의 대상을 부녀자층으로 지향하고 있다는 점에서 향유층의 공통성을 지니게 된다.

둘째, '父生母育之恩'의 제시이다. 효사상은 교훈가사의 경우 유교적 사회질서의 회복이라는 목적의식을 위해 근간사상으로 제시되었다. 오륜가사에서 '부자유친'을 다룬 내용은 대체적으로 <부자유친의 중요성＋부모생육지은(잉태, 양육, 교육, 혼인)＋부모의 은혜＋윤리수행방식>의 순서로 나타나며, 부모의 은혜가 강조되고 있다. <회심곡>에서도 先亡父母의 은혜를 기리고 부모의 영가를 遷度해야 하는 당위성을 드러내기 위해 부모의 은공을 강조하고 있다. 오륜가사는

---

19) 18세기 <오륜가>(곽시징, 1689－1694 추정)에서는 남편에 대한 경계가 높은 비중을 차지하는 데 비해, <농부가>(최내현, 1867)와 <오륜가>(고대본)에는 부인에 대한 경계만이 제시되어 있고, <오륜가>(황립, 1882)와 <오륜가라>(『복선화음』소재)도 부인에 대한 경계가 대부분을 차지한다. 『초당문답가』에서도 남편의 행실을 경계한 <부부편>보다 부인의 행실을 경계한 <부인잠>이 더 많은 비중을 차지한다. 박연호, 전게서 18), p.92.

현실적인 효의 실천에 중점을 두고 있고, <회심곡>은 부모의 死後에 不孝를 뉘우치는 입장에서 '부모은공'을 다루는 차이점이 있는데, 양자가 모두 효사상을 다루는 노래라는 견지에서 볼 때 '부모의 生時－死後'로 이어지는 시간적 연계성하에 '오륜가사－회심곡'으로 이어지는 면모를 지니게 된다. 이로 인하여 <회심곡> 사설에 유교적 오륜의 강조가 나타나기도 하고, <회심곡>이 유교적 교훈가사와 합본으로 필사되는 현상도 드러나게 되는 것이다.

셋째, 勸善懲惡의 강조이다. 교훈가사에서는 가족질서를 확립하고 윤리지침을 제시하며 긍정적인 선행과 부정적인 악행이 구체적으로 나열되는 면모를 보인다. <회심곡>에서도 저승에서 심판받는 과정에서 생시의 선·악행이 구체적으로 비교되며 업보를 받게 된다. 교훈가사가 현실의 직접적 훈계이고, <회심곡>이 저승의 심판을 통해 제시하는 간접적 훈계라는 차이점이 있으나, 실제 교술하는 내용은 현세에서의 선행에 대한 권계라는 점에서 동일하다.

<회심곡>은 유교적 교훈가사와 종교적 기반이 다르지만 이와 같이 향유층, 효사상, 선행권계의 면모에서 공유점을 가지고 있으며, 교훈가사와 결부되어 수록되기도 한 것으로 보인다. 이는 독서물로 전이된 <회심곡>의 종교적 의미가 탈색되고, 기능적인 면에서 勸佛의 포교보다는 孝思想을 다루는 교훈가로 바뀌어 가는 일면을 드러낸다. 불교신자가 아닌 입장이라 헤도 효사상을 다룬 노래로서 <회심곡>을 수용하게 되는 양상을 보이게 되는 것이다. 명칭이 불교적 색채가 짙은 <回心曲>이 아니라 <懷心曲>으로 바뀐 것도 이런 맥락에서 이해할 수 있다. <회심곡>이 종교적 이념성을 벗어나 보편적 시가나 독서물로 수용되어 가는 과정을 모색할 수 있는 자료로서 의의를 지닌다고 하겠다.

2) 佛歌 回心曲의 변형

(가) 속회심곡

<1> 속회심곡(『아악부가집』14 / 1931 – 1935)
<2> 속회심곡(『가집』127 / 1931 – 1935)
<3> 속회심곡(『악부』13 / 1931 – 1935)

<續回心曲>은 1) 도입 단락에 <회심가>의 첫 부분인 '천디천디 분한후에 삼나만상 니러나니'가 첨가되고, 2) 탄생 단락에 "평생길흉 타고지고 십삭만에 탄싱하야 인간밧게 느왓스니 부모은혜 망극하고 양육은공 갑흘소냐 유하에는 쳘을몰나 장셩하여 살임하니 부모위중 알것마는 이욕살님 글몰하니 지형효도 엇지하며 착한자식 웃지되리" 로 <부모은중경>의 사설이 부연되어 있다.

특히 10) 사망 부분이 장형화되어 다음과 같이 상례의 절차를 서술하는 양상을 보인다.

ㄱ) 일가친척 다모여서 쇼렴제구 장만힐졔 엇지엇지 츠리든고 화방쥬 고의젹슴 토쥬바지 져고리며 류진포 심의로 통딘단 면건이며 면모악슈 다가쵼후 다홍딘단 너른씌를 동심결노 미즈노코 숀톱발톱 다버혀셔 금나으이 너허노코 쇼딘렴 다험후의 치관닙관 셩복허고 상인드리 의론허여 천하명풍 다드리고 졔일명산 고나 잡아 금졍노코 드러오니 그렁져렁 장일되여 일가친척 다모여셔 졔문지여 치졔헌들 돌슐한잔을 흠향허며 한가지나 업슬소냐

ㄴ) 유딘군을 불너다가 상두복식 찰일젹의 쇼방산 딘틀의 유문스 나리다지 명졍삽션 운아삽을 좌우의 버려노코 븍망으로 드러가니 회격으로 병풍슴고 금잔디로 집을짓고 숑쥭으로 울을슴고 두견으로 벗슬슴아 일녀일차 다지닌도 빈곱푼줄 이젓스니 사라

> 징젼 먹고닙고 쓴는거시 첫지로다 세간탐심 너모마쇼 풍빅즁의
> 쓰흰혼빅 졍슈없는 길이로다 심산유곡 험헌듸셔 엇지살며 엇지
> 살니 흐르나니 눈물이요 나오느니 한심일다

ㄱ)은 <오조염불>에서 喪葬禮의 구체적인 모습을 노래하는 것과,
ㄴ)은 <제전>에서 葬禮地의 모습을 묘사하는 것과 같다. <오조염불>
에서 '염불＋회심곡'의 형태로 불릴 때 앞염불에만 나타나던 상장례
묘사의 사설이, <속회심곡>에서는 내부 사설로 개입되어 10) 사망의
단락에 변형 수용되고 있는 것이다. 이러한 사설을 보면, 이미 재의
식의 화청과는 상당한 거리감이 생겨났음을 알 수 있다. 사찰 내에
서 구연되기보다는, 민간 장례의식의 '향두가'로 활용되기에 더욱 적
합한 형태로 변이되고 있는 면을 보여준다.

  <속회심곡>의 '인생무상'에 이어지는 '저승권계'의 부분도 남녀죄
인을 문초하며 죄업을 구체적으로 낱낱이 드러내는 점에서 <회심
곡>보다 사설의 확장이 이루어진다. 17) 죄인(여자)의 문초에 해당하
는 부분을 살펴보면 다음과 같이 10죄목이 상세히 나열된다.

> ㄷ) 첫시쇠는 부모불효 둘지죄는 가장불공 셋지죄는 도적환양 넷지죄
> 는 인간비방 다섯지죄는 몹쓸마음 엿섯지죄는 항렬불화 일곱지죄
> 는 간수요약 여덜지죄는 남의모히 아홉지죄는 불의힝수 열지죄는
> 가장구방 다른죄는 고수하고 십죄목을 어이허리 일언죄목 버셔나
> 고 다시쳔도 바라나니 인간남녀 비방말고 마음닥가 션심허라

ㄷ)은 특히 부녀자에 대한 윤리적 제약을 제시하는 사설로서, <회
심곡>보다 여성에 대한 훈계가 강조되는 면을 보인다. <속회심곡>의
구조를 <회심곡>의 구조와 비교하면 1)-5), 7)-20)의 순서로 단락
배열이 나타난다. 20) 단락에서는 '佛歌 回心曲'의 (라) 특정 단락의

확장 형태와 같이 "일포식도 지수라니 젼시업원 보응하니 난시난쩐 팔즈라고 팔자도망 엇지하리"로 사주팔자에 대한 한탄이 드러나고 있다. 또한 6) 명부 十王의 나열 단락이 '인생무상'을 다룬 부분에서 빠져서, 가장 뒷부분에 배열된다. 20) 단락과 '남무아미타불 관세음보살'의 염불이 나온 다음, 다시 6) 명부 十王의 나열 단락과 권계가 서술된다.

<속회심곡>의 경우, '불가 회심곡'의 (라) 형태에서 볼 수 있는 두 가지 특성을 모두 갖추고 있으며, (다) 형태의 <무량가>, <사체가> 경우와 같이 단락 순서에서 6) 명부 十王의 나열 단락의 도치가 일어난다. 이로 보아, <속회심곡>은 주로 독서물로 유통되었던 (라) 형태의 <회심곡>이 확장되어 이루어진 형식이라 할 수 있다. <속회심곡>에는 <부모은중경>의 영향이 비교적 미약한 데 비해 <오조염불>과 관련된 喪葬의례의 묘사가 뚜렷하며, 이 점에서 기존 <회심곡>과 구분하기 위하여 '續回心曲'이란 명칭이 붙은 것으로 보인다.

(나) 반회심곡

<1> 반회심곡(『증보가요집성』/ 1955)
<2> 반회심곡(『화청』/ 1969)
<3> 반회심곡(『한국가창대계』/ 1976)

<半回心曲>은 선바위의 彌陀寺 승려 李璟協이 부른 화청가사로, 이경협이 기존 <회심곡>을 새로 改作하여 부른 것이다. <속회심곡>의 특징은 2) 탄생과 10) 사망 단락이 길게 부연되는 점인데, 이러한 특징이 <반회심곡>에서 더욱 강조되어 나타나고 있다.

먼저, 2) 탄생(부모은공) 단락 부분이 장형화되는 면모를 살펴볼

수 있다. <부모은중경>의 화청을 그대로 수용하여, <속회심곡>보다
더 <부모은중경>을 강조하는 양상을 보인다. <반회심곡>에서 <부모
은중경>의 사설은 十種恩 중에서 1. 나를 잉태하시고 지켜주신 은혜
-2. 해산에 임하여 고통을 받으신 은혜-3. 자식을 낳았다고 근심
을 잊어버리는 은혜-4. 입에 쓰면 삼키고 단것이면 뱉어서 먹이신
은혜-5. 마른자리에 아기를 눕히고 진자리에 누우신 은혜-(추위/
더위를 막아주신 은혜)-6. 젖을 먹여 길러주신 은혜-(성주, 부처
신장에게 축원해 주신 은혜)의 순서로 배열되고 있다. 부모의 은혜
에 이어서 다음과 같은 사설이 부연된다.

> ㄱ) 세월이 여류하여 무정세월 약유파라 류수같은 저광음이 속절없
>   이 돌아갈 때 이삼십이 당도하여 부모슬하 출가하여 처자권속
>   다리고셔 제자식을 제가나서 제가절로 길러보니 부모은공 알겠
>   구나 자식놈이 몇형젠지 얼떨김에 몰랐드니 이삼형제 길러보니
>   부모생각 절로나네 모년 백세시에 상우 팔십아라
> ㄴ) 정종대왕 임금님이 용주토목 은중경판 친궐으로 모셨으니 태산
>   이 놉다한들 부모은혜 갓사오며 하해가 깊다한들 부모은혜 갓
>   으리오 지극하신 부모은혜 잊을 줄을 모르구나

  ㄱ) 부분은 자식을 기르는 연령이 되어 부모 생각을 하는 모습을
보여주고, ㄴ)에서는 正祖의 <부모은중경> 판각을 들어 부모은공을
강조하고 있는데 이는 <회심곡>의 다른 각 편에서는 나타나지 않는
사설로 이경협이 창작하여 삽입한 내용으로 보인다.

  10) 사망의 단락도 <속회심곡>보다 더 늘어나서 "신사당에 하직
하고 구사당에 예배하고-저육신은 죽어지면 저청산을 의지하여 만
체청산 일체토로 외로이나 묻혀있고"(139구)로 장형화되어 있다. 이
와 같은 '인생무상' 부분의 확장은 '저승의 권계' 부분의 간략화를

초래한 것으로 보인다. 11)-13), 20) 단락만이 나타나며 선, 악인의 응보에 대해서는 생략되고 있다.

<半回心曲>이란 명칭에 대해서는 이경협이 "종래의 회심곡이 너무 길어 지루한 감이 있으므로 그것을 줄여 새로 편찬했으므로 그렇게 이름 붙였다"[20]고 하였는데, 한만영은 "사설이 평조(염불) 부분이 생략되고 대뜸 은중경부터 나오게 되기 때문"[21]으로 추측했다. 그러나 <半回心曲>으로 지칭된 이유는 그 내용 구조 면에서 전반부만이 불린 때문이라 해야 할 것이다. <회심곡>의 '인생무상'-'저승의 권계'로 이루어지는 구조에 있어, 뒷부분인 '저승의 권계' 부분의 단락들을 간략화한 점에서 기인한 것으로 보인다.

이로 보아, '불가 회심곡'의 변형된 형태는 기존 <회심곡>의 '인생무상-저승의 권계'라는 구조에서 현실의 '인생무상' 부분이 강조되어 파생된 작품들이라 할 수 있다. '불가 회심곡' (라) 형태의 사설에 <부모은중경>과 <오조염불>의 내용이 유입되어 1930년대 <속회심곡>이 이루어졌고, 그러한 성향이 더욱 강화되어 이경협이 아예 '저승권계' 부분의 단락들을 축약 내지 탈락하며 1950년대 <반회심곡>으로 부른 것이라 하겠다.

3) 雜歌 回心曲

(가) 活字本의 정립과 雜歌로의 전개

<1> 회심곡(韓仁錫 訂正增補新舊雜歌, 光文冊肆, 1915.1.23)

---

20) 『화청』, 무형문화재 조사보고서 65호, p.66.
21) 한만영, 「화청과 고사염불」, 전게서 Ⅰ-24). p.104.

　　　<2>　회심곡(朴承曄　無雙新舊雜歌，新舊書林，1915.10.13)　광무딕
　　　　　　소리
　　　<3>　회심곡(姜義永　新舊流行雜歌，新明書林，1915.12.18)　紅桃　康
　　　　　　津 구술
　　　<4>　회심곡(朴永均　古今雜歌篇，新舊書林，1915.5.20)
　　　<5>　회심곡(盧益亨　增補新舊雜歌，漢城書館，1915.4.5)
　　　<6>　회심곡(南宮楔　特別大增補新舊雜歌，唯一書館，1916.2.29)
　　　<7>　회심곡(朴健會　時行增補海東雜歌，新明書林，1917.11.28)
　　　<8>　회심곡(柳根益　新舊現行雜歌，新明書林，1918.4.23)　박춘지 소리
　　　<9>　회심곡(柳根益　新舊現行雜歌，東亞書館，1918.4.23)　朴春載 口述
　　　<10>　회심곡(福田正治郎　新訂增補新舊雜歌，京城書館，1922.12.28)

　(가)의 자료는 1910년대−20년대에 발간된 雜歌集에 수록된 자료
들이다. 20세기 초 근대적인 시민사회가 성립되고 협률사(원각사),
광무대, 단성사 등 극장문화가 공연예술을 발달시키는 가운데 <회심
곡>도 雜歌化되어 불렸으며, 또한 음반 시장의 형성과 함께 聽取物
로 전파되는 양상도 보인다. 위 자료들은 우선 연행담당층이 전문적
소리꾼으로 바뀌고 연행환경 면에서 공연물로서 전환된 점에서, ‘佛
歌 회심곡’과 엄언한 차별성을 갖는나.
　내용 면에서 보면, 이 시가들은 1)−20) 단락의 순서가 정형화되
어 있다. 구비전승물에서 공연물로 변질되며 내용이 固着化된 일면
도 있고, 活字本으로 잡가집이 유통되었기 때문에 여러 잡가집의 내
용이 변별성 없이 일률적이다. 필사본 자료들과 비교하여 수정·보
완된 점이나 改作된 면모가 드러나지는 않는다. 단순히 구전되어 온
<회심곡>의 사설을 그대로 수용하여 형식 면에서 4·4조로 정제하
고 공연물의 레퍼토리로 삼은 것이라 하겠다. 즉 음악적으로는 변형
되었을 개연성은 있지만, 사설에 있어서는 승려들의 ‘불가 회심곡’을

변형시키는 면이 없이 그대로 차용하여 부른 형태라 할 수 있는 것이다.

음악적인 면에서는 연행양상을 확인할 방법이 없지만, 전문적 소리꾼에 의해 불린 만큼 '불가 회심곡'과는 다른 음악적 기교를 사용하여 불렸을 것으로 추측된다. 1910-20년대 '잡가 회심곡'의 가창 형태는 창자층의 면에서 볼 때 1930년대 이후 국악에서의 '佛歌調' 회심곡과 관련성이 있으며, 적어도 '불가조' 회심곡의 음악적 특성은 이미 '잡가 회심곡'에서부터 형성되기 시작했을 것이다. 그런데 이 시기의 잡가집이 보여주는 '잡가 회심곡'의 정형성을 고려하면, '불가조'가 축약된 '소릿조' 회심곡의 음악 형태가 출현했다고는 보기 어렵다. 즉 '잡가 회심곡'은 전문적 소리꾼이 佛歌를 수용하는 초기 단계로서 음악적 변형과 민요적 수용이 이루어졌으나, 사설에 대해서는 아직 변형이나 다양화가 시도되지 않은 시기의 작품이라 할 수 있는 것이다.

위와 같은 현상을 이해하려면 <회심곡>이 무슨 이유로 雜歌化되어 불렸는가에 대한 검토가 필요하다. 전문적 소리꾼이 특정한 계기도 없이 승려에게서 佛歌를 배운다는 것은 납득하기 힘든 일이다. 이는 20세기 초 이미 유흥적 도시 공간 내에 <회심곡>이 유행하는 노래로 자리잡고 있었음을 보여준다. <회심곡>은 동냥승, 절걸립패를 비롯하여 낭걸립패의 연행으로 민중사회에 널리 전파되었고, 그 과정에서 <회심곡>의 의미도 聖에서 俗으로의 질적인 전환을 이루어 갔다. 그 결과 불교적 색채를 띤 <山打令>을 부르는 선소리패 등에 의해서 '인생무상'을 노래하는 유흥적 가요로 불리기도 했을 것이다. 이와 같은 연행환경 속에서 소리꾼들이 종교적 노래라기보다는 <백발가> 등과 함께 하나의 잡가 형식으로 받아들이고 가창한 것이라 하겠다. 또한 활자본 잡가집의 유통을 통하여 대중들이 즐겨 부르는 유행가로 전파되기도 하였을 것이다. 이는 20세기 초 <회심곡>의 본격적인 大衆化와 음악적 전문화라는 양면성을 초래하여 '잡가 회심곡'의 영역을 이루게 된 것이라 하겠다.

(나) 회심곡 관악산조

    <1> 회심곡 관악산죠(韓仁錫 訂正增補新舊雜歌 / 光文冊肆, 1915.1.23)

    <2> 회심곡 관악산죠(福田正治郞 新訂增補新舊雜歌 / 京城書館, 1922.12.28)

    <3> 별회심곡(『아악부가집』)

    <4> 별회심곡 관악산됴(『악부』)

    <5> 별회심곡 관악산됴(『가집』)

    <6> 김주호(유성기 음반 자료)

    1> Polydor 19158－A 俗曲 悔心曲 金周鎬; 회심곡 관악산조 1934

    2> Regal C四四七 誦經 悔心曲 金周鎬: 회심곡 관악산조

    3> Victor KJ－1146 西道雜歌 悔心曲(上) 金周鎬: (미확인) 1938

    4> Victor KJ－1146 西道雜歌 悔心曲(下) 金周鎬: (미확인) 1938

    5> Regal C447－B 誦經 祝願經 金周鎬: 맹인덕담경

  '회심곡 관악산조'와 '별회심곡 관악산조'로 명칭된 자료들은 동일한 내용으로, 염불 사설에 <회심곡>의 서두 부분이 이어지고 그 외 여러 시가의 사설이 개입되어 雜歌로 형성된 경우이다. 자료<1>을 예로 들면 다음과 같다.

    ㄱ) 즁이라 ᄒᆞᄂᆞᆫ 것은 산간슈도ᄒᆞ여 후세발원이나 ᄒᆞᄂᆞᆫ 것이 즁의 도리 것만은 쌔ᄂᆞᆫ 어ᄂᆞ쌔냐 ᄒᆞ니 화류가졀이라 츈흥을 못이긔여 국화쥬를 취토록 먹은후에 회심곡을 ᄒᆞᄂᆞᆫ뒤 요리요모양으로 ᄒᆞᆫ것다. <일심으로 졍－나무운그웅라악세－에계 나하하모헤헤

헴이로다 보옹에-헤-헤>

ㄴ) 아등이면-도ᄉ 금싱에두 열이로다 무량손님임이여 익만보살
여-릐야-부-홀구홀이나 제-쥬응싱-이오 <나하하모헤헤헴
이로다 보옹에-헤-헤>

염불ᄉ면-동츰 시방에도 어진시쥬 명복에-빅악년을 늘어갈제
지미공덕에두 금싱마마 션심ᄒ시든 공덕으로 고듸광실 드놉흔
듸에 금이옥식으로 연담싸코 녀언광팔슌을 잘사시다 원화후싱
에 도라가셔 어진군ᄌ가 발원이시면 차악흔셔엉현의 군ᄌ만 되
리로다 나암ᄌ야 셔엉군이-나제 열-을-사-우요 <나하하모
헤헤헴이로다 보옹에-헤-헤->

남ᄌ녀ᄌ-원을마오 션심없서도 남ᄌ되며 고옹덕업시도 그응락
가오 노는입에 염불ᄒ오 나지면은 염불ᄒ고 밤이면은 천슈쥬력
불법이라 쓰루업소 영불ᄒ면 불법이오 요슌우탕 문무쥬공 삼강
오륜 팔됴목은 금셰태평에 믜와잇소 내몸내뜻 모로거든 놈을
보와 씌쳐내오

ㄷ) 녯날녯적 청졔부인 염불비양 만히ᄒ고 살ᄉ만히 ᄒ신 죄로 무
간디옥에 깁히 갓쳐 버서날길이 바이업소 그으들 목난촌쟈 나
복이가 놉흔명산이며 느즌대찰 첩첩산즁 차자가니 열에 열쯜물
은 흔듸 합슈ᄒ여 천방지고 디방져서 ᄉ시쟈앙천평풍셕에 울울
쾌광쫭 씻는소리 도연명의 노래곳고 여산폭포 짓는물을 청룡황
룡의 눈물곳소 유벽흔 산즁속에 동구불식에 관벽안심ᄒ고 숑낙
초의로 히싀신ᄒ고 치근목과로 유긔쟝ᄒ야 육ᄌ염불을 정셩으
로 모셔다가 십대왕님원불 디장보살님젼에다-다 긔록ᄒ니 그
으사아ᄅ암의 셔언마앙에 부모님이오 쏘오그으사아ᄅ암의 후망
에 조샹 조부죠샤앙 로대죵친 워언근친쳑이며 디옥즁에녹는혼
빅 어니날노 모셔내오 칠월이라 빅죵일은 디장보살님 탄일이라
일체 쥬응싱이 모혀안ᄌ 육ᄌ여염불노 모셔다가 와왕싀앙이ᄌ
그응라악으로 쳐언도호만 ᄒ십소ᄉ <나하하모헤헤헴이로다 보
옹에-헤-헤>

ㄹ) 왕싱극라악 가는시쥬 만츰간다고 죠화말고 나죵간다 셜어마오 이

싱공덕 닥근듸로 져어싱공덕 지은듸로 흘너가는 물일지라도 션후
슈픔이 잇는거신듸 늙으신네는 만츰가고 쳥츈홍안은 나죵갈졔 빅
사쟝지 홍노변에 쳥쳥슈물쎨좃츠 츠아례야-츠아례혜로도라 시왕
극락만 가십소스 <나하하모헤헤헴이로다 보옹에-헤-헤>

ㅁ) 시왕극라악가는시쥬 열시왕님젼의 명을빌며 뎨셕님젼의 복을빌
며 아부님젼의 쎄를빌고 오마님젼의 살을 빌어 셰샹빅년 싱겨
날졔 /
빅쥬빈손에 빈몸나와 물욕탐심을 너머마오 빅년탐물은 일죠진
이오 삼일슈신은 쳔직보라 악심근력 모은직물 먹고가며 쓰고가
오 못다먹고 못다쓰고 /
열어열손 것어 비에언고 육진장포 열두믹기 아조즗근 묵거늬여
북망산쳔 차자가니 셰샹만스가 모도다 허망호오 셰혜샹이 즈-
사아름에나 싱각을거져즈잠간 호십소스 <나하하모헤헤헴이로다
보옹-에-헤-헤야>(회심곡 관악산조 / 뎡졍증보신구잡가)

ㄱ)은 구연자가 이미 불승이 아니라 연행예술자임을 보여준다. ㄴ)
은 <걸승타령>(평염불)의 가사를 그대로 차용하고 있고, ㄷ)은 木蓮說
話의 차용인데 이는 <회심곡>이 아닌 <회심가>에서 나타나는 단락이
라는 점이 주목된다. 20세기 초반, <회심가>도 명칭이 <회심곡>으로
전승된 때문에, <회심곡 관악산조>에서는 <회심가>와 <회심곡>의 단
락이 혼합되어 함께 불리고 있는 것이다. ㄹ)은 고사염불인 <반멕이>
의 일부이다. ㅁ)은 <회심곡>의 가사 중 2) 탄생 단락-<오조염불>의
'재물의 무상함' 부분-'상례의 모습' 부분이 이어져 나타나고 있다.
또한 자료<1>에서 <　>로 표시한 부분의 사설처럼 염불이 잡가의 후
렴으로 변형되는 모습을 보인다. 이와 같은 자료는 대부분 '관악산조'
라는 설명이 붙어 있다. 봉원사의 김혜경 스님은 "京師 스님네는 범음
을 잘해야 하고 관악산 스님네는 고사소리를 할 줄 알아야 행세를 했
다"22)고 하였는데, 이로 미루어 보면 '회심곡 관악산조'는 고사염불의

사설과 <회심가>, <회심곡>의 일부를 결합하여 잡가화한 형태라 하겠다. 이와 같은 <회심곡 관악산조>는 자료<6>과 같이 1930년대의 서도소리 명창인 김주호에 의해 유성기 음반으로 수록되기도 했다.

전체적으로 보아, (나)의 <회심곡 관악산조>는 평조염불과 오조염불 그리고 고사염불인 반멕이의 사설들이 혼용되며, <회심가>의 단락까지 수용한 複合的 雜歌라고 할 수 있다. 이러한 혼용 속에 <회심곡>의 2) 탄생 단락이 유입되어 불리고 있다. '인생무상'을 다루는 염불의 情調가 <회심곡>의 전반부에서 '인생무상'을 다룬 사설과 유사하며, 또한 <회심곡> 앞부분 단락들이 직접 염불과 혼합되어 불리기도 한 점에서 이러한 노래들이 <회심곡>의 한 유형으로서 인식되고 유통된 것이라 하겠다.

4) 巫歌 回心曲

(가) 暗記에 의한 굿巫의 口誦

<1> 回生曲(朝鮮神歌遺篇[23]) / 1930): 1926년 3월 함남 함흥군 雲田面 宮西里에서 함흥 본궁 큰무당 김쌍돌이 구송한 무가로서 <회심곡>의 인생무상 부분을 수용하여 부르고 있다. 명칭에 대해 '무녀는 이 노래를 회선곡이라 하엿다.'로 설명되어 있다.

ㄱ) 天地天地 分한 後에 世上天地 萬物之中에 사람 한쌍 이러낫소

---

22) 한만영, 전게서 Ⅰ-24). p.99.
23) 『조선신가유편』의 <회생곡>. <계책가>는 편자인 손진태가 동래군 구포의 무녀인 韓順伊로부터 수집한 巫經을 옮긴 것이다.

　　ㄴ) 사람이 쏘잇더냐 여보소 시조님네 이세상 나온사람 뉘덕으로 나
　　　　왓더냐 불분살님에 은덕분에 나올실적 아부님전에 움을 빌고
　　　　어마님전에 배를빌고 人生人生 탄생하니 발가 한男子가 낫소
　　　　아 한두쌀에 철을 몰나 (중략) 여든한나 終壽定命꺼정 다살아
　　　　도 잠든날 病든날 걱정근심 다 除하면 단 사십 못된 인생이오
　　ㄷ) 안이먹고 안이쓰랴 잇고 안이먹고 안이쓰는 거는 王將軍의 庫
　　　　中財라 업고 잘먹고 잘쓰는 거는 萬古英雄豪傑일너라 액길것
　　　　이 무엇잇소
　　ㄹ) 人生한번 白髮되면 (중략) 그 안이 설을소냐
　　ㅁ) 어제오날 성튼 몸이 재앙나자 삼삼하고 (중략) 救할길이 재양
　　　　업서 할일업고 헐일업네
　　ㅂ) 閻羅大王 채판官에서 牌子나서 使者三봉이 써날적에 (중략) 어
　　　　서가자 날내가자 時가늦고 째가 늦네
　　ㅅ) 거긔서 人生패길 세마듸를 하니 (중략) 저生사람 分明하오
　　ㅇ) 저 房中에 눕혀놋코 山水屛風둘너치고 (중략) 眞珠한쌍 물니고
　　　　사헐만에 출ㅅ도하실적에
　　ㅈ) 업나무 華緞에 붉은물 銘旌대에 (중략) 大河水 바다이 깁다해
　　　　도 모래우에 잇슴메다
　　ㅊ) 자자 법자 永別종척에 下直하고 써나서 (중략) 이내 혼전이 썩
　　　　어 西山 나귀되여

　ㄱ)은 <회심가>의 도입 부분과 같다. ㄴ)은 <회심곡>의 1) 도입,
2) 탄생(부모은공)의 단락에 해당되며, ㄷ)은 오조염불에 나타나는
재물의 무상함을 다루고 있다. ㄹ)은 3) 노화와 한탄, ㅁ)은 4), 5)
병고의 단락에 해당되며, ㅂ)은 7) 저승사자의 도래 단락이다. ㅅ)은
무당의 사설로 보인다. ㅇ), ㅈ)은 각각 三日葬의 과정과 出喪의 모
습을 다루고 있는데, <속회심곡>·<반회심곡>에서 부연되는 상장례
의 절차 내용에 해당된다. ㅊ)은 10) 사망 단락이며 이후의 <회심

곡> 내용은 생략되고 있다. 이로 보면 <회생곡>은 <회심곡> 기본형의 단락 순서를 그대로 따르며 무속적 색채를 입혀 부른 형식이라 할 수 있다. 다만, ㅇ) 葬禮와 ㅈ) 出喪의 모습을 구체적으로 서술하는 단락은, 1930년대 <속회심곡>, 1950년대 <반회심곡>에만 나오는 사설이다. 시기적인 면에서 1920년대의 <회생곡>과 1930년대 <속회심곡>의 관련성이 짐작되는데, 이와 같이 상장례의 절차를 다룬 사설은 우선 기존 염불형식인 <오조염불>에서 영향을 받았을 것이다. '오조염불＋회심곡'의 형태로 변별되어 불리다가, 1920년대에 이르러 <회생곡>과 <속회심곡>의 사설 내에 <오조염불>이 유입되는 양상이 나타나는 것이다. 여러 구비시가의 차용이 자유로운 巫歌인 <회생곡>에서 먼저 이 단락을 활용했고, 이와 같은 형태를 佛歌인 <속회심곡>에서도 역시 받아들였을 것으로 추측된다. 이는 불가와 무가가 일방적인 영향 관계가 아니라 相補的 관련성을 맺고 있음을 보여준다. 불교가사 <회심곡>을 수용하여 무가 <회생곡>이 형성되었고, 무가에서 활용한 사설을 다시 불교가사에서 받아들여 보다 확장된 <회심곡>의 변이양상인 <속회심곡>·<반회심곡>을 이룬다고 하겠다.

(나) 讀經巫의 讀誦

    <1> 회심곡(한국구비문학대계[24] 2－9: 강원 영월읍 무가4): 성춘자 (여, 45) 1984

    <2> 회심곡(대계 2－9: 강원 영월읍 무가21): 이남순(여, 62) 1984

    <3> 조상축원문[25](대계 3－1: 충북 충주시 무가3): 김범오(남, 46) 1979

    <4> 진오기(대계 3－1: 충북 충주시 무가4): 김범오(남, 46) 1979

    <5> 해원푸리(대계 3－2: 청주시 사직동 무가6): 정진현(남, 63) 1980

---

24) 『한국구비문학대계』, 한국정신문화연구원. 이하 대계로 표기.
25) 神堂 앞에 정좌하여 오른쪽에 북, 왼쪽에 징을 치며 부른다.

위 자료들은 1970년대 이후 『한국구비문학대계』에 실린 무가들로 <회심곡>이 무속에 수용되어 다양한 명칭으로 불리고 있음을 볼 수 있다. 먼저 강원도지역을 보면, 성춘자의 무가는 직접 가송한 것이 아니고 제보자 집의 巫歌集을 옮긴 것이다. 이남순의 무가 또한 '단종제' 때 가져온 무가집을 옮긴 것이다. 이로 보아, 무속에서의 <회심곡>은 무속인의 암기에 의한 구송 외에도 무가집을 사용하여 이를 읽는다든지 혹은 구연에 참고자료로 삼고 있음을 알 수 있다. 불승이나 소리꾼과는 달리 무속인은 <회심곡> 사설 전반을 모두 외워서 부를 필요가 없으며 연행 장소에서도 巫經의 활용이 가능하다. 충북지역의 김범오, 정진현의 경우는, 제목이 무속적 명칭으로 달라졌지만 부르는 사설은 <회심곡>에 해당된다. 충청도의 무격은 대부분 앉은굿을 하며, 巫經 중심으로 구연한다. 그런데 중부에서 충남지역만 오더라도 <회심곡>을 무가로 부른 예가 희박해지며, 그 대신 향두가로 부른 자료들이 나타난다.

<6> 회심곡(대계 4-2: 충남 대덕군 기성면 민요11): 임소조(여, 72) 1980

<7> 회심곡(대계 4-2: 충남 대덕군 동면 민요5): 이병길(남, 49) 1980

<8> 상여소리(대계 4-3: 충남 아산군 선장면 민요1,2): 장성태(남, 40) 1981

<9> 상여소리(대계 4-3: 충남 아산군 영인면 민요2): 김기석(남, 69)창, 신정남(69), 유중손(69), 임종우(69) 후렴 1981

<10> 조상해원풀이(대계 5-4: 전북 군산시 무가3): 김옥순(여, 77) 1982

임소조는 무가가 아닌 민요로 불렀으며, 이병길의 민요는 제목이 <회심곡>으로 되어 있는데 후렴이 덧붙는 것으로 보면 장성태·김

기석의 민요와 같이 향두가이다. 충남 이하 남부지역으로 갈수록 더욱 <회심곡>의 영향력이 약화되며 직접 연관된 무가는 찾기 힘들다. 다만 김옥순의 무가처럼 <회심곡>의 부분적 사설들을 무가 속에 활용한 예가 보일 뿐이다.

이로 보면, 무속에서의 <회심곡> 연행은 중부이북지역 降神巫의 암기에 의한 굿에서의 구연과, 충청지역 讀經巫의 무경 독송의 구연으로 나누어 볼 수 있다. 이에 비해 世襲巫는 <회심곡> 사설을 굿의 형태에 맞추어 부분적으로 차용하는 경우는 있지만 적극적으로 <회심곡>을 무가의 사설로 활용하지는 않은 것이라 하겠다.

<11> 이윤종
1> 대도레코드 무속대백과9 회심곡·해원문 1997.: 별회심곡, 지옥풀이, 해원문, 회심곡(1카세트)

이윤종의 음반은 독경무에 의해 불린 <회심곡>의 양상을 보여주고 있다. <별회심곡>은 『석문의범』의 <별회심곡>을 解寃文 독경하는 형태로 부른 것이며, 지옥풀이·해원문·회심곡 등은 제목이 다르지만 모두 <별회심곡>을 이용하여 부른 것으로 음악과 사설이 대동소이하다. <별회심곡> 사설에 비해 단락의 첨삭이 드러나지 않고, 음악적인 면에서만 무속적 색채를 나타낸다. 독경무에 의해 불린 '무가 회심곡'은 일정한 창법이나 장단이 없고, 무속인의 연행능력에 따라 구연된 것으로 보인다.

3. 음반 자료

　1930년대부터 녹음되기 시작한 <회심곡> 음반 자료는 음반의 발전 형태에 따라 녹음되는 <회심곡> 형태도 달라져 왔다. SP판·LP판의 경우 각각 걸립·민요 회심곡 등으로 불린 제 양상을 보여주며, 카세트테이프에서는 화청·불가 회심곡으로 가창된 다양한 형태를 드러낸다. 이와 같은 <회심곡>의 음반 사설은 배연형에 의하여 채록된 성과가 있으며, 임기중은 음반에 수록된 <회심곡> 사설 자료를 개괄적으로 소개한 바 있다.[26]

　음반 자료는 창자의 연행 목적과 환경에 따라 크게 양분할 수 있다.

　첫째, 사찰 외에서 동녕승이나 국악인이 부른 경우이다. 동녕승이 부르는 '걸립 회심곡'의 형태가 유성기 음반으로 수록되고, 이 형태가 더욱 속화되며 경·서도 명창들이 부르는 소리인 '민요 회심곡'으로 전이되는 양상을 보인다.

　둘째, 사찰 내에서 종교성을 지닌 채 불린 경우이다. 동녕승이 아닌 승려가 부른 경우로 불교의식과의 관련성에 따라 '화청'·'불가'의 형태로 나눌 수 있다.

　이와 같은 음반 자료를 唱者별로 검토하여 사설의 출입 관계를 살피고, 시기별로 唱者 간의 전승 관계를 추정해 보기로 한다.

---

26) 임기중, 전게서 Ⅰ-36). pp.227-474.

1) 乞粒 회심곡

(가) SP판에 나타난 동녕승의 걸립 회심곡

유성기 음반은 녹음 분량이 짧아서 여러 음반에 <회심곡>의 사설들이 부분적으로 녹음되어 있다. 해당 음반에 실린 곡이 염불 및 <회심곡> 기본형의 어느 단락에 해당하는지 표기하여 변별해 두기로 한다.

　　<1> 이월암
　　1> 제비표 조선레코드 B一五0 悔心曲 僧李月庵
　　2> 제비표 조선레코드 B一五0 인도소리 僧李月庵

승려 이월암의 유성기 음반 회심곡은 최초의 <회심곡> 녹음으로 알려져 있는데, 음반이 전하지 않는다.

　　<2> 권명학
　　1> Taihei C8102－A 御詠歌 悔心曲(一) 權明學: 평염불
　　2> Taihei C8102－B 御詠歌 悔心曲(二) 權明學: 평염불
　　3> Taihei C8103－A 御詠歌 悔心曲(三) 權明學: 오조염불
　　4> Taihei C8103－B 御詠歌 悔心曲(四) 權明學: 1) 도입, 2) 탄생
　　　　(부모은공)
　　5> Taihei C8104－A 御詠歌 悔心曲(五) 權明學: 2) 부모은공
　　6> Taihei C8104－B 御詠歌 悔心曲(六) 權明學: 2) 부모은공, 5)
　　　　병고(祈願의 무효험) 화소 혼용
　　7> Taihei C－8184－A 漫曲 悔心曲(後篇) (一) 權明學: 2) 부모은공
　　8> Taihei C－8184－B 漫曲 悔心曲(後篇) (二) 權明學: 2) 부모은공
　　9> Taihei C－8185－A 漫曲 悔心曲(後篇) (三) 權明學: 3) 노화 한탄

10> Taihei C-8185-B 漫曲 悔心曲(後篇) (四) 權明學: 4) 병고 (救護의 무효험), 5) 병고(祈願의 무효험)

11> Taihei C-8186-A 漫曲 悔心曲(後篇) (五) 權明學: 7) 저승사 자의 도래, 10) 사망

12> Taihei C-8186-B 漫曲 悔心曲(後篇) (六) 權明學: 12) 저승 입구의 광경 13) 저승의 봉초

13> Okeh 1995 念佛 新悔心曲(上) 權明學: 1) 도입, 2) 탄생, 3) 노화 한탄

14> Okeh 1995 念佛 新悔心曲(下) 權明學: 3) 노화 한탄, 4) 병고 (救護의 무효험), 5) 병고(祈願의 무효험)

15> JCDS-0707 권명학 하룡남 회심곡-한국고음반연구회 명인명 창선집(13): 복각CD

승려 권명학의 음반은 1934년 유성기 음반으로 나왔으며, 음악적 인 면에서 대체로 京調로 짜여 있다. 위 자료 중 1>-12>까지가 연 결된 한 편의 작품으로 보이며, 자료 15>로 복각되었다. 1>-12>의 연결 양상을 차례로 살펴보면 '걸립 회심곡'에 있어 염불과 <회심 곡>의 연결 고리에 대한 파악이 가능해진다. 먼저, 1>-3>까지는 염 불에 해당되는데, 동녕할 때 쓰인 <평조염불>과 발인 시 쓰인 <오조 염불>의 사설이 기능적 차이점에도 불구하고 연이어 불린 면모를 알 수 있다. 권명학이 음반을 취입하며 두 가지 염불의 사설을 혼합 한 결과로 보인다. 다음 자료 4>-8>까지가 염불과 <회심곡>의 혼 합 형태라 할 수 있는데, 이 부분의 구조를 상세히 검토해 보기로 한다.

자료 4> 御詠歌 悔心曲(四)
ㄱ) 천년 살면 만년 사나 천만년을 못살 인생 / 몽중 꿈결같은 내 요 살림살이로다 / 꿈결이 자 / 자체라도 제 지내를 가십소사 나 / 무

아미로다 / 봉혜 / 꿈결같이 지나갈제

ㄴ) 인간세상에 나온 사람마다 임자 절로 났노라고 거드럭거리고 흥청대도 지가 절로 아니났소 / 불보살님 은덕으로 / 아버님 전에 뼈를 빌고 어머님 전에 살을 빌어 / 일곱 칠성님이 명을 주시고 / 용궁 제석이 복록을 주시니 삼신이 자 / 제왕님이 점 / 점지를 허였습니다. 나 / 무아미로다 / 아 봉혜 /

ㄷ) 점지 탄생에 / 열달 배 위에 거적자리에 떨어질 제 그 부모님이 / 그 자손을 기를 적에 각색 공력이 다 들었구나 진자리 골라서 / 어머니 누웁시고 마른자리는 아기를 / 누여 / 음석이라 생기시면 맛을 보아 쓰디쓴거는 불쌍허신 어머님이 잡수시고 달디단 건 아기를 멕여

ㄱ)은 <오조염불>의 사설이며, ㄴ)은 <회심곡>의 1) 도입과 2) 탄생(부모은공) 단락에 해당된다. ㄷ)부터가 <부모은중경>의 사설을 수용하여 1. 나를 잉태하시고 지켜주신 은혜-4. 입에 쓰면 삼키고 단 것이면 뱉어서 먹이신 은혜-5. 마른자리에 아기를 눕히고 진자리에 누우신 은혜를 나열하며 2) 부모은공의 단락을 부연하고 있다.

자료 5> 御詠歌 悔心曲(五)

ㄹ) 아 봉위 / 부모은공을 생각허면 / 태산이라도 무겁진 않소 / 그 부모님이 그 자손을 기르실 적에 / 선효불효를 가릴 손가, 그 중에도 불효자에 / 거동 보옵시면 / 남과 겉이 젖을 멕여 누였건만 부모가슴이 못 박느라고 엎어듯이 울음만 우니 / 그 부모님에 일촌간장이 봄눈녹듯 다 녹아낸다 / 그 중에도 선효자의 거동보면 / 젖을 멕여 누였더니 삼간방이 좁다허고 둥실둥실이 잘도 논다 / 그 아기가 한두살에 어린 몸이 부모은공을 알까 보요 /

ㅁ) 세월이 여류허야 / 십오세가 넌짓 당해 부모 우성에 출가를 허여 / 자식 낳아서 양육해 길러 보니, 부모님 / 은공이나 반만치 짐작을 허였습니다 나 / 무아미로다 / 봉에 / 부모은공을 짐작허고 / 부모

은공을 갚으량으로 / 높은 명산이며 낮은 대찰, 첩첩명산 들어가니

ㄹ)은 선효자와 불효자의 모습을 대비하는 사설로서, 오륜가사에서 '효자-불효자'를 대비하는 방식과 유사하지만 보다 통속적이고 민요적인 표현으로 나타나고 있다. ㅁ)은 장성한 자식이 부모은공을 갚기 위하여 報恩하는 행위를 노래하는 부분이다. 유교적 오륜가사에서는 보은의 행위가 '혼정신성-권학-권농-(순임금 고사)-병구완-장례와 제사'의 순서로 제시되는 데 비해, '걸립 회심곡'의 보은은 名山에 들어가 정성을 들이는 양상으로 나타나며 이 사설이 ㅁ)′로 이어진다.

자료 6> 御詠歌 悔心曲(六)

ㅁ)′ 이골 물은 쏼쏼 허고 / 저골 물은 수루루 쏼쏼, 열에 열골 물이 한데 한수하야 천방지고 지방저서 / 넌출지고도 방울 졌네 / 그 물 줄기를 쫓아 올라가서 상하탕을 막아놓고 / 하탕에다가 수족 씻구요 중탕에다 목욕을 하고 / 상탕에다가 이내 머리를 덤벅 축여 금두낙발은 일착분데 / 상치 중치를 갈라놓고 / 상치루다가 다리 한 쌍을 매여다가 순금 장반에 받쳐를 들고 / 어머님 전에 정성으로 꿇어 앉어 / 지성으로 비는 말씀이 받읍소사 받읍소사 어머님의 젖공으로 받읍소사 / 어머님에 젖공이나 갚은 후에 / 그 중에도 하치 중치가 남았구나 /

ㅂ) 하치루다가 신날 꼬고, 중치로다 총 바닥 결어 / 이내 쇠를 늘여 장창 박고, 이를 소사 잣신을 결어 / 동지 섣달 설한 중에 / 일구 여덟치 신을 삼아, 일곱치는 어머님이 신으시고, 여덟치는 아버님이 신고 / 양위양친 부모님이 다 신어서 / 그 신발이 다 떨어져도 도끼총만 남았어도 부모님 / 은공이나 못다도 갚는다고 허였습니다. 나 / 무아미로다 / 봉혜

ㅁ)´에서는 상탕·중탕·하탕에서 씻고 머리카락을 이용하여 부모 은공을 갚는 모습이 다루어지고 있다. 잡가인 <회심곡 관악산조>에서 목련설화를 차용한 부분, 곧 목련존자(나복이)가 모친 청제부인의 과보를 씻기 위해 명산대찰을 찾아가는 사설과 관련성을 찾을 수 있다. 그런데 <회심곡> 기본형에서는 상중하탕에서 씻는 모습이 5) 병고(祈願의 무효험) 단락에서 나타나며, 씻는 이유가 병자가 자신의 병을 고치는 기원을 위해 정성을 들이는 것이다. 이에 비해 권명학의 음반에서는 부모은공을 갚기 위해 자식이 정성을 들이는 것으로 변형되어 나타난다. 또한 머리카락의 사용이 부연되어, ㅂ)에서 부모님의 신발을 만드는 양상으로까지 전개된다.

자료 7> 漫曲 悔心曲(後篇)(一)

ㅅ) 아, 봉혜 / 부모 은공을 못다 갚아 / 부모 은공을 갚을 소냐 / 너 부모님이 살아 생전 원허기를 산천경개 원하길래 / 왼편 어깨에 어머니를 모시고 바른 어깨엔 아버님을 모셔 / 죽장망혀 단표자로 천리강산을 들어갈 제 / 일국지 명산대찰은 / 강원도라 금강산이 일국에도 명산인데 / 강완도라 들어가서 단발령 높은 고개를 그저 시름없이 허리둥실 넘어가니 / 금강산을 다다랐네 앞산 밧산을 다 구경을 헐 제 / 유점사며는 표훈사요 장안사면 신계사라 / 팔방 구암자 일만이천봉 다 구경허시고 / 금강산을 둘러보니 / 일국에도 명산이요 국가에는 원당사라 / 예불지대찰이요 삼한적에 고찰인데 / 금강산을 올려다 보니 만학천봉이요 내려 굽어 살피니 백사지 땅이라 /

ㅇ) 금강산을 다 구경허고 / 경상도로 내려가니 경상도는 태백산이요 전라도는 지리산인데 / 충청도는 계룡산이라 / 황해도 구월산과 평안도는 묘향산이요 / 함경도는 백두산과 / 경기는 삼각산이요 송도는 송악산이요 풍덕허고 덕물산이요

ㅅ)은 부모은공을 갚기 위해 부모를 모시고 金剛山 유람을 하는 부분이다. <부모은중경>에서 부모의 은혜를 갚기 어려움을 말하며 "가령 어떤 사람이 왼쪽 어깨에는 아버지를 모시고 오른쪽 어깨에는 어머니를 모시고서 피부가 다 닳아서 골수에 미치도록 수미산을 백 천 번 돌더라도 오히려 부모님의 깊은 은혜는 다 갚을 수 없느니라"27)라 한 사설을 활용하고 있다. ㅇ)은 계속하여 각지의 산을 유람하는 내용으로 되어 있다. 이와 같은 내용은 서도 잡가 <산염불>과 관련성을 갖고 있으며, 권명학이 여러 잡가의 사설을 수용하여 부른 것으로 보인다.

자료 8> 漫曲 悔心曲(後篇)(二)

ㅇ)′ 과천은 관악산이라 / 명산대철을 다 구경허고 이내 집으로 내려를 와서 / 이내 무릎을 살펴보니 다 닳았서도 종지 고만 남았어도 부모님 / 은공이나 못다도 갚는다고 허였습니다 나 / 무아미로다 / 봉혜 /

ㅈ) 부모 은공을 못다 갚아 / 부모은공을 갚을소냐 그 부모님이 / 살아 생전에 원허시기를 관동팔경을 원하길래 / 인의예지로 배를 모고 / 효자 충신 노를 젓고 효부열녀 닻을 감아 / 이물에는 어머니를 모시고 고물에는 아버님을 모셔 / 술렁술렁에 배띄어라 관동팔경을 구경가세 / 동개골이며 서구월이라 / 남지리는 북형사라 / 관동팔경을 구경헐 제 / 강릉은 경포대요 울진은 망양정이요 간성은 청간정이라 / 삼척은 죽서루며 고성허구 샘일포라 / 영동 구어구를 다 구경허고 / 평양은 연광정이요 해주허고도 부용당인데 / 관동팔경을 다 구경허시고 / 이내 배를 수미산 밑에다 대여놓고 살펴보니 / 다 닳아서도 돛대만 남았어도 부모님 은공이

---

27) 假使有人 左肩擔父 右肩擔母 研皮至骨 骨穿至隨 遶須彌山 經百千匝 猶不能報 父母深恩－유정훈 편, 『부모은중경(목련경・우란분경)』, 해인출판사, 1992. p.71.

나 못다고 갚는다고 허였습니다 나 / 무아미로다

ㅇ)′는 명산대찰의 구경, ㅈ)은 관동팔경의 구경을 다루고 있다.

이로 보면, ㄷ)의 부모은중경 사설 유입부터 시작하여 ㄹ)－ㅈ)까지 상당한 분량의 사설이 모두 권명학의 구연에 따른 2) 탄생(부모은공) 단락의 부연이라고 할 수 있다. 이로 인하여 권명학의 <회심곡>은 염불＋{(부모은중경)＋회심곡}의 구조를 이룬다.

그다음 자료 9>－12> 부분은 불교가사 <회심곡>의 사설과 같다. <회심곡> 단락으로 보면 4) 병고(救護의 무효험), 5) 병고(祈願의 무효험), 7) 저승사자의 도래, 10) 사망, 12) 저승 입구의 광경, 13) 저승의 봉초 순서로 나타나며, '저승의 판결' 부분은 생략되어 있다.

이에 비해, 자료 13>, 14>는 불교가사 <회심곡>의 사설을 순서대로 부른 것으로, <회심곡> 단락이 1)－5)의 순서대로 나타난다. '신회심곡'이라 이름 지어진 것은 먼저 '어영가', '만곡'으로 녹음한 <회심곡>과 구분하기 위한 것으로 보인다.

위에서 살펴본 권명학 음반의 특성은 다음과 같이 정리할 수 있다.

첫째, <평조염불>과 <오조염불>의 사설을 혼합하여 불렀다.

둘째, 2) 탄생(부모은공) 단락과 관련하여 <부모은중경>의 사설을 차용했다.

셋째, 선효자－불효자 대비 단락이 유입되어 있다.

넷째, <회심곡>의 5) 病苦 단락의 내용을 2) 부모은공 단락으로 전이하였다.

다섯째, 산천경개 구경과 관동팔경 구경 단락이 유입되어 있다.

    <3> 하룡남
    1> Oasis 5615 回心曲1면 河龍南 伴奏오아시스國樂團: 평염불
    2> Oasis 5616 回心曲2면 河龍南 伴奏오아시스國樂團: 반멕이

    3> Oasis 5617 回心曲3면 河龍南 伴奏오아시스國樂團: 1) 도입,
2) 탄생(부모은공)

    4> Oasis 5618 回心曲4면 河龍南 伴奏오아시스國樂團: 2) 탄생
(부모은공)

    5> Oasis 5619 回心曲5면 河龍南 伴奏오아시스國樂團: 2) 탄생
(부모은공)

    6> Oasis 5620 回心曲6면 河龍南 伴奏오아시스國樂團: 3) 노화와
한탄

    7> Victor Junior KJ-1049(1113) 佛歌 悔心曲 河龍南: 평조염불,
오조염불, 1) 도입, 2) 탄생

    8> Okey 一二二八九 父母恩功 河龍南(미확인)

    9> JCDS-0707 권명학 하룡남 회심곡-한국고음반연구회 명인명
창선집(13): 복각CD

    10> SRCD-1141 하룡남 불교음악-빅터유성기 원반시리즈12: 복
각CD

    승려 하룡남은 권명학과 사제 관계이다. 하룡남의 음반은 1935년
을 전후하여 유성기 음반으로 발매되었으며 음악적으로는 경조로 되
어 있다. 자료 1>-6>까지 하나의 작품구조를 이루어 '염불+회심
곡'의 연결된 구조를 보여주며, 자료 9>, 10>으로 복각되었다. 1>-
2>는 염불에 해당하는데, <평염불>과 고사염불인 <반멕이> 사설이
연이어 불리고 있다. 권명학의 음반에서는 '평염불+오조염불'의 융
합이 드러나는 데 비해, 하룡남의 음반은 '평염불+반멕이'가 혼합되
는 양상을 보이고 있는 것이다. 자료 3>-5>까지가 염불과 <회심
곡>이 혼합되며 연결되는 형태이다.

    자료 3> 回心曲3면
    ㄱ) 일심정념은 극락 세겨 나하 / 봉호 엥에 으미로다 / 봉헤 에헤 /

ㄴ) 억조창생 만민 시주님들 다 / 에 시상에 사람밖에 또 있으리요
인간세상에 나오신 양반들 / 임자 절로 났느라고 다 거덜내시고
벙청대면 부모 말씀들을 하자 허서도 다 불법 말씀 들어보시며
는 인간세상 나오신 양반들 / 임자 절로 아니났습니다
은중경은 다 어머니 경이요 법화경은 아버님 경인데 / 아버님
전에다가 뼈를 빌으시고 어머님에 살을 삼여 인간세상에 나오
신 양반들 / 칠성님에 다 명을 받고 제석님에 복을 받아 십색만
에도 나오실 적에

ㄷ) 석달만에 피를 모고 여섯에루다 육신 생겨 / 십색만에도 탐문탄
생 나은 자손 / 그 어머님이 다 그 자손을 기르실 때에 어떤 공
력이 들었으리오 / 진자리 골라 / 어머님 누웁시구요, 마른자리에
도 아기를 뉘시고 음슥이라 맛을 보아 쓰디쓴 것 다디단 걸 골
래 놓웁시고 / 쓰디쓰신 건 다 불쌍하신 어머님이 주야밤낮 잡
수시고 / 다디단 건 애길 멕이시며 / 오뉴월이라 다 단열 밤에 모
기 빈대 각다구가 뜯을까봐 염려되시어 / 다 떨어진 새살부채를
손에다 들고 그저 허리둥실이 날려 주웁시고

ㄱ)은 <평조염불>의 사설에 해당하며, ㄴ)은 불교가사 <회심곡>의
1) 도입, 2) 탄생 부분에 해당된다. <오조염불>의 "은중경은 다 어머
니 경이요, 법화경은 아버님 경인데"라는 구절이 삽입되어 있으며,
<부모은중경>에 대한 인식이 권명학보다 뚜렷해진 면모를 보여준다.
ㄷ)은 <부모은중경>의 사설을 수용한 것으로 1. 나를 잉태하시고 지
켜주신 은혜, 5. 마른자리에 아기를 눕히고 진자리에 누우신 은혜,
4. 입에 쓰면 삼키고 단것이면 뱉어서 먹이신 은혜와 '여름철에 부
채질하며 보살피신 은혜'까지 첨가된다.

자료 4> 回心曲4면
ㄷ)´ 그저 허리… / 열의열 사십소사 나 / 봉에 으아미로다 / 봉헤 엉에

오뉴월이라 단열밤에 다 그 자손이 모기빈대 각다구가 뜯을세
라 그저 허리 둥실이 날려주옵시고 / 동지섣달 설한풍에 백설
펄펄 흩날릴 때 그 자손이 추울사 덮은 데다 더덕허기 덮어
주옵시고 / 그 자손이 다 잠을 깨면 다 부모 일촌간장에 다 / 없
는 < > 그저 수돌 치시면 다 왼팔엔 젖을 물려놓고

ㄹ) 어머님 전 아버님 전 사랑에 겨워 응뎅허리를 툭탁치시며는 사
랑에 겨워서 허시는 말씀들 / 은자동아 / 금자동이로다 만첩청산
에 보배동아 은자동아 금자동아 만첩청산에도 보배동이냐 / 순
지건곤에 일월동아 다 나랏님에 충신동아 부모님에 효자동이냐
동네방네 우염동이냐 / 굴레벗은 다 용마동이냐 / 오색비단에 채
색동아 채색비단에 오색동아 은을 주면 다 너를 사며 금을 주
면 너를 살손가 / 사람마다 / 부모님 은공이 태산이라도 무겁지가
않겠습니다 나하 / 봉호엥에 미로다 / 봉호 에헤

ㄷ)′은 <부모은중경>의 부연으로, '겨울에 덮어주신 은혜', '잠을
재우신 은혜', 6. 젖을 먹여 길러주신 은혜가 나열된다. ㄹ)은 잡가인
<맹인덕담경>, <제전> 등에서 보이는 자식 축원의 사설을 수용하여
부모의 은혜를 강조하고 있다.

자료 5> 回心曲5면

ㅁ) 일심정념은 극락세계 나하 / 봉호 엥에 미로다 봉헤 엥에
그 중에도 선효불효를 다 가려보자 / 불효자손네 거동을 볼적시
면 그 중에도 남과 겉이 젓을 멕여 육칸 대청에 뉘여를 놔도
불효자의 거동을 보시면 남과 같이 다 어겅어겅 울음 우시고 /
선효자에 거동을 보시면 / 한두살에 다 말을 배고 / 두세살에 다
걸음 배서 일곱칠 세가 넘으니 / 십오세에 부모님 은덕으로 이
세상에 짝을 맺어 부모 시자에 합해 놓아 놓니 / 그 중에도 다
선효자에 다 남녀간에 다 / 이십 안에 다 자손이요 삼십전에는
현량이신데 / 부모은공을 알을 손가

ㅂ) 부모은공을 갚으려고 동개울이며 서구월산 남지리 북형산을 그
저 허리둥실이 찾어가시니 / 어진 성현이 선남자 되리로다.

ㅁ)은 권명학 음반에서도 나타나는 부분으로 선효자와 불효자의
모습을 대비하는 사설이다. ㅂ)은 부모은공을 갚기 위하여 보은하는
행위인데, 권명학의 음반에서 여러 명산대찰을 세세히 거론한 것과
는 달리 간략히 약술되고 있다. 여기에 이어지는 자료 6>은 불교가
사 <회심곡>의 3) 노화와 한탄 사설과 같아서 작품의 개별적 특징
이 없다.

자료 7> 佛歌 悔心曲
ㄱ) 일심이야 징념은 에 나드나하 / 봉호 으아미로다 / 봉호 엥에 /
ㄴ) 에루어 억조천상은 만민 시주님네 / 엔걸 시상을 나온 사람 백
   자나 된 몸 들고 나와 / 물욕탐심을 너무 말어 / 물욕탐은 기불
   탐이라 백년수심은 천자본데
ㄷ) 임자 절로 났느라고 / 벙청대고 거덜대도 임자 절로 아니를 났
   소 / 불보살의 은덕을랑 / 남녀 여소가 잊질말오 건명전에 / 법화
   두 경이로구나 곤명전에도 은중경과 / 성님동상에 애중경이며 / 효
   자원성에 사랑두 경이로구려 팔만이자 / 팔만허옵시구 대장경
   을 / 조선국으로 모실 적에 / 어떤헌 법사가 거나리며 어떤 성현
   이 거나렸나 / 삼장법사 서낭자요 제팔사오승이 거나리실 제 / 은
   주심경은 어머니여 법화경은 아버니라
ㄹ) 어머님 전에나 살을 빌어 / 일곱 칠성님 전에 명을 주어 / 은공지
   성이 봉효 만줄이 두어다 삼시자 / 삼신 지왕님이 점지 탄생만
   허였습니다 나하

자료 7>의 경우는, 사설이 보다 압축되어 있는데, ㄱ) 평조염불과,
ㄴ) 오조염불의 사설이 혼합되고 있다. ㄷ)은 1) 도입 부분에 해당되

는데 <오조염불>의 사설이 부분적으로 수용되며, ㄹ)에서 2) 탄생(부모은공)의 단락을 다루고 있다.

하룡남은 <회심곡> 이외에도 다음과 같은 여러 종류의 유성기 음반을 남기고 있다.

    11> Victor KJ-1374-B KRE631 和請 河龍南: 반멕이+오조염불
    12> Victor Junior KJ-1045 念佛 고사 河龍南: 선염불(산세풀이-
        자손풀이-살풀이-달거리)
    13> Victor KJ-1374-A KRE630 德談 河龍南: 평염불+반멕이
    14> Victor KJ-1056-A JRE1098 佛歌 오조 河龍南: 오조염불
    15> Okey 1829(K240) 念佛 悟調 河龍南師 金壽南師: 오조염불
    16> Okey 20063(K1155) 念佛 悟調悔心曲 河龍南·閔敎植: 오조염불
    17> Victor KJ-1056-B JBE1099 佛歌 반막이 河龍南: 반멕이
    18> Okey 20063(K1153) 念佛 반매기 河龍南·閔敎植: 반멕이

자료 11>은 제목이 화청인데 내용은 앞부분에 '걸청 지심걸청 일월대주 일심봉청'이 첨가되었을 뿐 내용은 반멕이+오조염불로 되어 있고, 자료 13>은 뒷염불이지만 평염불+반멕이의 혼합이다. 자료 14>-18>은 각각 오조염불이나 반멕이 사설만을 부른 경우이다. 이로 보면 권명학이 주로 <평조염불>, <오조염불>을 사용한 데 비하여, 하룡남은 이이에 <반메이> 사설을 차용하여 부른 경향성이 드러난다. 그러나 <부모은중경>의 사설을 중시하여 확장 부연하였다는 점과, 전체적으로 염불+{(부모은중경)+회심곡}의 구조를 이루는 점은 권명학의 음반과 다르지 않다.

하룡남 음반의 특성을 정리하면 다음과 같다.

첫째, <평조염불>과 <오조염불>·<반메이>의 사설을 혼합하여 불

렀다.

둘째, <오조염불>의 "은중경은 다 어머니 경이요, 법화경은 아버님 경인데"라는 구절을 유입하였고, <부모은중경>에 대한 강조와 확장이 이루어진다.

셋째, 권명학 음반과 같이 선효자-불효자 대비 단락이 유입되어 있다.

넷째, 자식 축원(부모가 자식을 어르는 장면) 단락이 유입되어 있다.

다섯째, 권명학 음반에 비해 부모은공을 갚는 내용이 간략화된다.

권명학, 하룡남 창본 음반 자료를 통해 살펴본 1930년대 동냥승이 부른 '걸립 회심곡'의 성격은 문헌자료에 비해 세 가지 면에서 뚜렷한 특성이 드러난다.

1) 염불의 혼합과 사설의 혼용양상이 나타난다. <평조염불>을 중심으로 <오조염불>과 <반맥이>가 혼용되는 양상을 보이고 있다. 이러한 염불의 혼합양상은 이미 <회심곡 관악산조>에서도 나타나고 있는 것으로, 동냥승의 念佛이 고유의 기능성을 잃고 연행가요로 전이되는 면모를 보여주는 것이다.

2) <부모은중경>이 염불과 <회심곡>을 연결하는 중간 고리로서 쓰이고 있는 점이 확인된다. 곧 동냥승에 의해 불린 형태는 염불＋{(부모은중경)＋회심곡}의 순서를 지니고 있는 것이라 하겠다. <부모은중경>의 사설은 <회심곡>의 2) 탄생(부모은공) 단락에서 부연되며, '자식 축원', '선효자-불효자의 대비', '부모은공을 갚기 위한 유람' 등 雜歌와 관련된 여러 사설을 유입시키고 있다.

3) {(부모은중경)＋회심곡}의 내용은 부모은공에 대한 부분을 중점으로 하여 부연되고 장형화한 결과, <회심곡>의 <인생무상-저승권계>의 구조에서 주로 현세의 '인생무상'에 대한 내용만 다루고 있

다. <회심곡>의 '저승'에 대한 단락은 아예 생략되거나 간략화되고 있다. 그 결과, 사설의 비중 면에서 <부모은중경>이 중심이 되고, 오히려 <회심곡>은 <부모은중경>에 부연되는 경향성을 드러낸다.

이처럼 동녕승에 의한 <회심곡>의 변이유통은 사찰의 재의식에서 불린 '화청 회심곡'과의 차별성으로 인해 소위 '걸립 회심곡'을 형성하였으며, 이후의 국악인들에게 계승되는 것으로 보인다.

(나) 국악인의 乞粒 回心曲 수용과 民謠 回心曲의 발생

<1> 유경
1> Regal C294(1KR249) 俗謠 虛無歌 柳京 長鼓 朴上根: 3) 노화 한탄, 10) 사망, 8) 인생무상(죽음의 숙명성에 대한 한탄), 9) 죽음의 무상함(죽음에는 혈육, 친구도 소용이 없음)
2> Regal C294(2KR250) 俗謠 地府歌 柳京 長鼓 朴上根: 3) 노화 한탄, 12) 저승입구의 광경－20) 불의 경계와 적덕 권유

유경의 음반은 <회심곡>의 일부 단락들을 뽑아내어 부연한 면모를 보인다. 인생무상 사설을 중심으로 한 일부를 '허무가'로 불렀고, 저승 부분을 따로 분리하여 '지부가'로 불렀다.

<2> 지연화
1> Oasis 5567 回心曲(上) 唱池蓮花 伴奏오아시스國樂團: 반멕이
2> Oasis 5568 回心曲(下) 唱池蓮花 伴奏오아시스國樂團: 반멕이
1) 도입, 2) 탄생

지연화의 음반은 <반멕이> 사설과 <회심곡>의 서두 부분이 수록되어 있다.

<3> 장학선

1> 일츅죠선소리판 K855－A(21035) 雜曲 悔心曲 張鶴仙 文明玉; 평염불

2> Regal C119－A 雜曲 悔心曲 張鶴仙 文明玉: 평염불

3> Columbia40588－A 西道雜歌 悔心曲(회심곡) 張鶴仙: 평염불

<4> 신해중월

Okeh Record 1729－A(K1405) 念佛 悔心曲·하청 申海中月: 평염불, 화청(인생무상)

<5> 장월암

Victor 49245－A 悔心曲회심곡 張月庵: 평염불

<6> 박명화

1> Regal C391－B 誦經 祝願經 朴明花: 맹인덕담경

2> Regal C201B 漫曲 悔心曲 朴明花: 평염불

<7> 장명화

Chieron 一九六 俗謠 悔心曲 張明花(미확인)

장학선, 신해중월, 장월암, 박명화의 음반은 <평염불>만을 부른 것인데도 '悔心曲'의 제목이 붙어 있다. 이는 권명학, 하룡남 등 동녕 승이 부른 음반에서 '염불＋회심곡'의 전체 형태를 변별 없이 <회심곡>으로 제시했기 때문에, 이를 수용한 국악인들에게 '염불' 사설도 <회심곡> 사설로 인식된 결과라 하겠다. 이로 인하여 염불 부분만 부른 경우도 곧 <회심곡>으로 간주한 것이다.

<8> 김옥현

1> Sinseki N175 悔心曲 No.1 唱金玉鉉 伴奏新蓄國樂團: 평염불, 반멕이

2> Sinseki N176 悔心曲 No.2 唱金玉鉉 伴奏新蓄國樂團: 1) 도입, 2) 부모은공

3> Sinseki N177 悔心曲 No.3 唱金玉鉉 伴奏新蓄國樂團: 2) 부모은공

4> Sinseki N178 悔心曲 No.4 唱金玉鉉 伴奏新蓄國樂團; 오조염
불, 14) 죄인(남자)의 문초

김옥현의 음반은 하룡남 회심곡의 형태를 계승하고 있다.

자료 1>

ㄱ) 일심으로 정념은 극락세계라 / 봉호미로다

ㄴ) 염불이면 동참 / 시방에 어진 시주님네 평생심중에 잡순 마음 / 연
만하신 백발노인 일평생을 잘사시고 잘노시다 왕생극락을 발원
허시고 / 젊으신네는 생남발원 / 없는 애기는 생남이오

ㄷ) 축원이 갑니다 / 덕담 가오 / 건명곤명은 이댁전에 문전축원 고사
덕담 정성지성 여쭌 뒬랑 / 대주전 영감마님 장남한 서방님들
효자충남한 도련님들 / 하남한 여자에겐 젖끝에는 금년생들 / 건
구건명은 이댁 전에 일평생을 사시자하니 어디아니 출입들을
하십니까 /

ㄹ) 상봉일경을 불법만제 관재구설 삼재팔난 우환질병 걱정근심 휘
몰아다 / 무인도 깊은 섬중에다 허리 둥실이 다버리고 / 일심정기
며 인간오복 몸수태평 얻어다가 귀한아들 따님전에 전법하니
어진 성현이 선남자되리로다 명복이자 / 아헤라 아 나무아미로
다 / 아헤 에나네 열우열 사십소사 나하하아

자료 1>은 하룡남의 음반에서 각각 1장씩 분량인 <평염불>과 <반
멕이>를 합쳐놓은 것이다. ㄱ), ㄴ)은 <평염불> 부분이고, ㄷ), ㄹ)은
<반멕이> 사설에 해당한다. 자료 2>, 3>도 하룡남의 Oasis 5617 回
心曲3면과 Oasis 5618 回心曲4면을 수용하고 있는데, <오조염불>의
"은중경은 다 어머니 경이요 법화경은 아버님 경인데"의 구절이 탈
락되며, <부모은중경>을 인용한 부분도 '자식 축원'에 대한 단락까

지만 다루고 그 후의 선효자-불효자 비교 단락은 나타나지 않는다. 자료 4>에서는 <오조염불>에 이어서 이 세상의 공덕을 다루며 14) 죄인(남자)의 문초 단락의 내용을 제시하고 있다.

 이로 보아 동녕승에 의해 불린 [염불＋회심곡]의 혼합된 형식인 '걸립 회심곡'이 그대로 국악인에게 전승되어, 국악의 '민요 회심곡'으로 수용되고 있는 양상을 알 수 있다. 공연예술로서의 흐름에서 볼 때, 1920년대까지의 잡가집에서는 <회심곡>이 단독으로 수록되고 있으며 염불류와 혼합된 형태를 찾아볼 수 없다. 그러므로 현전하는 '민요 회심곡'은 음악적 면에서 '잡가 회심곡'의 영향을 받았겠지만, 사설에 있어서는 동녕승의 '걸립 회심곡'을 받아들여 1930년대 이후 형성된 것이라 하겠다. 이러한 점은 평염불·반맥이 등 '걸립 회심곡'의 첫 부분인 염불 부분만을 녹음하고 이를 <회심곡>이라 지칭한 국악인 음반들을 통해 확인할 수 있다. 이후 '걸립 회심곡'의 일부 내용을 첨삭하고 변형시키며 國樂에서의 '민요 회심곡'을 이루어 가게 된다. 그러나 유성기 음반으로 남은 국악인의 <회심곡>은 대체로 동녕승의 '걸립 회심곡'을 그대로 수용한 면모를 보이고 있어 아직 국악인의 '소리'로서의 '민요 회심곡'으로 성립되었다고 보기 어려우며, 발생기에 머무르고 있다. '민요 회심곡'의 전개는 1959년 LP판의 등장과 더불어 활성화되기 이른다.

2) 民謠 회심곡

(가) LP판의 등장과 회심곡 '불가조'·'소릿조'의 분화

 1959년 등장한 LP는 기존 유성기 음반에 비해 네 배 이상 녹음

분량이 늘어나는데, 이는 ‘걸립 회심곡’을 계승하여 부르며 유성기 음반 취입에 익숙해 있던 국악인에게 상당한 혼란을 초래하고 장시간 음반에 대응하는 대안을 모색하게 만들었다. 이로 인하여 ‘민요 회심곡’의 사설도 차츰 확장성을 띠게 되며, 다음과 같이 두 가지 특성을 충족시키는 방향으로 전개되었다.

첫째, ‘걸립 회심곡’의 [염불＋회심곡] 구조를 계승하여 불렀다.

둘째, LP판의 늘어난 음반 분량을 채우기 위하여 ‘불가 회심곡’의 <회심곡> 기본형 사설을 가져와서, ‘걸립 회심곡’ 구조 이후에 연속으로 이어 불렀다.

장시간 음반 취입으로 인한 이러한 현상으로 인해, 1950년대 이후의 ‘민요 회심곡’은 사설의 구성 면에서 부분적으로 같은 내용을 다룬 단락이 반복하여 나타나기도 하는 중복적 성향을 지니게 된 것으로 보인다.

    <1> 이은관
    1> 킹스타 KSM1131 勸酒歌・悔心曲・南道民謠 唱: 朴貴姬 朴初月 李殷官 金月荷(10인치 1LP) 회심곡 창: 이은관
    2> Y. R. Record Y. R.005 회심곡 창 이은관 합창 이은미 안백화 (1LP): Side−1. 창 이은관 Side−2. 여자회심곡 합창 이은미 안백화
    3> 지구레코드 JCDS−0448 이은관의 회심곡 제작: 94.6.20(1CD)

이은관의 자료 1>은 하룡남 음반의 내용을 계승하여 부른 것으로, 저승에 대한 부분이 간략하다. 초기의 10인치 LP판에서는 여전히 유성기 음반과 마찬가지로 ‘걸립 회심곡’의 답습에서 크게 벗어나지 못하는 양상을 나타낸다.

이에 비해, 자료 2>의 경우는 하룡남에 의해 불린 ‘걸립 회심곡’의 사설을 계승하여 부르다가 ‘선효자−불효자 대비’의 단락을 탈락

시키고, 다시 <회심곡> 기본형의 사설을 처음부터 이어가는 연결 형태로 부르고 있다. 이는 장시간 음반에 대응하는 '민요 회심곡'의 장형화 양상을 보여준다. 기존의 '걸립 회심곡'을 계승한 형태에 비해 LP판의 분량이 대폭 늘어났기 때문에, 이를 충족시키기 위하여 '걸립 회십곡'을 부른 후에 불교가사 <회심곡> 사설을 가져와서 이어 부르는 것이라 하겠다. '민요 회심곡'에서 '회심곡 불가조'란 이와 같은 음반의 장형화로 인하여 형성된 것으로 보인다. 이은관의 <회심곡> 자료 2>의 특색은 9) 죽음의 무상함 단락에서 다음과 같이 <제전>의 내용이 삽입되고 있다.

자료 2>
ㄱ) 청춘에 처 거동보소 / 샛별같은 두 눈에서 진주같은 눈물방울이 핑그르르 돌건마는 / 여보시오 군자님아 간단 말이 웬 말이오 / 한 냥낙일에 추원이요 모자이별 편사서라 형제이별 이런 이별 살아 생전 생이별은 소식이나 있건만은 / 그대 한번 죽어져서 만리황천 돌아가면 어느 시절에 또 다시 만나 악수논정을 헌단 말이요
ㄴ) 마누라조차 슬어허면 이내 심사가 어떠하리 나 죽은 후에 울지라도 / 오륙 척 배 실은 종선 산수갑산 부세포 다 고만두고 / 마누라 입었든 치마폭이나 벳겨내여 이내 일신 면모악수를 꽉 눌러 씌운 후에, 열두 매끼 졸라 가지고 잣나무 상광틀에다 덩그렇게 올려놔서 북망산천 갖다가 깊이 깊이 묻어주소

ㄱ)은 처의 말이고, ㄴ)이 죽는 남편의 말로 대화 형태로 되어 있다. ㄴ) 부분은 <제전>의 사설을 그대로 수용한 것으로 보인다. 또한 10) 사망의 단락에서 다음과 같은 사설이 첨가되어 있다.

자료 2>

구사당에 허배허고 신사당에 하직하고 대문 밖을 썩 나서서 / 적삼 내여 손을 들고 혼백 불고 초혼하니 없든 통곡이 낭자하다 / 인제 가면 언제 오나 / 오만한 날 일러주오 살궁 안에 삶은 팟이 / 싹시 날 적에 돌아오며 / 뒷동산에 고목 남기 잎이 필제 돌아오나 / 서산명월은 다 넘어가고 벽수비풍은 슬슬 분다 / 삼천칠백리 들어갈 제 예성강도 서른세강 / 저승강도 서른세강 / 칠성강도 서른세강 / 아흔 아홉강 건너서니 백사장 세모래 밭에 손발이 시려서 나 못가겠네

이후 저승 부분은 간략히 처리되고 있다. 또한 자료 2>에서는 이은관 창 '회심곡' 다음으로 '女子 悔心曲'이라 하여 이은미, 안백화 합창의 사설이 실려 있다. 이은미는 정득만·이창배를 사사했고, 안백화는 강옥주에게서 회심곡을 사사받은 명창이다. '여자 회심곡'이란 '염불-1) 도입-2) 탄생-3) 노화 한탄'까지만 다룬 하룡남 음반의 '걸립 회심곡' 사설을 부른 것으로, 이에 음악적 기교가 가해져서 '회심곡 소릿조'의 형태를 이루게 된다.

자료 3>에도 두 가지 <회심곡>이 실려 있는데, 각각 권명학 음반과 하룡남 음반의 내용을 계승한 것으로 보인다. 첫 번째 <회심곡>의 사설은 '불효자-선효자 대비' 단락과, 상탕·중탕·하탕에 씻고 머리카락으로 부모님의 신 삼는 내용, 부모님을 양 어깨에 얹고 팔도 유람하는 내용 등 권명학 음반의 특징이 다음과 같이 모두 드러난다.

자료 3> 첫 번째 회심곡

ㄱ) 선효자의 한두살에 철을 몰라 / 부모은공 갚을소냐 한두살에 말을 배우고 두세살에 걸음배니 세월이 여류하야 육칠세가 당도 허니 / 공맹자님에 뜻을 받아 글공부하느라고 철모르게 십육칠세 얼른지나 / 이십이 가차오니 / 이십전 출가하여 자손 나서 길

러보니 부모은공 왜 모를소냐
ㄴ) 부모은공 갚노라고 동개골 서구월산 찾아가니 / 푸른 것은 버들이요 누른 것은 꾀꼬리라 / 황금같은 꾀꼬리는 황금갑옷을 떨쳐입고 부모은공 갚느라고 염불 소리로 울어가며 양류간으로 넘나드는데 / 사람으로서 왜 부모은공 모를손가
ㄷ) 이골 물이 쭈루루루 저골 물이 꽐꽐 열에 열골 물이 한데 합수쳐 천방저 지방저 세모래는 올라가고 물결은 내리쏟는데 / 별유천지비인간이라 그 자손이 부모은공 갚으려고 / 물결 좋아서 상하중탕 막을 적에 (중략) 등에 업혀 계신 부모님의 신 두 켤레가 다 떨어지고 두 도끼총만 남았어도 부모은공 태산이라도 못다 갚습니다 나무 아미로다

ㄱ)·ㄷ) 부분은 권명학 음반에서 나타나는 사설이며, ㄴ) 부분은 이은관 음반에 새로 유입된 부분이다. 그 후의 3)−20) 단락까지는 불교가사 <회심곡>의 사설을 부르고 있다.

두 번째 <회심곡>의 사설은 서두 부분의 염불에서 하룡남 음반의 사설을 수용하고, 2) 탄생−10) 죽음까지는 불교가사 <회심곡>의 가사를 부른 것이며, 저승 부분이 생략되어 있다.

위 음반 이외에 이은관은 <배뱅이굿>을 부르기도 했는데, <배뱅이굿>에도 <회심곡> 부분이 개입된다. 그러나 <배뱅이굿>의 <회심곡>에 해당되는 내용은, '일심정념은 극락세계라'의 평염불 시작 부분과 성주풀이가 결합되어 있는 형태로, 제목만 빌었을 뿐 <회심곡>과는 관련이 없는 별개의 노래를 이룬다.

이로 보면 이은관의 <회심곡> 음반은 권명학 음반과 하룡남 음반의 형식을 각각 수용한 두 가지로 나타나며, 저승 부분 단락이 간략화된 '걸립 회심곡'의 성향을 이어받은 형태라 할 수 있다. 또한 '걸립 회심곡'을 더욱 간략화하여 '인생무상' 부분만을 부른 형태를 '여

자 회심곡'이라 하고 있다.

　　　<2> 강옥주

　1> 極東레코오드 민 LKM3001　悔心曲全集　唱姜玉珠(1LP): 德懳
　　　編, 父母任前誕生編, 죽엄編, 저승編, 地獄編, 極樂編
　2> 時代레코ー드　悔心曲 강옥주 백운선(1LP): 1. 덕담편 2. 부모님
　　　전 탄생편 3. 죽엄편 4. 저승편(오조곡) 5. 지옥편, 극락편
　3> 新世紀레코ー드社 SLN10608(LN50065, LN50066) 悔心曲　唱姜
　　　玉珠(10인치 1LP)
　　　新世界레코드社 민1205(SL1205) 特製品 悔心曲　唱姜玉珠(1LP,
　　　再版)
　　　新世紀레코오드 株式會社 國樂大全集 第三輯 민1240ー30 悔心
　　　曲 唱姜玉珠 1968.1發行(1LP, 再版)
　4> 新世界레코드사 S민ー4007 회심곡 唱姜玉珠(1LP): 덕담편, 부모
　　　님전 탄생편, 죽엄편, 저승편, 지옥편, 극락편
　5> 大都레코ー드 TLM6010 悔心曲全集 唱姜玉珠 제작71년 3월 4
　　　일(1LP): (一회)덕담편, (二회)부모님전 탄생편, (三회)죽엄편,
　　　(四회)저승편(오조곡), (五회)지옥편, 극락편
　　　대도레코오드사 TLM6010 스테레오 名唱 悔心曲全集 力唱姜玉
　　　珠(1LP)
　6> 아세아레코드社 ALSー599 回心曲 唱姜玉珠 제작1979.5.15(1LP):
　　　Side1 1. 덕담편, 2. 부모탄생편, 3. 죽엄편 Side2 1. 저승편, 2.
　　　지옥편과 극락편
　　　아세아레코드 ACDー0152 회심곡 창 강옥심(1CD)
　7> 삼성기획 / 현대레코드 SMCDー011 회심곡 강옥주(1CD): 덕담편,
　　　부모님 탄생편, 죽음편(외)

　　　강옥주 창 <회심곡>의 특성은 '덕담편, 탄생편, 죽엄편, 저승편,
지옥·극락편'의 다섯 부분으로 나누어진다는 점이다. 이 같은 내용

구분은 권명학·하룡남의 '걸립 회심곡'에서 [염불＋회심곡]으로 혼합된 구조를, 다시 염불 부분과 <회심곡> 사설 부분으로 분리시키는 역할을 하고 있다.

'덕담편'과 '부모님전 탄생편'에서는 하룡남 음반의 내용을 계승하여 2) 탄생(부모은공) 단락에서 <부모은중경>의 내용을 다룬다. 그런데 '죽엄편'에서 다시 1) 도입, 2) 탄생(부모은공)의 사설 부분이 개입된다.

자료 1> (3) 죽엄편

ㄱ) 여보시오 시주님네 이내 말쌈 들어보소 / 죽엄 길에도 노소 있소 늙으신 네나 젊은 네나 / 늙으신 네는 먼저 가고 젊은 청춘 나중 갈 제 공명천지도 하느님 아래 흘러가는 물이라도 / 선후 나중 있갓구려 수미산천 만장봉에 청산녹수가 나린 듯이 차례야 차례로만 흘러 시왕극락을 나립소사 나무아미로다

ㄴ) 여보시오 자손님네 이내 말쌈 들어보소 / 태산같은 부모님에 사랑으로 슬하에 고히 자라 이십 전에 출가하여 / 자손 낳서 길러 보니 부모은공 모를 소냐 /

부모은공 갚자 하여 인간백년 사자하니 공도라니 백발이요 면치못할 죽음이라 / 검든 머리 백발되고 곱든 얼굴에 주름잡혀 / 아니 먹든 귀는 절벽되고 박씨같은 이는 빠졌으니 이 아니도 원통하냐 / 자손들은 나를 보고 망령이라 하는 소리 애달프고 절통하다 나무아미타불 관세음보살 /

닫은 문을 박차면서 여보시오 청춘들아 너희가 본래 청춘이며 낸들 본래 백발이냐 백발보고 웃지 마라 / 나도 엊그저께 청춘소년 행락하였건만 금일 백발이 원수로다 / 나헤 에라 나무아미로다

ㄷ) 우리 부모 날 배실 제 백일정성 산천기도라 명산대천 찾으시며 / 왼갖 정성을 다들이니 힘든 낭기 꺾어지며 공든 탑이 무너지랴 지성이며는 감천이라

　　부모님 배를 빌어 십삭만에 탄생하니 지극하신 우리 부모 나를
　　곱게 기르실제 / 겨울이면 치울세라 따뜻한 데 눕히시고 여름이
　　면 더울세라 시원한 곳에 눕히시며 / 왼갖 정성 다 들여서 잘
　　되라고 기도하고 고히 되라 축원하여 천금주고 만금 주어 곱게
　　길렀건만 (후략)

　ㄱ)은 <반멕이> 사설의 수용이며, ㄴ)에서 2) 부모은공-3) 노화
한탄의 단락이 나타난다. 그리고 다시 ㄷ)에서 2) 탄생(부모은공)의
단락으로부터 시작되어, <회심곡>의 2) 탄생-20) 불의경계와 적덕
권유의 단락 순서로 불린다. 특히 ㄷ) 부분의 "우리 부모 날 배실
제 백일정성 산천기도라-지성이며는 감천이라"의 구절은 권명학·
하룡남의 음반에서는 보이지 않는 내용으로, 강옥주의 음반에서 첨
가된 부분으로 보인다.

　강옥주 창 <회심곡>은 이은관 창 <회심곡> 자료 2>보다 더욱 상
세하게 '회심곡 불가조'의 구조를 드러낸다. '덕담편', '부모님전 탄
생편'의 두 편이 동녕승에 의해 불린 [염불+(부모은중경) 구조의
'걸립 회심곡' 사설을 계승하고, '죽엄편'에서부터는 다시 불교가사
<회심곡>의 첫 부분부터 부르고 있어, 그 구분전이 뚜렷이 드러난
다. 동녕승의 '걸립 회심곡'이 염불+{(부모은중경)+회심곡}의 연계
된 구조라면, 강옥주 음반은 이를 구분하여 일단 염불+(부모은중경)
까지만의 형태에서 '선효자-불효자 대비' 단락을 탈락시켜 '부모님
전 탄생편'까지로 정리한 형식이다. 그다음의 '죽엄편'부터 <회심곡>
기본형 사설을 다시 처음부터 시작하여 이어가는 연결 형태로 부른
것이라 할 수 있다. 그렇기 때문에, 2) 탄생(부모은공)의 단락이 '부
모님전 탄생편'과 '죽엄편'에서 중복되어 여러 번 나타나는 것이다.

　또한 염불 사설도 중복되어 나타나는 양상을 보인다. '지옥편, 극
락편'의 끝 부분에서는 다시 <오조염불>의 사설을 차용하고 있다.

자료 1> (5) 지옥편, 극락편

ㄱ) 억조창생 만민 시주님네 / 이내한말 들어보소 인간 세상에 나온
사람 빈손 빈몸으로 들고 나와 / 물욕탐심을 내지를 마오 / 물욕
탐심을 귀물탐이요 백년담문은 일조지라 / 삼일수심은 진재보오
만단철량을 모아다 놓고 / 먹구 가면 쓰고 나가죠 못다 먹고 못
다 쓰고 / 두 손 걷어 배우에 얹고 가는 인생 한심하고도 가련
하구나 / 묘창해지가 일속이요 단풀에 나비로다 / 뿌리없는 부평
초로다 하루같이 못살고 천년 살며는 만년 사오 반백년을 못다
사는 인생 / 몽중같은 살림살이 태평하게도 사옵실제

ㄴ) 여보시오 청춘님네 회심곡을 허수말고 부모님께 효도하고 선심
공덕 많이 하구요 극락에로 가옵소사 나무아미타불 관세엄보살

ㄱ)은 <오조염불>이고, ㄴ)은 <회심곡>의 사설이다. 그리고 자료
2>와 자료 5>의 경우, 자료 1>과 같은 결말 이후에 다음과 같은 ‘공
도라니’(단가 불수빈)의 일부가 더 첨가되어 있다.

자료 2> 지옥편, 극락편

ㄱ) 공도라니 백발이요 면치 못할 죽엄이라 천황지황 인황 후에 요
순우탕 문무주공 공맹안증 정주자는 도덕이 관천하여 만고성현
일렀건만 미미한 인생들이 저 어이 알아보리 강태공과 황석공
과 사마양저 손빈오기 / 저필승 후필승은 만고명장 알었건만 한
번 죽음 못 면했네 멱라수 맑은 물은 굴삼려에 충혼이요 / 상강
수 성긴 배는 오자서에 정렬이라 채미하던 백이숙제 천주명절
일렀건만 / 수양산에 아사하고 맹상군에 계명구폐 신릉군의 절부
구성 / 만고호걸 일렀건만 한산 세우 미초중에 일부로만 가련하다

ㄴ) 세상천지 동포님네 선심공덕 덕을 닦어 부처님께 불공하여 자
손만대 부귀영화 거룩할 손 어진 마음 극락세계 가올지니 이
아니도 좋을 손가

ㄱ)은 <백발가>의 판소리 단가 형태인 '공도라니'이고, ㄴ)은 <회심곡> 사설이다. '죽엄편'에서 이미 "공도라니 백발이요 면치 못할 죽엄이라"로 언급된 부분을 결말의 '지옥편, 극락편'에 와서 다시 부연하고 있는 것이다. 이와 같은 <백발가> 사설의 차용은 이창배 편 『한국가창대계』에 수록된 <별회심곡(佛歌調)>에서도 나타난다. <별회심곡(佛歌調)>에서는 끝 부분이 아니라, 3) 노화 한탄의 단락에서 단가 <불수빈>의 사설을 차용하여 부연하고 있다.

이를 전체적으로 정리해 보면, 강옥주 음반은 '인생무상'의 사설에서 '걸립 회심곡'의 [염불＋회심곡] 구조를 이어받고, 여기에 다시 불교가사 <회심곡>을 이어 불러서 '저승'의 사설까지 완성시킨 형태이며, 끝 부분에 <백발가>의 일부를 첨가하기도 하는 중첩·부연의 구조라고 할 수 있다.

<3> 안비취
1> 大都레코드 TLM706 회심곡(全篇) 창 심명화 안비취(10인치 1P)
2> 新世紀레코오드 민1226 대감노리와 悔心曲 唱 李銀珠 安翡翠 沈明花 Side－2 塔도리 노래 悔心曲(제작일자 68.9.15)(1LP)
3> 오이시스레코오드社 OL1660 회심곡 청춘가 노랫가락 安翡翠(1LP) 오아시스 ORC－1419 휘모리, 잡가(회심곡) 제작 연월: 94년 7월(1CD, 재판) 삼성미디어／오아시스 OSKC－1055 국악대전집 제5집 회심곡 휘모리 잡가(1CD)
4> 한국음반 HC－200058 悔心曲 唱: 人間文化財 安翡翠 1979.11.15 제작(1LP): Side1 1. 회심곡 불가조 Side2 1. 회심곡 소릿조 2. 회심곡 하청 한국음반 HKC－053 悔心曲 唱: 人間文化財 安翡翠 P 1991.5(1CD, 재판): 1. 회심곡(불가조) 2. 회심곡(소릿조) 3. 회심곡(하청)

5> 오리엔탈 레코드 한국의 전통음악28(단가·범패·회심곡)
DYCD-1428(1CD) 10. 회심곡: 안비취 이은주
6> 예전미디어 국악(속악) 제2집 SKCD-K-0005YJ(1CD) 회심곡
안비취 이춘희

안비취의 음반에서는 <회심곡>이 '불가조'와 '소릿조'로 나누어지
는데, 내용 면에서 검토하면 둘 다 하룡남 음반의 계승으로 보인다.
하룡남 음반의 [염불＋부모은중경]의 내용을 모두 다룬 경우가 '불가
조'이고, 염불과 <부모은중경>의 사설을 간략화시킨 것이 '소릿조'이
다. 이은관의 음반 자료에서 '여자 회심곡'이라 한 것이 '소릿조' 회
심곡에 해당한다. '소릿조' 회심곡의 서두 부분은 다음과 같이 간략
해지고 있다.

자료 1>
ㄱ) 이 댁에 시주 왔습니다. 만수무강 소원성취 빌러 왔습니다 / 일
념으로 정념 아미로다 봉
ㄴ) 억조창생은 다 만민 시주님네 이내 말쌈을 들어보소 / 인간 세
상에 다 나온 은덕을랑 남녀노소가 잊지를 마소 건명전에 / 법
화도 경로구나 건명전에도 은중경과로다 /
ㄷ) 우리 부모 나 배실 제 / 백일정성이면 산천기도라 명산대찰 다
니시며 / 온갖 정성을 다드리며 / 심든 낭기 꺾어지며 공든 탑이
무너지랴 / 지성이면 감천이라 / 부모님전 드러날 제
ㄹ) 석가세존 공덕으로 아버님 전 뼈를 빌고 어머님전 살을 빌어 / 제
석님 전에 복을 빌고 / 칠성님 전 명을 빌어 / 열달 배설한 후 이
세상에 생겨나니 / 우리 부모 나 기를 제 / 겨울이면 추울세라 / 여
름이면 더울세라 천금주어 만금 주어 나를 곱게 길렀건만 / 어려
서는 철을 몰라 / 부모은공을 갚을소냐 / 다섯하니 열이로다 / 열에
다섯 대장부라 인간칠십고래희요 팔십장년 구십춘광 / 백살을 산

다해도 / 달로 더불어 논하면은 일천하고 이백 달에 날로 더불어 논하면은 / 삼만 육천일에 / 병든 날과 잠든 날이며 / 걱정 근심 다 제하면 단 사십을 못 사는 인생 어느 하가 부모은공을 갚을 소냐

ㄱ)은 염불 부분의 사설이 모두 탈락하며 간략화되는 면을 보여주며, ㄴ)은 하룡남 음반의 경우와 같이 <오조염불> 사설을 수용한 면모를 보인다. ㄷ)은 강옥주 음반의 '3. 죽엄편'에서 [염불＋회심곡]에 이어 <회심곡> 기본형을 다시 시작하며 부르는 사설과 같다. ㄹ)이 2) 탄생(부모은공) 단락에 해당되는데, <부모은중경>의 내용이 간단히 처리되는 것을 알 수 있다.

또한 안비취 음반의 특징은 불가조, 소릿조 모두 사설이 <회심곡>의 인생무상 부분인 1) 도입－10) 죽음 단락까지만 다루고 있다. 끝 부분은 10) 죽음 단락 이후에 다시 3) 노화와 한탄 단락을 이용하여 다음과 같은 방식으로 처리된다.

자료 3>
ㄱ) 옛노인 하신 말씀 저승길이 머다드니 오늘 내게 당해서는 / 대문밖의 저승이라 / 청춘이 가고 백발이 올 줄 알았으면 / 십리밖에다 성이나 쌓을 걸
ㄴ) 세상천시 동포님네 / 회심곡을 허수말고 / 부모님께 효도히며 할 일을 합시다 / 나하 에나네 / 열에열 사십소사 나하하아

ㄱ)은 <백발가> 사설을 간략히 수용하여 마무리 짓는 양상을 보여주며, ㄴ)은 <회심곡> 기본형의 20) 불의경계와 적덕 권유 단락을 떼어 붙인 양상을 보인다.

또한 자료 4>·5>의 경우를 보면, 안비취 음반에서도 동녕승의

‘걸립 회심곡’ 음반에서는 간략화되거나 생략되는 ‘저승’ 부분의 사설을 ‘불가 회심곡’ 사설을 가져와서 접맥하려 한 양상이 드러난다. 그러나 강옥주 음반에서 불교가사 <회심곡>의 전체 사설을 모두 이어 부른 데 비해, 안비취 음반에서는 13) 저승의 봉초, 14) 죄인(남자)의 문초, 17) 죄인(여자)의 문초의 단락을 ‘하청(화청)’으로 따로 처리하고 있다. <회심곡>의 ‘저승을 통한 권계’ 부분에 해당하는 사설을 ‘하청’이라 하여 다른 노래로 정리한 점이 특이하다.

이로 보아, 안비취 음반은 하룡남 음반을 계승한 것을 ‘불가조’라 하고, 이를 축약하여 ‘소릿조’를 이룬 것이라 하겠다. 둘 다 <회심곡>의 ‘인생무상’ 부분만 다룬 것으로, ‘저승권계’ 부분이 ‘하청’이라는 별개의 곡으로 분리되어 다루어지는 면을 보인다.

<4> 이창배

이창배는 음반을 내지는 않았지만, <회심곡>의 정선·편곡을 해온 국악인이다. 1950년대 편찬한 『가요집성』[28]의 불가부에 <회심곡>을 수록했으며, 1960년대 편찬한 『증보가요집성』[29]에는 <悔心曲 其一>, <悔心曲 其二>의 명칭으로 두 가지 형태를 기록하였다. 이 두 형태는 각각 불가조·소릿조에 해당하는 것으로, 1960년대 초반에 음악적으로 불가조·소릿조 <회심곡>이 공존하면서도 명칭상으로는 뚜렷한 구분 없이 <悔心曲>으로 통용된 것으로 보인다. 1970년대 편찬한 『한국가창대계』[30]에 이르면, 승려 이경협이 지은 <반회심곡>과

---

28) 벽파 편 『가요집성』(유인본), 1956. p.295.
29) 이창배 편 『증보가요집성』, 청구고전음악학원, 1961. p.313. p.324.
30) 이창배 편 『한국가창대계』, 흥인문화사. 1976. 이창배가 자신이 펴낸 『증보가요집성』을 보완한 가집이다. 여기 소개하는 <회심곡(불가조)>, <회심곡(소릿조)>, <별회심곡(불가조)> 세 편은 "절에서 행하여지는 회심곡이 아니라 동냥하는 중들이 집집 문전마다 꽹과리를 치면서 전곡을 달라고 할 때 쓰던 노래"라 하였다. 불가조 회심곡은 "범성에

<육갑시왕원불지옥십악업>을 비롯하여 <회심곡(불가조)>·<회심곡(소릿조)>·<별회심곡(불가조)>·<탑돌이>·<왕생가> 등이 佛歌로서 수록되어 있는데, 여기에서 불가조·소릿조의 구분 의식이 드러나고 있다.『한국가창대계』의 <회심곡> 자료를 살펴보면 다음과 같다.

 1> 悔心曲(佛歌調): 기본 형태는 안비취의 회심곡 '불가조'와 같다. 그런데 <부모은중경> 사설을 서술한 다음에, 이은관 자료 3>의 첫 번째 회심곡에서 나타나는 "선효자의 한두살에 철을 몰라 부모은공 갚을소냐–두 도끼총만 남았어도 부모은공 태산이라도 못 다 갚습니다" 부분 사설이 "선녀자의 한두살에 철을 몰라 부모은공 갚을소냐–두 도끼총만 남았어도 부모은공 태산이라도 못 다 갚습니다"로 변형되어 삽입된다. 이 부분은 안비취의 회심곡 '불가조' 음반에서는 나타나지 않는 대목이다. 이로 보면, 이창배의 회심곡 '불가조'는 안비취 창 <회심곡>에 이은관 창 <회심곡>의 일부 사설을 합쳐 놓은 종합적 형태라 할 수 있다.

 2> 悔心曲(소릿조): 안비취의 회심곡 '소릿조'와 동일하다. 염불과 인생무상 부분만이 나타나며, 회심곡 기본형의 저승 부분은 생략된 형태이다.

 3> 別悔心曲(佛歌調): 悔心曲(소릿조)를 부연한 형태이다. 3) 노화와 한탄 단락에 단가 <불수빈>의 사설과 상여 나가는 모습, 平土祭의 모습을 첨가하여 장형화했고, 회심곡(소릿조)에서는 생략된 저승 부분을 다시 연결시켜 이루어진 형태이다.

 1970년대에 정비된 이창배의 편찬 자료는 '소릿조'의 경우 '인생무상' 부분의 단락만으로 정리했으나, '불가조'의 경우는 강옥주 창 <회심곡>처럼 '저승' 부분을 불교가사 <회심곡>의 사설을 그대로 수

가까운 맛이 없고 서도창에 가까운 맛"을 보인다고 하고, 소릿조 회심곡은 "수심조가 많고 특히 어떤 구절은 수심가조로 한다"고 하였다.

용하여 <회심곡>의 전체적 모습을 재구성하고 있다. '별회심곡 불가
조'는 '소릿조'를 기본으로 하여 <속회심곡>의 사설과 '회심곡 불가
조'의 후반부 사설을 덧붙인 복합적 형태인데, 이창배가 編辭한 작
품으로 보이며 '소릿조'나 '불가조'에 비해 불리지 않은 형식이다.

이로 보면, 1950년대까지 동녕승의 <회심곡>을 계승하여 다양한
모습을 보여주던 국악인의 <회심곡>은, 1960-70년대의 정비과정을
거쳐 두 가지 부류로 구분되어 정착되는 것이다.

첫째, 하룡남 창본 '걸립 회심곡'을 계승하고 여기에 불교가사
<회심곡>을 처음부터 다시 이어 부른 강옥주 창 <회심곡> 계열은
'불가조'로 정비가 된다. 이와 달리 권명학 창본 '걸립 회심곡'을 계
승한 이은관 창 <회심곡>이 있다.

둘째, '걸립 회심곡'에서 염불과 부모은공의 사설이 간략화되고
'인생무상'의 부분만 다룬 안비취 창 <회심곡> 계열은 '소릿조'로
정비된다.

이와 같은 분류는 1970년대 후반 이후의 회심곡 음반에 영향을
주어서, 곡명에서부터 '소릿조' 또는 '불가조'로 변별하여 부르는 양
상이 확연해진다.

(나) 회심곡 '불가조'·'소릿조'의 전승과 고사소리로의 활용

<1> 김영임
1> 서울음반 SLP-7840 회심곡 불가조 정선 편곡: 이창배 창: 김
영임 1979.2.25제작(1LP)
巨星레코드 SSCD-036 김영임의 회심곡 P1990.5(1CD, 재판)
김영임 회심곡 7901-522 84.7.1 거성레코드
김영임 회심곡 DGS-964 A. R. MEDIA
2> 지구레코드 JLS-120 1647 김영임의 걸작 회심곡 제작:

1981.8.26(1LP)

지구레코드 JCDS-0095 김영임의 걸작 회심곡 CP 1990(1CD, 재판)

3> 오아시스 OCP-68 ’97 김영임 회심곡 PC 1997.5(1CD)

4> 대도레코드 DDCD-028(A) 김영임 회심곡 명창집(1CD)

5> 아남레코드 ARCD-005(A) 공연실황 ’97 김영임의 소리 회심곡 (1CD)

김영임은 이창배에게서 경서도창을 사사받았고 회심곡이 특장이다. 김영임의 음반은 이창배의 『한국가창대계』에서 재구성된 회심곡 ‘불가조’를 계승하고 있다. 안비취의 1)-10) 단락까지만 다룬 회심곡 ‘불가조’에 이어, 강옥주 창 <회심곡>의 경우와 같이 <회심곡>의 저승 부분을 이어서 부른 형태이다. 자료 1>-5>는 모두 <회심곡> 기본형의 전 단락을 포함하고 있으며, 자료 3>의 경우, <인생의 길 -부모님 은혜-몇 년이나 산다고-죽음의 길-저승사자-풍도지옥 -극락왕생>의 7부분으로 사설을 분리하여, 강옥주 창 <회심곡>에서 여섯 편으로 나눈 것보다 더욱 세분하고 있는 면을 보인다.

<2> 이춘희·김혜란·이호연

1> 한국음반 HC-200038 회심곡 창: 이춘희 김혜란 Side1 1. 회심곡(18:20) 제작 연월일: 1979.5.20(1LP)

2> 한국음반 HKC-112 회심곡 이춘희 김혜란 이호연 한국음반 1994(1CD)

3> 킹레코드 SYNCD-053B 이춘희 민요가락 12. 회심곡(1.2) 녹음: 93.8(1CD)

4> 킹레코드 SYNCD-052B 김혜란 서울굿(대감놀이) 회심곡 녹음: 93.5.30(1CD)

5> 한국음반 HKC-167 김혜란 서울굿(열두거리 회심곡) 앵콜공연

실황녹음(1CD)

이춘희, 김혜란, 이호연 세 사람은 안비취 문하의 트로이카로 알려져 있으며, 안비취의 회심곡 '불가조'와 '소릿조'를 계승하고 있다. '불가조'는 염불-2) 탄생(부모은공)의 사설까지만 불러 안비취의 회심곡 '불가조'보다 더욱 짧아지는 경향을 드러내며, '소릿조'는 안비취의 회심곡 '소릿조'와 동일하다.

<3> 전영희
1> 수도음반 SDCD-3302 회심곡(1카세트) 1. 회심곡(불가조) 2. 회심곡(소릿조)

전영희의 음반은 안비취 창 회심곡의 '불가조'와 '소릿조'를 부른 것이다.

<4> 김수연
1> 옴니레코드 Z-SS-25 신세대 소리꾼 '98 김수연 회심곡 탑돌이(1CD) 1회심곡(10:00) 2탑돌이(17:48) 3회심곡(26:50)

위 음반에는 두 가지 <회심곡>이 수록되어 있다. (1. 회심곡)은 김수연이 재구성한 내용으로 보인다. <오조염불> 사설과 관련된 3) 노화 한탄의 단락과, 이은관 창 회심곡의 "황금같은 꾀꼬리도 황금갑옷을 떨쳐입고 / 부모은공 갚으랴고 / 염불소리로 울어가며 양류간으로 넘나드는데 / 사람된 도리로서 부모은공을 모를손가"의 사설을 덧붙여, 이은관 창 회심곡을 계승하려 한 작품으로 추정된다. (3. 회심곡)은 회심곡 '불가조'를 5) 병고(祈願의 무효험)까지 부르고 <오조염불> 사설로 마무리 지은 형태이다.

<5> 김금숙

1> 대도레코드 HGCD-2002 김금숙의 천년소리. 2002.(1CD) 1. 화
   청(송암 스님류) 2. 회심곡(불가조) 3. 회심곡(소릿조) 4. 김금숙
   탑돌이

김금숙의 음반은 안비취 창 회심곡의 '불가조'와 '소릿조'를 부른
것이다.

<6> 이금미 조경희

1>SRCD-1219 추모와 기원의 음악 생활국악대전집9. 2003.01(1CD)

위 음반은 회심곡 '소릿조'를 부른 것이다.

<1>-<6>의 자료를 보면, 1980년대 이후 여류 명창의 <회심곡>
음반은 대체로 <회심곡>의 '인생무상' 부분만을 다룬 안비취 창 회
심곡 '불가조'와 '소릿조'를 그대로 전승하는 면모를 드러낸다. 김영
임의 경우, 안비취 창 '회심곡 불가조'와 강옥주 창 <회심곡>의 특
성을 함께 계승하여 <회심곡>의 '저승권계' 부분까지 구성하여 부르
고 있다.

여류 명창들이 이처럼 '불가조', '소릿조'를 전승하는 데 비해, 남
성 명창들의 <회심곡>은 고사소리인 <비나리>로 활용하는 면모를
보인다.

<7> 이광수

1> 서울음반 SRCD-1388 이광수40 회심곡 보렴 1. 회심곡(부모은
   중경) PC1997.5(1CD)

2> 신나라 뮤직 NSSRCD-037 이광수의 소리굿 비나리 4. 비나리
   4(1CD)

자료 1>은 권명학 창 <회심곡>의 염불－부모은공 부분까지를 계승한 것이다. 부모은공을 갚기 위해 상탕·중탕·하탕에 목욕하고 머리 깎아 공양하는 모습이 드러난다.

자료 1> 1. 회심곡(부모은중경)
ㄱ) 그 자손이 점점 자라 부모님 은공을 갚을 양으로 / 동개골이며 서구월 남지리 북향산 사사 명산을 / 찾어를 가서 높은 명산 불당 짓고 얕은 명산 요사를 / 짓고 우물을 파되 상탕 중탕 하탕 파고 하탕에 / 손발 씻고 중탕에는 목욕재개 상탕에 맞아들이고 / 부모님전 봉양하고 머리를 깍아 긴 머리는 신날꼬고 / 자른 머리로 신창박고 적은 머리로 바닥을 잘고 / 이를 빼어 징을 박아 그신을 부모님전에 바치시며 / 이 신이 다 떨어지도록 아버님 어머님 은공을 / 못 다 갚습니다 자손이라
ㄴ) 아아 헤에 에에에에 에헤에 에나 누려라 / 열흘열 사랑만 하십소사 나아하 / 보오오 오오오 옴이로다 보오 오오 오오 오－에헤에

ㄱ)은 권명학 창 <회심곡>의 사설이 축약된 형태이다. ㄴ)에서는 염불 부분이 '열흘열 사랑만 하십소사'로 변형된 양상을 보여준다.

자료 2> 4. 비나리4
ㄱ) 불복－ / 세상천지 만물중에 사람밖에 또 있는가 / 여보시오 농부님네 / 이내 한 말 들어보오
ㄴ) 인간세상에 나온 사람 / 임자 절로 낳노라 / 거드렁대고 벙청대도 / 임자 절로 안 태어났고
ㄷ) 불보살님에 은덕에 / 아버님전 뼈를 빌고 / 어머님전 살을 타고 (후략)

 자료 2>는 ‘비나리’로서 주술소리굿1·주술소리굿2·축원덕담·회심곡·선고사축원의 다섯 가지를 들고, 그중 하나로 <회심곡>을 활용한 것이다. ㄴ)에서 염불의 단락이 약간 드러날 뿐, 전체적으로 <회심곡> 사설과 같다. 이는 ‘민요 회심곡’의 전승 형태라기보다는 걸립패에 의해 불린 ‘걸립 회심곡’에 가까운 것으로 보이며, <회심곡> 기본형 사설을 그대로 고사소리로 사용하고 있다.

 <8> 김용우
 1> akoi music akcd－1001 金龍雨 모개비 9 회심곡 c&p 2000. 1999.11 녹음(1CD)

 김용우의 음반은 회심곡 ‘소릿조’ 사설을 무가 형식으로 부른 것이다.

 <9> 박기종
 1> 다다 DDCD－35347－7 박기종 서도소리－서도잡가2 5. 회심곡 (1CD)

 박기종의 음반은 <회심곡 관악산조>를 재구성한 것으로 보인다.
 위에서 살펴본 바에 의하면, 1970년대 후반 ‘불가조’·‘소릿조’의 형식이 정립된 후로 ‘민요 회심곡’은 주로 여성 명창들에 의해 전승되고 있는 것을 알 수 있다. 특히 ‘소릿조’의 경우는 여성 창법에 적합한 음악이어서 남성에게 불린 경우는 찾기 힘들다. 이에 비해 남성 명창들은 국악의 ‘소리’로서 전문화된 ‘민요 회심곡’을 계승하기보다는, ‘걸립 회심곡’과 雜歌·巫歌 등 여러 방면에서 전승된 <회심곡> 형태를 수용하거나 재구성하는 경향을 보인다.

3) 和請 회심곡

(가) 齋儀式의 화청 회심곡

<1> 김혜경
1> 봉원사 천도재 필자 채록(2003.10.20)
<2> 장청봉
1> 회심곡 삼장불학원(1카세트)
<3> 선해
1> 흔소리레코드 불경 회심곡11(1카세트) CP2000 독경·선해 스님 앞면 1. 회심곡
2> 흔소리레코드 불경 화청·회심곡13(1카세트) CP2000 독경·선해 스님 앞면 20:14 화청회심곡

<1>─<3>까지 스님들의 음반은 '화청 회심곡'을 부른 것이다. 김혜경 스님의 경우 취입했던 카세트테이프가 있다고 하지만 구하지 못했고, 실제 천도재에서 구연하는 화청을 법당 밖에서 녹취했다. 장청봉 스님의 음반은 '화청'의 강의 교재로 사용되고 있다. <1>─<3>의 음반들은 <회심곡>을 중심으로 여러 사설이 융합되어 있는데 내용 면에서 거의 편차가 없으며, 이 중 선해 스님의 자료 2>화청 회심곡을 예로 들면 다음과 같다.

ㄱ) 지심결청 지심결청 일회대중 일심봉청 금일영가 천혼영가 선법계중생 부지명의 일체고혼영가 인간세상 나왔다가 사바세계 여의시고 십왕세계 돌아간지 어언간에 사십구제 돌아와서 극락도사 부처님께 다과공양 진설하고 왕생극락 하시라고 지성으로 발원하니 좋은 불념 많이듣고 상품연대 가옵소서 일가권속이 함께모여 지극하신 정성으로 명부상단 불을밝혀 칠보대상 모셔

놓고 극락세계 가시라고 축원하고 발원하니 삼천대천 불보살이
이 회상에 강림하여 고혼영가 인도하네

ㄴ) 금일영가 천운영가 지혜광명 빛을받아 삼계화택 영리하여 생사
고해 건너갈 때 반야용선 빌어타고 인의예지 양돛달고 효자충
신 노를 젓고 열녀효부 닻을감아 한가운데 극락도사 아미타불
사자좌상 정좌하고 좌우보처 양대보살 관음세지 시위로다 이물
에는 인로왕보살 천첩보개를 손에 들고 화만영락을 몸에 걸고
고물에는 지장보살 장상명주 대천세계 비추시고 하단에는 사바
세계 불념중생 가득싣고 망망창해 넓은바다 건너갈 때 팔부신
장 옹호하고 천동천녀 시위하네
어느 선녀 학을 타고 어느 선녀 연화 타고 어느 선녀 감로들고
어느 동자 사자타고 어느 동자 소라불고 어느 동자 향화들며
갖추갖추 풍악잡혀 무변대해 건너가니 부는바람 요풍이고 돗는
달은 순월이라 요풍순월 짝을지어 아미타불 대원품에 들어가니
극락세계 여길네라
우리세존 대법왕께서 아미타경에 이르기를 극락이라 하는나라
이세상과 전혀달라 황금으로 땅이되고 백은으로 성을쌓고 칠중
난순 들러있고 칠보나망 덮였는데 무차상묘 보배로다 한편을
바라보니 온갖 새가 날아든다 무슨새가 날아드나 청학백학 비
금조수 앵무공작 사명조와 가능빈가 공명조도 새소리로 아니울
고 아미타불 사십팔원육자념불 노래하며 법성원융 넓은 뜰을
자유자재 노닐면서 쌍쌍이 날아드니 극락세계 분명코나 또한편
바라보니 사향수 맑은연못 오색연화 가득한데 연화마다 광명이
요 광명쫓아 향내나고 향내따라 서기돈다 금일영가 천혼영가
서기방광 다리놓아 팔공덕수 목욕하니 청신이 쾌락쿠나 아미타
불 큰원력에 마정수기 등득하고 연화세계 탄생하여 무진복락
받으소서

ㄷ) 이몸받아 나을적에 남녀노소 막론하고 빈손빈몸 들노나와 물욕
탐심 너무마오 삼일수심 천재보요 백년탐물 일조진데 삼일동안
닦은 마음 일천년에 보구되고 백년동안 탐한재물 하루아침 띠

끌이라 초로같은 우리인생 위수중에 정평같고 풀끝에 이슬같고
바람앞에 등불같고 단불에는 나비같고 하루살이 같은 목숨 백
년살며 천년사나 이세월이 견고한줄 태산같이 믿으면서 인간세
상 살았건만 백년광음 못다가서 저승길을 돌아가니 애닲픈 이
길이라 이제한번 돌아가면 언제다시 돌아와서 처자권속 손을
잡고 만단설화 나눠볼까 (중략) 일직사자 앞을서고 월직사자 등
을밀고 풍우같이 재촉하여 천방지축 모셔갈 때 높은데는 낮아
지고 낮은곳은 높아진다. 그렁저렁 여러날에 두사자의 벗을삼
아 저승원문 당도하니 우두나찰 마두귀졸 문전문전 늘어서서
인정달라 비는구나 무엇으로 인정쓸까 인정쓸돈 반푼없다
이차인연 공덕으로 열두대문 열어가서 상단을 바라보니 남방화
주 고혼천도 지장보살 계시옵고 좌우보서 도명존자 무독귀왕
특위로다

ㄹ) 십대왕을 모셔보세 불위본서 제일전에 진광대왕 초칠제를 맡으
시고 원광여래 원불인데 도산지옥을 차지시고 어느갑이 매였는
고 경년신미 임신계서 갑술을해 여섯갑이 매였는데 경우갑이
상갑이라 (중략) 십대왕의 명을 받아 구품연대 모셔놓고 무진법
문 설하시니 그도 또한 쾌락이라 대명천지 밝은 달은 높은 산에
먼저돗고 대자대비 부처님은 정성심을 먼저보네 정성이면 지성
이요 지성이면 감응인데 무량무변 세상중에 극락세계 제일이라
인연따라 생멸하는 사바세계 집착말고 부지런히 마음닦아 극락
세계 가옵시오 일심봉청 남방화주 대자대비 대성대자 대원본존
지장보살

선해 스님의 '화청 회심곡'은 遷度齋에서 불리는 <회심곡> 형태를
그대로 보여주고 있다. ㄱ)은 齋儀式이 열린 경위와 목적이며, ㄴ)은
亡者 遷度(극락왕생)의 기원으로 불교가사 <권왕가>·<왕생가> 등
의 내용을 차용하고 있다. ㄷ) 亡者와 生者 동시 권계(인생무상) 부
분이 <회심곡>의 사설에 해당되는데, 단락의 배열에서 3) 노화 한탄,

단가 <불수빈> 사설, 7) 저승사자의 도래-12) 저승입구의 광경 단락의 순서로 나타난다. ㄹ) 生者 勸誡(저승의 과보) 부분에서는 <회심곡>의 '저승권계' 부분 대신, <회심곡>보다 후대에 형성된 이경협의 <육갑시왕원불가>의 사설을 수용하여 十齋日을 논하고 있다.

이와 같은 구조는 화청의 변화와 더불어 <회심곡>의 역할이 점차 축소되고 있는 경향을 보여준다. ㄱ) 부분은 거의 변동사항이 없는 사설인 점에 비해, ㄴ)-ㄹ)은 구연자인 승려가 여러 불교가사를 섞어 부르며 編辭할 수 있는 부분으로 승려에게 가장 익숙한 가사를 활용하게 된다. ㄴ)의 極樂往生을 다룬 부분은 <서왕가>와 유사한 성격의 불교가사가 대체되고 있어, 내용 면에서 크게 변환을 보이지는 않는다. 그러나 ㄷ)·ㄹ) 부분을 보면 현대의 화청에서 <회심곡>의 비중이 약화되고 내용도 간략화되며 타 화청가사로 대체되는 면모가 뚜렷하다. ㄷ)은 <회심곡>의 '인생무상' 부분이 현재에도 '화청 회심곡'으로 불리고 있다는 증거가 되지만, <회심곡> 기본형의 단락들 중 일부만이 선택적으로 쓰이며 축약·변형되는 점을 확인할 수 있다. '걸립 회심곡'이나 '민요 회심곡'에서 <회심곡> 기본형의 '인생무상' 부분에 중점을 두어 '저승권계' 부분이 축약 내지 탈락되는 성향을 보이는 것과 마찬가지로, '화청 회심곡'에서도 '인생무상' 부분이 주로 활용되고 있는 것이다. 19세기에 형성된 <회심곡>의 기본형에서, 전반부인 '인생무상' 부분은 범시대적으로 유통될 수 있는 생로병사와 인생살이의 어려움에 대한 사설을 다루고 있어서 20세기에도 지속적으로 활용되며 현재까지 재생산 및 변개과정을 겪고 있다고 하겠다. ㄹ)은 <회심곡>의 '저승권계' 부분에 해당되는데, 아예 <회심곡>의 사설이 쓰이지 않고 1950년대 승려 이경협이 구술한 <육갑시왕원불가>로 완전히 대체되고 있음이 주목된다. <회심곡> 기본형의 후반부인 '저승권계' 부분은 저승의 묘사와 선악의 응보를

통해 종교적 교술성이 드러나는 敍事的 사설로서 19세기 민중불교
에서 호응을 얻다가 20세기 사회적 변화 속에서 그 효용성을 차츰
상실해 간 것이다. '화청 회심곡'의 전개에서 이에 해당되는 부분은
인과응보의 교술 대신보다 구체적으로 六甲十王과 十惡業을 다루는
說明的 사설로 대체된 것으로 보인다.

　<회심곡> 사설에서 '인생무상' 부분의 전승과 '저승권계' 부분의
누락은 20세기 <회심곡> 전승과정의 보편적 현상이다. 현전하는 천
도재의 '화청 회심곡'31)은 이와 같은 흐름에 의해 <회심곡> 사설의
활용성이 약화되고 있는 형태라 할 수 있다.

　(나) 齋儀式의 기타 화청

　　<1> 박송암
　　1> 오리엔탈레코드 DYCD-1427 1999(1CD) 한국의 전통음악(27)
　　　　단가 / 범패 판염불 회심곡
　　<2> 장벽응
　　1> 김포문화원 범패 1, 2집 2002, 10(2CD) 제2집 훗소리, 상주권공
　　　　중에서 1. 화청, 회심곡

　<1>·<2>의 음반은 <회심곡>을 부른 것이 아니라 여러 화청을
섞어 부른 형태인데, 제목에 '화청 회심곡'으로 제시되어 있어 참고
자료로 살펴보기로 한다. 박송암 스님의 음반 내용은 <백발가>를 중
심으로 부른 것이며, 국악인 김금숙의 음반에도 '화청(송암 스님류)'

---

31) 채지우 스님은 "재의식도 옛날에 비해 사람들이 시간이 없어 빨리 지
　　내고 싶어 하기 때문에, 재를 올리는 시간도 짧아지고 간략해지는 경향
　　이 있다. 화청도 예전처럼 길게 부르면 듣는 사람들이 지루해하므로 적
　　절하게 부를 수밖에 없다."고 현대의 재의식 경향을 설명하며 화청 자
　　체가 간략화되니 <회심곡>도 짧아질 수밖에 없다고 하였다.

라는 명칭으로 같은 노래가 수록되어 있다. 장벽응 스님의 음반은 <불종교가>32)를 중심으로 부른 화청이지만, 역시 제목에는 <회심곡>으로 제시되어 있다.

위 음반들은 승려들이 재의식에서 부른 화청이라면 실제 <회심곡> 사설의 활용 유무에 상관없이 '화청 회심곡'으로 인식했다는 증거가 된다. <회심곡>을 불교 국문시가의 대명사로 받아들여 '화청'='회심곡'이라는 견지에서 모든 화청을 <회심곡>이라 지칭한 일면을 보여준다.

4) 佛歌 회심곡의 多變化 樣相

(가) 화청의 변형

<1> 월봉
1> 아세아레코드 ARC－449 回心曲 1987.2.10(1카세트)
<2> 영인
1> (주)흔소리레코드 심의번호9209－S468, S469 영인 스님 굿거리 가락염불 14(1카세트) 앞면 1. 회심곡
(주)흔소리레코드 심의번호9307－S363 영인 스님 염불시리즈 회심곡15(1카세트)
한소리레코드 Z－YI－12 영인 스님 염불시리즈12 회심곡(1카세트)
1. 회심곡 국악염불(24:42)
Softwalk 다보사 영인 독경 회심곡9(46분 12초) (1카세트)
Softwalk DBR－044 영인 독경 회심곡44(1카세트)

---

32) 「불종교가라」, 역대1811번. 작자 미상.

영인 스님의 경우, <회심곡> 이외에 「喪家念佛」로서 '천수경, 아미타경, 미타청거불, 장엄염불, 신묘장구대다라니, 나무아미타불정근, 무상게, 법성게, 반야심경, 금강경' 등을 음반으로 내었다.

월봉 스님, 영인 스님의 음반은 서두에 다음과 같은 사설이 첨가되어 있다.

남무 일심봉천 훤화검차 / 지극정성 소구발원 대한민국 남북통일 /
천하태평 국태민안 우순풍조 시화연풍 /
참선자는 의단독로 염불자는 삼매현정 /
단견자는 혜안통투 병고자는 즉도쾌차 /
학업자는 우등성취 공업자는 공업성취 /
무복자는 복덕구족 단명자는 수명장수 /
직무자는 수분성취 출정장병 왕방무애 /
관재구설 삼재팔난 우환질병 영영소멸[33]

재의식에서 가창되는 '화청 회심곡'의 서두에는 ㄱ) '齋儀式이 열린 경위와 목적' 부분이 불리는데, 재의식이 아닌 자리에서 화청이 불릴 경우라면 ㄱ) 부분이 제외되는 것은 당연한 일이다. 위 사설은 그런 경우 ㄱ) 부분이 생략된 대신 청중의 祈福禳災를 위해 첨가되는 사설이라 할 수 있다. 그다음으로 회심곡 '불가조'와 같이 1) 도입-2) 탄생(부모 은혜: 부모은중경의 차용)의 구성으로 이어진다. 2) 탄생 단락에서는 회심곡 '불가조'보다 약간 더 부연되어 다음과 같은 덕담의 사설이 나타난다.

---

33) 이와 같은 사설은 佛僧만이 아니라 현대 巫俗人의 巫歌 사설로도 활용되고 있다. 무속인들의 조직은 대체적으로 전통민속문화의 보존·계승을 목적으로 하고 있는데, 소속 무속인들의 성격에 따라 무속과 불교의 결합을 표방하는 경우가 많으며, 佛歌에서도 불리는 祈福的 사설을 현대 굿에서 적극 활용하고 있다.

하늘에 구름일 듯 뭉실뭉실 잘크거라 /
백양나무 햇순돋듯 우쭐우쭐 잘자러라 /
모래밭에 수박붇듯 둥글궁글 잘굵거라 /
천태산 폭포처럼 줄기차게 잘자러라 /
애지중지 기른 정을 사람마다 부모은공 생각하면 /
태산도 무겁잖고 하해도 깊잖토다

이후, 3) 노화 한탄부터 13) 저승의 봉초까지는 불교가사 <회심곡>의 사설이며, 악인 처벌과 선인 소원성취의 부분은 간략화되어 있다. <회심곡> 사설을 부른 다음, 극락장엄과 관련하여 불교가사인 <권왕가>, <왕생가> 등의 사설이 부연된다.

황금으로 땅이 되고 백천진보 간착하여 /
산천강해 아주없고 평탄광박 염려하야 /
밝은 광명 영철함이 천억일월 화합한들 /
곳곳이도 보배낡이 칠중으로 둘렀으되 (후략)

위 부분은 '화청 회심곡'의 순서에서 ㄴ) 亡者 遷度(극락왕생)의 부분에 해당된다. 재의식의 '화청 회심곡'이 ㄴ) 亡者 遷度(극락왕생) ㅡㄷ) 亡者와 生者 동시 권계(인생무상) ㅡㄹ) 生者 勸誡(저승의 과보)로 불리는 것과 비교해 보면, 그 순서가 도치된 것이다. 곧 월봉 스님·영인 스님의 회심곡은 遷度齋에서 실재 연행되는 형식이 아니어서, 이 순서를 바꾸어 ㄷ) 亡者와 生者 동시 권계(인생무상)ㅡㄹ) 生者 勸誡(저승의 과보)ㅡㄴ) 亡者 遷度(극락왕생) 순으로 재구성하고 있는 것으로 보인다. 非儀式謠인 '불가 회심곡'으로 불릴 경우 재의식의 화청 순서를 지켜야 할 필요가 없으며, 널리 회자되는 '민요 회심곡'에서 첨가된 사설까지 끌어와서 부른 경우라 할 수 있다.

　　　<3> 도공
　　1> 흔소리레코드 HSR－1410 회심곡(1카세트) CP2000 도공 스님
　　　　앞면 25:37 회심곡

　　도공 스님의 음반에도 서두에 월봉, 영인 스님의 음반과 유사한
사설이 첨부되어 있는데, 좀 더 장형화된 경향을 보인다.

　　　일심봉천 일심봉천 남방화주는 지장보살 /
　　　좌보처는 도명존자 우보처는 무독귀왕 /
　　　명부시왕은 태산부군 방광계왕은 장군동자 /
　　　원아금차 지극정성 사바세계 남섬부주 /
　　　자사천아 대한민국 남북통일 /
　　　천하태평 국태민안 우순풍조 시화연풍 /
　　　참선자는 의단독로 염불자는 삼매현정 /
　　　단견자는 혜안통투 병고자는 즉도쾌차 /
　　　학업자는 우등성취 공업자는 공업성취 /
　　　무복자는 복덕구족 단명자는 수명장수 /
　　　직무자는 수분성취 출정장병 왕방무애 /
　　　관재구설 삼재팔난 우환질병 영영소멸

　　이 역시, 청중의 祈福禳災를 위해 불리는 사설이다. 이후, 5) 병고
(기원의 무효험)까지는 월봉, 영인 스님의 음반과 같다. 그다음, ‘가
련하다 우리인생－’부터는 엄마의 죽음과 엄마에 대한 그리움을 다
룬 사설이 길게 부연되는 특징이 있다. 그리고 엄마의 극락왕생을
기원하는 의미에서 亡者 遷度(극락왕생)의 사설이 이어지게 된다.
<회심곡>을 부르는 이유를 亡母에 대한 思慕의 정으로 설정해 두고
부르고 있어, 내용이 구체적이며 민요적 사설이 수용되고 있다. ㄷ)
인생무상－ㄹ) 저승의 과보－ㄴ) 극락왕생 순서로 불리는 점에서는

월봉, 영인 스님의 경우와 같다.

> <4> 명상 레코드 불경회심곡 홍광 스님 염불시리즈 회심곡 18:54
>   경북문수사
> 명상 레코드 홍광 스님 회심곡 MSM－272 1. 회심곡
> <5> 성수 스님 회심곡 26 HSR－1826 흔소리레코드

홍광, 성수 스님의 음반은 월봉, 영인 스님의 음반에서 나타나는 서두의 첨가 부분이 없는 점을 제외하면 대동소이하다.

> <6> 채지우
> 1> 범패연구소 DRS0815 화청 회심곡(1카세트)

채지우 스님의 음반은 서두에 四方의 공덕을 찬양하는 사설이 수용되어 있다. 청중의 祈福禳災를 위해 수용되는 사설이긴 하지만, 불보살의 명칭이 거론되며 장형화되어 있어 ㄱ) '齋儀式이 열린 경위와 목적' 부분 대신 첨가되는 사설로서는 가장 긴 형태를 이루고 있다. ㄱ다음은 ㄷ) 인생무상－ㄹ) 저승의 과보－ㄴ) 극락왕생 순서로 구성된다.

<1>－<6>의 승려 음반들은 <회심곡> 기본형의 '인생무상' 부분을 비교적 온전히 수용하고 있고, '저승권계' 부분도 축약하여 부르고 있다. '저승권계' 부분이 탈락되거나 타 화청가사로 대체되는 경우는 보이지 않는다.

재의식에서 불린 '화청 회심곡'의 경우, 김혜경, 장청봉, 선해의 음반과 같이 ㄱ) 齋儀式이 열린 경위와 목적－ㄴ) 극락왕생－ㄷ) 인생무상－ㄹ) 저승의 과보라는 화청의 순서대로 진행되며, ㄷ)에서 <회심곡>이 불린다. 또한 재의식이 아닌 장소에서 '불가 회심곡'으로 불

릴 경우 월봉, 영인, 도공, 채지우의 음반과 같이 ㄱ) ‘재의식이 열린 경위와 목적’ 대신 ‘청중의 기복양재’ 사설이 대입되며, ㄷ) 인생무상－ㄹ) 저승의 과보－ㄴ) 극락왕생 순서로 도치되어 불리고, ㄷ), ㄹ)에서 <회심곡>이 가송된다. 이와 같은 승려들의 ‘불가 회심곡’은 ‘화청 회심곡’을 비의식요로 변형하여 부른 것이며, ‘화청 회심곡’에 비해서 가창자의 의도에 따른 사설의 첨삭이 더욱 자유로운 형태를 이룬다.

(나) 별회심곡의 독송

<1> 김성공
1> 아세아레코드 ARC－571 회심곡 독경 김성공 스님(1카세트)
　　Side－2 1. 회심곡<7612－3336> 1976.2.10
<2> 圓靜
1> 아세아레코드 ACD－018 回心曲·白髮歌 1990(1CD)
　　회심곡 백발가 (21:13) 7612－3332 아세아레코드(1카세트) 83.12.5
　　현 레코드 BH－95－163 회심곡 백발가 95.10(1카세트) 1. 회심
　　곡(24:00)
<3> 백운
1> 아세아레코드 ACD－816 회심곡 백발가 장엄염불(1CD)
　　아세아레코드 ALC－2400 回心曲 白髮歌(1카세트) A회심곡
　　(23:32) 회심곡 독경: 通度寺 노전白雲 스님
<4> 법준
1> 명상기획 MSM－106 법준 스님 염불시리즈6 회심곡(1카세트)
　　뒷면 회심곡 CP1998

　<1>－<4>까지 스님들의 음반은 『석문의범』에 실린 <별회심곡>의 사설을 교범으로 삼아 화청의 음악적 특징 없이 <회심곡>의 독자적

형태로 독송한 것이다. 원정 스님의 경우 <회심곡> 서두에 "아 일심 걸청 일회대중에 일심봉청 일심봉청"의 화청을 시작하는 사설이 첨가되는 점을 제외하면, 모두 <별회심곡> 사설과 동일하다.

(다) 불가 회심곡의 음악적 다변화

<1> 윤동화
1> 평염불 회심곡(화청 / 1969)

신흥사 윤동화 스님이 부른 평염불회심곡 테이프의 채록이다.

ㄱ) 일심으로 정념을 극락세계라
ㄴ) 염불이면 동참 시방에 계신 어진 시주 삼칠일을 발원이라 있는 아기는 수명장수 발원하고 없는 아기는 생남발원 열애열자손을 자손창생에 복을 빌어 부귀와 영화로다(후렴)
ㄷ) 없는 복은 드려다가 자비하신 금생마마님 성심없으면 ( ) 선심 하시던 공덕으로 고대광실 높은댁에 여니노작을 많이쌓고 남종 여종을 거느리고 태평성대를 잘사시다 원아없이 돌아가면 어진 군자 선남자 되리로다(후렴)
ㄹ) 이세상에다 나오신 손님들 인간세상에 나왔거던 부디부디 노는 입에 염불하사 염불천수 많이외면 죽어저승 관계없이 바로극락 가는게라 염불천수 많이외면 아미타불 한마디에 팔십억겁 생사 죄를 춘설같이 다녹이고 불생불멸 하는 국토 우리가 난닸으니 염불않고서 무엇을 하느냐 한고개자(후렴)

<걸승타령>(평염불)의 경우와 같이 ㄱ) 염불 — ㄴ) 발원 — ㄷ) 축원 — ㄹ) 염불 권유의 순서로 되어 있으며, <회심곡> 사설과는 관련 없는 평염불 부분만 불린 경우이다. 유성기 음반을 취입한 권명학・하

룡남의 경우처럼 여러 고사소리가 혼합되지 않고, 문전염불의 노래만 부른 것이다. (평염불)+<회심곡>이 각각 분리된 형태로 전승된 면모를 알 수 있다.

<2> 엄주환
1> 명상기획 MSM-203 불교경전시리즈3 회심곡(1카세트) B회심곡
　(21:30) 기획: 김영월 대사: 엄주환 CP1998
<3> 상묵
1> 淸明音盤 상묵 스님 회심곡2(1카세트) 앞면 회심곡(부모은중가)
　기획: 이현담 독경: 상묵 스님

엄주환 스님의 음반은 화청 곡조가 아니라 현대적 반주를 곁들인 낭송으로 변형된 형태이다. 한편 상묵 스님의 회심곡(부모은중가)는 '지심걸청 지심걸청 일회대중 지심걸청'의 화청 도입부로 시작되긴 하지만, <회심곡>이 아니라 <부모은중경 화청>이다. <부모은중가>라는 명칭을 붙이고서도, 이를 넓은 의미에서 <회심곡>이라 인식한 면을 보인다.

<4> 대윤보살
1> 대도레코드사 DC-9246 신칼라타령조 회심곡 CP1994(1카세트)

대윤보살의 음반은 창부타령조로 <회심곡> 사설을 분리하여 분절 형태로 부르고 있다. 기본 구조는 아래와 같다. 새로운 노래 구조를 만들고, 회심곡 사설을 이 구조에 적용하여 부른 것이다.

비나이다 비나이다 부처님 전(의) 비나이다
<회심곡 사설>

기도합시다 기도합시다 기도합시다 기도합시다 / 정성모아 기도드려
많은 선물 받읍시다.

이로 보아, <회심곡>은 현대에 이르러서도 새로운 연행방식에 대
한 실험이 꾸준히 이루어지고 있는 작품이라 할 수 있다. 타 화청가
사와 연계된 '화청 회심곡'의 전체적 형태에서 의도적으로 사설의 구
성 순서를 바꾸어 '불가 회심곡'을 이루기도 하고, <회심곡> 자체의
단순한 讀誦부터 다양한 唱法을 적용시키는 음악적 시도가 모색되며,
계속적인 불교시가의 생명력을 보여주고 있는 작품이라 하겠다.

Ⅳ. 회심곡의 儀式別 특징과 唱者階層 檢討

　　<회심곡>은 연행목적과 의식에 따라 창자계층의 변별성이 나타나고, 종교성이 세속화되는 경향이 드러난다. 앞장에서 자료의 형태에 따라 검토해 본 <회심곡> 자료들을 연행공간의 차별성을 기준으로 사찰 내에서 승려에 의해 불린 '화청 회심곡', 사찰 외에서 동녕승에 의해 불린 '걸립 회심곡', 무속인이 부른 '무가 회심곡', 공연예술로서 국악인이 부르는 '민요 회심곡', 민중의 상여소리인 '향두가'의 형태로 나누어 각각 儀式별 특성을 모색하고 그 창자계층과 음악적 특징에 대하여 확인해 보기로 한다.

1. 和請 회심곡

1) 齋儀式

　　和請은 梵唄와 함께 佛敎儀式에서 쓰이는 佛歌이다. 조선 후기 불교계는 귀족불교·상층 중심의 불교의 전통이 끊어지고, 선종과 교종의 종파가 사라지고 통불교적인 성격을 가지게 되었으며, 敎理의 세심한 전파보다는 儀式의 莊嚴을 통한 禮敬의 절차가 더욱 중요하게 평가받았다. 이에 따라 조선 후기의 불교는 의례중심의 불교로 전이되었다.

　　조선 후기의 불교의식은 고려 시대부터 전해 오던 불교의례를 중국의 불교의식집인 「仔夔文」·「水陸平焉齋儀文」·「生前經修齋儀文」 등을 수용하여 한국 불교의 신앙 형태에 맞추어 17세기경 「中禮文」·「豫修文」·「仔夔文節次條列」 등으로 재편하였고, 이어 다시 이들을 통합하여 18세기에 『梵音集』1)을 발간하고 불교의식의 재정비를 하게 되었다. 이어 19세기에 들어서는 『作法龜鑑』[2]을 편찬하여 다시 한번 불교의식의 중요성을 인식하게 하였다. 그리고 20세기 들어 『범음집』 과 『작법귀감』 등을 토대로 『釋門儀範』을 편찬하여 불교의식의 표본 을 마련하게 되니, 오늘의 불교의식은 이 『석문의범』의 의궤를 따르 고 있다.[3]

이러한 불교의식을 종류에 따라 나누어 보면, 『석문의범』[4]에 '예경 편, 축원편, 송주편, 재공편, 각소편, 각청편, 시식편, 배송편, 점안편, 이운편, 수계편, 다비편, 제반편, 방생편, 지송편, 간례편 가곡편, 신비 편' 등 18편으로 나누어 의식절차를 서술하고 있다. 『불교의식』[5]에서 는 '수계의식, 영혼천도의식, 시연 대령 관욕 신중작법, 각배대례재, 영산재, 생전예수재, 수륙재, 식당작법' 등으로 구분해 놓았다. 또한 정각 스님의 『한국의 불교의례』[6]에는 일상 신앙의례로 '일상의례, 수 련의례, 신앙의례, 기도 및 예참의례'와 불교 세시의례로 '불교력에 따른 의례, 세시의례' 등으로 나누고 있다.

불교의식을 의식의 목적에 따라 분류하면, 日常 常用儀式과 齋儀 式으로 구분할 수 있다. 일상 상용의식이 수행의례의 성격을 지니는 自行의례라면, 재의식은 출가자가 재가자의 의뢰를 받아 대신 행하 는 他行의례이다. 타행의례는 의뢰인의 근기에 맞게 또는 시대에 따 라 변용되는 신앙의 추이를 수용하여 구성되어 있으므로 그 절차가

---

1) 『梵音集』, 조선 경종3년(1723) 지리산의 智還이 小禮 大禮 豫修 志般 仔夔 등 다섯 가지를 절충하여 곡성 道林寺 개간.
2) 『作法龜鑑』, 조선 순조26년(1826) 전남 구암사 白波가 여러 의식문을 참고하여 상하 2권으로 편찬.
3) 홍윤식, 「전통불교양식의 현황과 영산재」, 『중요무형문화재 제50호 영산 재 보존회 추계학술대회』, 2003.10.19.
4) 안진호, 『석문의범』, 법륜사, 1931.
5) 『불교의식』, 문화재관리국 문화재연구소, 계문사, 1989.
6) 정각, 『한국의 불교의례1』, 운주사, 2001.

복잡하고 다양성을 지닌다는 특징이 있다. 齋는 범어(Uoposadha), 즉 스님들의 공양의식을 말한다. 이러한 재의식은 불교의식의 발달과 더불어 점차 법회의식으로 발전하였으며,7) 범패와 화청의 음성 공양으로 이루어진다.

범패의 경우, 讚嘆이라는 뜻의 범어(Bhasa)의 음역이고 唄匿·婆師라고도 한다. 한문과 범어로 되어 있고, 소리를 길게 뽑으며 讀經하거나 偈頌을 읊는 것을 말한다. 이에 비하여 화청은 여러 불보살을 청한다는 의미로 일명 '乞請' 또는 '至心乞請'이라고도 한다. 화청은 대중들이 쉽게 이해할 수 있는 한글로 구성되어 있고 주로 추도의식에서 망자의 극락정토 왕생을 발원하는 뜻에서 불리며, 上壇祝願和請과 中壇祝願和請으로 나누어진다. 무형문화재 조사보고서 65호『和請』8)에 의하면 화청의 종류는 다음과 같이 37곡이라 하였다.

1. 願和請 2. 甲和請(十王地獄道 勸往歌) 3. 八相和請 4. 平念佛 5. 回心曲 6. 告祀先念佛 7. 父母恩重經和請 8. 自責歌 9. 逝往歌 10. 圓寂歌－釋門儀範 11. 新年歌－釋門儀範 12. 願佛 13. 十惡業 14. 參禪曲－釋門儀範 15. 別回心曲－釋門儀範 16. 髮歌 17. 往生歌－釋門儀範 18. 可歌可吟－釋門儀範 19. 信佛歌－釋門儀範 20. 成道歌－釋門儀範 21. 悟道歌－釋門儀範 22. 涅槃歌－釋門儀範 23. 曹學乳 24. 魚說因果曲 25. 地獄道頌 26. 傍生道頌 27. 餓鬼道頌 28. 人道頌 29. 天道頌 30. 別唱勸樂曲 31. 勸善曲 32. 禪衆勸曲 33. 名利勸曲 34. 在家勸曲 35. 貧人勸曲 36. 修善勸曲 37. 參禪曲

위 조사보고에 의하면 <평염불>, <고사선염불>, <살풀이>, <달풀

---

7) 仁王百高座道場, 金剛明經道場 등 호국법회의 형식으로 진행되었다. 현재는 생자 혹은 사자를 위해 베풀어지는 일체의 행사를 齋라고 통칭한다.
8)『화청』, 무형문화재 조사보고서 제65호 화청, 문화재관리국, 1969.

이>, <호구역살풀이>, <농사풀이>, <과거풀이>, <성조풀이>, <삼재
풀이> 등도 모두 화청의 한 종류로 보았다. 광의의 화청은 장가형식
으로 된 <원왕가>, <백발가>, <회심곡> 등과 기타 범패성이 아닌
토속적인 염불송 모두를 말하고, 협의의 화청은 범패성이 아닌 장가
형식으로 된 불교가요 전반을 지칭한다.

　'화청 회심곡'은 이와 같은 화청의 한 종류라고 할 수 있다. 화청
이라는 명칭의 和는 여러 가지를 종합하여 부르기 때문에 그렇게
부르는 것 같다고 한다. 따라서 화청의 가사도 일정한 것이 있을 수
없고, 그때마다 정상을 참작해서 부르면 된다는 것이다. 그러므로
'화청 회심곡'도 다른 불교가요와 혼합되어 불렸으며, 그 결과 <회심
곡>과 혼합되어 불린 다른 불교가요도 <회심곡>의 일부로 인식되는
현상을 초래하여 <회심곡>이 일반적인 '화청'을 의미하는 보통명사
로 쓰이는 일면을 보이게 되는 것이다.

　이러한 화청이 齋의식의 과정상 불리는 절차를 재의식의 유형별
로 검토하기로 한다. 재의식의 유형은 신앙 형태에 따라 구분되는데,
죽은 자의 영혼을 천도하는 遷度齋, 수륙의 모든 有情을 천도하는
水陸齋, 살아생전에 미리 공덕을 닦아 죽은 후에 극락왕생한다는 生
前豫修齋 등이 있다. 이 중 천도재는 3가지 양식이 있는데 상주권공
재, 각배재, 영산재 등이 있다.

　재이시은 百種節 기간에 행해지는 경우가 많다. 7월 15일을 배종
일이라고 하는바 追遠報本의 행사로 조상의 사당에 新果와 떡, 술,
고기 등을 차려 놓고 薦新했으며, 신라에서 고려대에 걸쳐 盂蘭盆齋
의 불교행사를 했다.9) 백종의 유래는 석존 당시에 목건련이 지옥에
떨어진 어머니를 제도하기 위하여 백 가지 음식을 차려 스님네에게
공양한 날이라 하며, 그 공덕으로 어머니는 극락에 가서 났다고 하

---

9) 임동권, 『한국세시풍속연구』, 집문당, 1985. p.33.

는 것이다.[10] 이로 인하여 百種日에 齋儀式을 올리게 되는데, 여기엔 두 가지 이유가 있다. 첫째, 목련존자가 대도 성취하고 지옥에 떨어진 모친을 구원한 것을 기리는 의미로, '거꾸로 매달린 것을 푼다'는 구원시식의 성취를 소망하는 것이다. 둘째, 백종일이 여름 安居에 들었던 승려들의 안거 해제 기간으로서, 승려들의 공덕을 빌려 영가를 위한 복덕을 쌓는다는 의미라고 한다.

재의식에서 화청이 불리는 부분은 불보살께 공양을 드리는 의식인 상단권공과 중단권공에서이다. 상단은 佛菩薩께 공양드리는 의식단을 말하고, 중단은 神衆·十王 등의 의식단을 말하며, 하단은 靈駕에게 제사하는 제단을 말하는데 일명 시식단이라 한다. 회심곡은 주로 상단권공에서 上壇祝願和請과 함께 불린다.

(가) 遷度齋

사람이 죽으면, 망자의 靈駕를 遷度하는 의식으로 출가자에게 의뢰하여 遷度齋를 지내게 되는데, 7일 단위로 7주 동안을 유족들이 지극한 정성으로 공덕을 닦고 이 공덕을 中有의 세계에 머무르고 있는 망자의 영혼에게 회향하여 천도시키는 불교의례이다. 재를 올리다가 죽은 지 49일째 되는 날은 大齋를 올리며 망자의 의복과 신을 태우게 되는데, 이를 49재의 막재(마지막 재)라고도 한다. 이와 같이 재를 올리는 이유는 불교의 地藏信仰[11]에서 찾을 수 있다. 단

---

10) 편무영,『한국불교민속론』, 민속원, 1998. p.201.
11) 地藏菩薩 答言 長者 我今 爲未來現在諸衆生 承佛威力 略說是事 長者
    未來現在 諸衆生等 臨命終時 得聞一佛名 一菩薩名 一辟支佛名 不問
    有罪無罪 悉得解脫 若有男子女人在 生不修善因 多造衆罪 命終之後
    眷屬大小 爲造福利 一切聖事 七分之中 而乃獲一 六分功德 生者自利
    以是之故 未來現在善男女等 聞健自修 分分全獲 無常大鬼 不期而到
    冥冥遊神 未知罪福 七七日內 如癡如聾 或在諸司 辯言業果 審定之後

지 망령의 구제만을 위한 것이 아니라, 살아 있는 권속까지 복을 받게 된다고 믿게 되어 가장 성행되고 있는 의식의 하나이다. 천도재의 일반적인 진행절차는 다음과 같다.

侍輦(영가를 맞아들임)－對靈(영가의 대접과 휴식)－灌浴(불보살을 맞이하기 위해 영가를 목욕시킴)－神衆作法(불법 수호신중을 맞아들임)－上壇勸供(불단에 공양들이며 법식을 베풀어 받음)－觀音施食(영가를 대접, 일반 제사에 해당)－奉送(불보살을 배송하고 그다음 영가 배송)

이를 규모에 따라 구분하면 다음과 같이 나눌 수 있다.

상주권공재－가장 소규모
대례왕공재 일명 각배재－대규모 의식으로 밤 제
영산재－대규모의 재로 낮 제
영산각배재－밤과 낮 영산각배제를 같이 지내는 재로 가장 대규모의
　　　　　　재의식.

據業受生　未測之間　千萬愁苦　何況墮於諸惡趣等　是命終人　未得修生
在七七日內　念念之間　望諸骨肉眷屬　興造福力救拔　過是日後　隨業受報
若是罪人　動經千百歲中　無解脫日　若是五無間罪　墮大地獄　千劫萬劫
永受衆苦
夏次長者　如是罪業衆生　命終之後　眷屬骨肉　爲修營齋　資助業道　未齋
食竟　及營齋之次　米泔菜葉　不棄於地　及至諸食　未獻佛僧　勿得先食　如
有違食　乃不精勤　是命終人　了不得力　若能精勤護淨　奉獻佛僧　是命終
人　七分　獲一　是故　長者　閻浮衆生　若能爲其父母　乃至眷屬　命終之後
設齋供養　至心勸懇　如是之人　存亡獲利　設是語時　忉利天宮　有千萬億
那由他閻浮鬼神　悉發無量菩提之心　大辯長者　歡喜奉敎　作禮而退
　― 地藏本願經　利益存亡品 ―

162 회심곡 연구

ㄱ) 常住勸供齋

常住勸供齋는 천도재의 가장 기본적 형태라 할 수 있다. 49재나 소상, 대상 때 상주권공재를 행한다. 재의식 중에서는 규모가 작은 재로서 보통 하루가 걸린다. 巫俗에서 망자의 넋을 천도하는 死靈굿인 '진오귀굿'과 같은 역할을 한다. 이 재의 본의식은 다음과 같이 이루어진다.

1. 序齋
2. 本齋(上壇)

1. 喝香 2. 燈偈 3. 頂禮 4. 合掌偈 5. 告香偈 6. 開啓 7. 漉手偈 8. 伏請偈 9. 四方讚 10. 道場偈 11. 懺悔偈 12. 擧揚 13. 受位安坐眞言 14. 補闕眞言 15. 收經偈 16. 四無量偈 17. 歸命偈 18. 准提功德偈 19. 淨法偈眞言 20. 護身眞言 21. 觀世音菩薩本心微妙六字大明王 眞言 (중략) 47. 歎白 48. 願我偈 **49. 和請, 祝願和請**

망자의 영혼은 生前業力에 따라 나아갈 곳이 결정되어 있지만, 인연에 따라서 생자의 추선공덕으로 망자가 태어나는 곳이 달라질 수 있어 회향이 주요 구성요소가 된다.[12) 망자의 영혼을 극락 천도한다는 점에서 기본적으로 개인적인 성격을 지니고 있지만, 한 가족(또는 친족)을 단위로 하여 이루어지고 있기 때문에 가족(친족) 공동체적 불교의례의 특징도 지니고 있다.[13]

상주권공재에서 화청은 재의 마지막 절차에서 불린다. 법주가 영가의 극락정토왕생을 발원하는 축원문을 독창하고 태징으로 끝마침을 아뢴 뒤, 대중 승이 다 같이 목탁, 북, 태징을 치며 화청을 함으

---

12) 가지야마 유우이찌, 「회향, 공덕의 轉移와 轉化」, 『불교연구』1, 한국불교연구원, 1985. p.69.
13) 박종민, 『輓歌에 반영된 佛敎的 死生觀에 관한 考察』, 한국정신문화연구원 석사논문, 1995. p.56.

로써 재를 모두 마치게 된다. 상주권공재의 화청은 가사가 "지심걸청 지심걸청 일회대중 일심봉청"으로 시작되는 불가에서 불리는 '화청 회심곡'으로서, ㄱ) 齋儀式이 열린 경위와 목적-ㄴ) 극락왕생-ㄷ) 인생무상-ㄹ) 저승의 과보의 순서에 따라 불린다. '화청 회심곡'이 끝난 후 '祝願和請'을 하게 된다. 이 '축원화청'은 上壇祝願和請에 해당되며 주로 齋主의 이름을 부르며 축원하는 것으로 "功德 功德 上來所修佛功德 圓滿 圓滿 回向三處悉圓滿"과 같이 한문 사설로 되어 있다. 그런데 <회심곡>이 일반 민중의 생활 속으로 전파되며 민요화되는 것과 마찬가지로, 이 '축원화청' 사설도 남도창의 창법을 빌려 부르는 대표적 불교민요인 '보념'14)으로 전환되어 유통된 점이 주목된다. 보념은 布施念佛의 준말로서 다음과 같은 형식으로 이루어져 있다.

상래소수 공덕해요 회향삼처 실원만을 (중략) 성주각하증일품 국태민안의 법륜전이라 나무천룡지신님네 동방화류 서방화류 지방화류 요름이야 포름이야 천수천안 관자재 보살 (후략)15)

앞부분은 축원화청을 그대로 사용하고 있으나, 뒷부분에서는 무속적 용어를 차용하며 변질되는 양상을 보인다. '보념'은 사당패들이 연희할 때 맨 처음 부르던 연행종목이었는데, 민간 유통되며 민요화한 것이다. 이를 보면, 상주권공재에서 불린 화청은 일반 대중과의 친숙성으로 인하여 국문·한문 사설을 막론하고 모두 민요화되며 인구에 회자된 현상을 알 수 있다.

---

14) 성경린 외, 『민요삼천리』, 정음사, 1968. pp.228-229.
15) 홍윤식, 「불교음악으로서의 범패」, 동국대 불교학보 7집. p.250.

ㄴ) 十王各拜齋

十王各拜齋는 상주권공재를 확대해 나간 양식으로, 명부 十王信仰[16]을 수용하여 시왕 하나하나에 예배를 드리는 형식을 지닌다. 일명 大禮王供文이라고 하며 주로 財數를 위해 드리는 의식으로 저승에 있다는 十王에게 행운을 비는 것이다. 무속의 '재수굿'에 해당한다고 볼 수 있다.

侍輦 – 對靈 – 灌浴 – 神衆作法 – 各拜本齋 上壇儀式(불보살을 맞아들임) – 中壇儀式(명부시왕을 맞아들임) – 上壇勸供(불보살께 공양드리는 의식) – 中壇勸供(중단에 공양드리는 의식) – 觀音施食 – 魚施食(無主孤魂의 천도) – 三壇各拜送

위 절차 중 화청이 나오는 부분은 불보살께 공양을 드리는 의식인 상단권공과 중단권공에서인데 그 순서는 다음과 같다.

7. 상단권공
1. 정법계진언 2. 다게 3. 사다라니 (중략) 11. **축원화청**
8. 중단권공
1. 이성가지게 2. 사다라니 3. 오공양 (중략) 9. **시왕화청**

시왕각배재의 경우, 上壇祝願和請과 中壇祝願和請이 엄밀히 구분되는 면모를 보인다. 상단권공에서의 '축원화청'은 상주권공재의 '축원화청'과 같은 것이다. 상주권공재에서 '화청 회심곡'이 먼저 불린 후 '축원화청'이 가창되는 데 비해, 시왕각배재에서는 '화청 회심곡'

---

16) 『豫修十王生七經』: 중국과 우리나라에만 유행된 경으로 지옥의 고뇌를 면하기 위하여 생전에 齋供할 것을 권한 책, 『佛說地藏菩薩發心因緣十王經』: 일본에만 유행된 경.

이 생략되고 '축원화청'만 부르기도 한다. 靈駕의 천도가 목적인 상주권공재와는 달리, 시왕각배재는 十王에 대한 공양을 목적으로 하기 때문에 '극락왕생', '인생무상' 등의 사설을 가창해야 할 필연성이 없기 때문이다. 중단권공의 '시왕화청'은 불보살 다음의 神衆으로서 十王 聖衆을 청하는 것이다. '시왕화청'으로는 '육갑시왕원불가' 등이 불리는데, 이는 화청 전체 구조에서 볼 때 ㄹ) 저승의 과보에 해당하는 부분으로, <회심곡>의 '저승권계' 부분과 같은 기능을 담당한다. 이러한 화청이 성행하고 '화청 회심곡'에도 개입됨에 따라, '화청 회심곡' 내에서의 <회심곡> 사설이 차지하는 비중도 점차 축소되어 간 것이라 하겠다.

ㄷ) 靈山齋

영산재는 儀式文의 확대와 예능적 요소의 수용으로 천도재 중 가장 규모가 큰 행사이다. 국가의 안녕과 군인들의 무운장구 또는 큰 조직체를 위해서 또는 죽은 자를 위해서도 행하며 무속의 '동제'에 해당한다.

영산이란 석존께서 법화경을 설하던 곳을 말하는바, 영산재란 법화경에 의존하여 영산 당시 장엄한 설법 광경을 찬탄하며 영산집회 시의 불보살께 공양드리는 것을 내용으로 하고 있다. 법당 내부에서 행하는 의식이 아니라 야외에서 행하는 의식으로 3일이나 걸리는데, '한국불교태고종 봉원사 영산재보존회'에서는 이를 1일로 간략화하여 전승하고 있다. 그 절차는 다음과 같다.

掛佛移運(법당 앞마당에 불단 설치)-부처님을 法座에 모심-建會疏 (設齋의 취지 아룀) -供養準備-佛讚-問啓疏-觀音讚-大會疏-靈山 六佛擧-三寶疏 -大請佛-說法-唱魂-供養-加持勸供-**和請 및** 祝 願和請-食堂作法 -三壇都拜送 및 各拜送

또한 영산작법의 순서에 따르면 화청의 순서는 다음과 같다.

1. 게향 2. 연향게 3. 갈등게 4. 연등게 (중략) 43. 탄백 화청

영산재의 경우도 화청은 <회심곡>의 내용을 중심으로 한 '화청 회심곡'이 불린다. 이러한 영혼천도의례는 정토신앙과 내세사상이 결부되면서 발전적인 계기를 맞이하게 되었으며,[17] 수행적 염불에 추선공양의 의미로 '화청'이 가미되어서 일반 재가신도들의 신앙이 더욱 깊어지게 했다. 김응기[18]의 분류에 의하면 현전하는 영산재의 화청 종류는 다음과 같다.

1} 歌曲: 參禪曲, 回心曲, 新年歌, 讚佛歌, 往生歌, 夢幻歌, 慶祝歌, 聖誕歌, 成道歌, 目蓮歌, 悟道歌, 勸往歌, 涅槃歌, 圓寂歌, 月印歌, 勸勉歌, 可歌可흡, 別回心曲
2} 上壇祝願和請
3} 地藏祝願和請, 八相和請, 六甲和請, 告祀 先念佛, 父母恩重經請

영산재에서 이와 같은 모든 가곡이 불리는 것은 아니며, 재의 성격이나 창자의 의도에 따라 선택적으로 불리는 것이다. 그렇다면 <회심곡> 이외의 타 화청가사가 불릴 경우도 있을 것인데, 승려들은 '영산재 의식에서는 반드시 <회심곡>이 불린다'고 이야기한다. <회심곡>은 화청에서 대표성을 지니는 작품이며 화청의 연행에 필수적으로 포함되는 노래라 하여, 화청 내부에서 <회심곡>의 기능적 측면을 강조하고 있다.

---

17) 정진홍, 『한국종교문화의 전개』, 집문당, 1988. p.34.
18) 김응기(법현), 『영산재의 구성과 그 신앙적 의의에 관한 연구』, 동국대 불교대학원 석사논문, 1994. p.25.

(나) 豫修齋

예수재는 일명 '豫修十王生七齋'라고도 하며, 천도재와는 달리 죽은 후에 행할 불사를 생전에 미리 닦는 재를 말한다. 생자가 예수재를 치르고 나면 齋會에 참여한 일이 명계의 기록부에 각각 기재되기 때문에[19] 죽어서 中有에 머무르지 않으며 시왕의 심판과 가족들의 추선공양을 받지 않아도 극락왕생할 수가 있다. 죽기 전에 미리 三七日을 닦되 등을 켜고 번을 달고 스님들을 청하여 복업을 지으면, 한량없는 복을 얻으며 소원대로 과보를 얻는다고 하여 올리는 재이다. 일반 재가신도들이 생전에 본인 스스로 극락왕생을 기원하는 自己回歸的 영혼천도불사로서, 欠錢(명부에 갚아야 할 숙명적인 借金)과 착경(숙명적으로 읽고 보살펴야 할 金剛經의 수)을 생년에 따라 구분해 두고 죽기 전에 미리 불사를 닦아 극락왕생한다는 의미로 올리게 된다. 천도재와 마찬가지로 의복 태우는 의식이 행해지고, 무속의 '생오귀굿'에 해당한다. 예수재의 설재에는 일정 시기가 없으며 보통 음력 윤달이나 3, 4월 또는 9, 10월이 적기로 알려져 있다. 모든 준비를 낮에 하고 본재는 야간에 행하는데, 낮에는 명부 사자가 다니지 않기 때문이라고 한다. 그 절차는 다음과 같다.

神衆作法－通敍因由(설재의 취지 아룀)－嚴淨八方－呪香通序(焚香 가피력을 발원)－呪香供養－召請使者 및 供養－召請聖位－召請冥府－祇聖加持(上壇)－普伸拜獻－供聖回向－召請庫司判官－加持變供(上壇)　－加持變供(中壇)　－加持變供(下壇)－供聖回向(중단)　－化財受用－奉送－普伸回向

---

19) 일련, 『十王讚歎鈔』(미치하타료오슈우 지음, 최재경 역 『불교와 유교』, 한국불교출판부, 1991. pp.109－123.

위 순서에서 화청이 나타나는 부분은 加持變供(中壇)에 해당된다.

가지변공편(중단)
1. 加持變供 2. 加持偈 3. 普供養眞言 4. 歎白 5. 金剛經纂 **6. 和請**

예수재에서의 화청은 중단의 마지막 절차에 나오며, 명부 십대왕 및 제위판관 각 권속을 청하여 齋者의 생전과 사후를 축원하는 것이다. 금강경 독송이 끝나면 대중 중 일인이 태징을 치면서 독창으로 하게 되는데, 중단화청은 주로 '시왕화청'이 불린다.

그렇다면 '시왕화청'이 화청의 전체적 구조 속에서 담당하는 역할은 무엇이며, '화청 회심곡'과는 어떤 관련성을 맺고 있는가. 재의식의 화청이 ㄱ) 齋儀式이 열린 경위와 목적－ㄴ) 극락왕생－ㄷ) 인생무상－ㄹ) 저승의 과보라는 순서로 구성되는 점은 전술한 바와 같다. <회심곡>의 '인생무상'－'저승권계' 부분은 각각 ㄷ)－ㄹ)의 역할을 담당해 왔다. 그런데 1950년대에 이르면 이경협의 화청에서 <반회심곡>과 <육갑시왕원불가>가 함께 등장하는 점이 주목된다. 우선 <반회심곡>의 생성부터가 '화청'의 역사적 흐름에서 큰 변화가 일어나고 있음을 의미한다. 기존 <회심곡>의 현세에 대한 '인생무상' 사설이 강조되는 반면, '저승권계'를 다루는 사설이 더 이상의 효용성을 잃고 생략되고 있는 것이다. 이는 <회심곡> 사설이 담당하던 ㄷ)－ㄹ)의 역할에서, 현세의 인생무상을 다룬 ㄷ)만으로 기능성이 축소되는 면을 보여주는 것이다. 그러면 ㄹ)의 역할을 담당할 화청의 필요성이 대두되는데, 이에 부합되는 것이 <육갑시왕원불가>, 곧 '시왕화청'이다. 이로 본다면, '화청'의 활용성에 있어서 <회심곡>의 후반부인 '저승권계' 부분 사설과 '시왕화청'은 서로 경쟁적인 입장에 있는 것이라 하겠다. 20세기 중반 이후, 화청의 구성은 ㄱ) 재의식의 경위

―ㄴ) <왕생가>―ㄷ) <회심곡>―ㄹ) <시왕화청(육갑시왕원불가)>로
변화해 가고 있는 것으로 보인다.

(다) 수륙재

수륙재는 수중고혼을 휘한 재로 무속의 '용왕굿'에 비교된다. 그
순서는 다음과 같다.

設會因由―嚴淨八方―發菩提心―呪香通序(焚香가피력을 발원)―呪
香供養―召請使者―安位供養―奉送使者―開闢五方―安位供養 ―(중
략)―廻向偈讚―奉送六途

진행 절차에서 화청의 위치를 찾아보면 다음과 같다.

1. 序讚篇
2. 上壇
3. 使者篇
1) 소청사자편 제5, 2) 안위공양편 제6 (중략) 보궐주 **화청(회심곡)**
4. 五路壇
1) 개벽오방편 제8, 2) 안위공양편 제9 (중략) 보궐주 **축원(또는 화청)**
5. 上壇
상상단
상단
3) 기성가지편 제30, 4) 보신배헌편 제31, 5) 공성회향편 제32 (중
   략) **축원 화청(회심곡)**
6. 中壇
7. 下壇
하하단

하단

7) 선밀가지편 제36 (중략) 반야심경 **화청(회심곡)** 남무감로왕여래

8. 回向篇

수륙재에서 화청은 사자단·오로단·상단·하단에서 각각 한번씩 나타나며, '화청 회심곡'이 불린다. 이 경우 화청이 수차례 반복하여 나타나는 게 주목되는데, 오로단에서는 축원(또는 화청)으로 표기된 것을 보면 여러 번 불리는 화청이 필수적인 절차는 아니며 필요에 따라 첨가될 수 있는 것으로 보인다.

여러 종류의 재의식 양상을 살펴볼 때, '화청 회심곡'은 亡者를 위한 천도재나 수륙재에서 불렸고, 生者를 위한 예수재에서는 '시왕화청'으로 대체되고 있다. 또한 <회심곡>이 불리는 횟수와 절차상 위치의 차이가 있긴 하나 주로 上壇의식 절차의 끝 부분이나 회향편에 사용되는 점을 알 수 있다. 회향은 廻轉趣向의 뜻으로 자기가 닦은 선근공덕을 다른 중생에 돌린다는 의미를 담고 있다. 大乘義章에 나타난 삼종회향의 의미를 살펴보면 다음과 같다.

㉠ 衆生廻向: 자기가 지은 선근공덕을 다른 중생에게 돌려 공덕이 익을 주려는 것이니 불보살회향과 영가를 천도하기 위해 독경하는 것이다.

㉡ 菩提廻向: 자기가 지은 온갖 선근을 회향하여 보리의 과덕을 얻으려고 취구하는 것이다.

㉢ 實際廻向: 자기가 닦은 선근 공덕으로 무위적정한 열반을 구하는 것. 往相廻向과 還相廻向이 있다. 전자는 자기가 지은 과거와 금생의 선근공덕을 중생에게 베풀어서 함께 정토에 왕생하기를 원하는 것이며, 후자는 정토에 왕생한 후에 다시 대비심을 일으켜 이 세계에 돌아와서 중생을 교화하여 함께 불도에 들게 하는 것이다.

　　이로 보면 재의식을 올리는 승려의 입장에서는 중생회향, 齋者의 입장에서는 보리회향, 亡者의 입장에서는 실제회향의 의미로 화청을 향유한 것이다. 그러므로 '화청 회심곡'은 喪葬儀禮에서 불린 불교의식의 음악인 동시에, 재의식에 참여한 망자의 가족들과 일반 대중의 교화를 위한 布敎의 의미를 담고 있음을 알 수 있다.

　　재의식의 절차 면에서 보면, '화청 회심곡'은 가창 이전에 반드시 願我偈나 祝願이 불리는 것이 특징이다. 원아게는 다음과 같다.

　　願我　今日齋者　某人伏爲所薦　亡某人靈駕　當靈伏爲所薦　上逝善亡師尊父母　列位靈駕　往生西方極樂刹[20]

　　화청에 앞서, 화청을 거행하는 목적이 당재의 주인공인 영가와 영가를 복위로 하는 윗대의 스승님과 부모님의 왕생극락에 있음을 밝히는 의식이다. 이 원아게는 우선 齋者의 입장에서 불보살에게 선망 부모의 극락왕생을 기원하는 내용이어서, 축원과는 구분된다.

　　또한 祝願은 재가자의 의뢰를 받은 승려의 입장에서 불보살 등 所禮에게 能禮인 시주의 소원을 아뢰고 아뢴 내용을 이룰 수 있도록 비는 일을 말하며, 49재의 경우 亡祝이라고 지칭된다. 그 예문은 다음과 같다.

　　仰告　十方三世　帝網重重　無盡三寶慈尊　不捨慈悲　許垂朗鑑　上來所修佛功德　回向三處　悉圓滿　乃至　天下太平　佛日增輝　法輪轉　法輪常　轉於無窮國界　恒安於萬歲
　　願我　今唯　此日　是以　娑婆世界　南贍部洲　海東　大韓民國(모도 모군 모면 모사 주소)　淸淨道場　願我　今此　至極至誠　某人　거주주소　第

---

20) 심상현, 『불교의식각론』5, 6(상주권공　상,　하)　영산불교문화원, 한국불교출판부, 2001.

當四十九日之辰　薦魂齋者　行孝子　某人　伏爲
　亡父　某貫后人　某人　靈駕
　亡母　謀貫孺人　某人　靈駕
　以次因緣功德　地藏大聖　加護之妙力　不踏冥路　卽往極樂世界　上品
上生之大願 (후략)[21]

　이를 살펴보면, '화청 회심곡'에서 ㄱ) 齋儀式이 열린 경위와 목적
을 밝히는 내용과 중복되는 점을 알 수 있다. 亡祝은 한자어구로 되
어 있고, 화청의 ㄱ) 부분에서는 국문으로 풀어서 부른다는 것이 차
이점이다. 儀式의 면에서 망축으로 격식을 갖추고, 화청을 부르기
시작할 때 망축의 내용을 중생들이 알아듣기 쉽도록 상세히 풀어서
전달하는 것이라 하겠다.

　위와 같은 망축을 가송한 후 징과 북, 꽹과리의 반주에 맞추어
'화청 회심곡'이 구연된다. 재의식 속의 <회심곡>은 망자의 유가족
에 대한 애달픈 정서를 고양하기 위해 추창한 곡조로 불리게 된다.
이와 같은 <회심곡>을 부른 후에는, 한자로 이루어진 '上壇祝願和
請'을 연이어 부르기도 한다.

2) 창자계층

　'화청 회심곡'은 재의식을 행하는 梵唄僧에 의하여 불린다. 범패
는 음악적 선율이 전문화되어 있어 범패 교육에 의해 전승되지만,
화청은 범패에 비해 음악성이 단순한 형태이며 범패 교육의 부차적
과정으로 전승된 것으로 보인다. 그러므로 범패를 부를 줄 아는 승

---

21) 전화종 편, 『四十九齋儀法』, 현문출판사, 1992. pp.74-76.

려의 대부분이 화청을 칠 수 있으며, 별도의 화청승이란 구분은 정
해져 있지 않다.

　우선 조선조의 범패승은 大輝화상이 쓴 『梵音宗譜』에 의하여 계
보를 찾을 수 있다.

　　　　國融－應俊－惠雲－天輝－演淸－尙還－雪湖－雪溪堂 法敏－慧鑑－紃
　　暎－有敏, 有平

　1911년 6월 寺刹令이 반포되고 그 취지에 따라 이듬해 말 各本末
寺法이 제정되자 조선 승려의 梵唄와 作法이 금지되었다. 화청과 법
고춤 같은 것을 금한 各本末寺法 시행 이후 범패도 쇠한 것은 사실
이었지만 멸절되지는 않았다. 경만 읽고 범패를 부르지 않는 절에는
재가 들어오지 않아, 재가 있는 한 범패는 불가결이기 때문이다.

　高橋亨[22])에 의하면 백련사의 이만월을 서울 서쪽에 있다하여 서
만월이라 하고, 영도사의 이만월을 동만월이라고 불렀다. 이 양만월
이 활동하던 시절은 대개 1910－20년대 초였던 것으로 짐작된다. 양
만월의 범패 계승은 다음과 같다.

　　　東滿月－大圓－朴雲月
　　　　　　－碧峰(田雨雲)－金耘空(짓소리), 黃晟起, 安德庵(안채비소리)
　　　　　　－完潭
　　　　　　－表錦雲－韓濟恩
　　　西滿月－李月河－金雲坡, 金華潭, 曹一波, 崔暎月, 曹德山
　　　　　　　　　　　－南碧海－朴松庵－韓萬榮, 金九海, 馬明濚, 林明
　　　　　　　　　　　　元, 金亨澤, 李元明
　　　　　　　　　　　－金雲濟

---

22) 高橋亨,『李朝佛敎』, 동경 보문관, 1929. p.804.

　　　　－李梵湖－金耘空(홋소리),　柳昌烈,　安德庵(겉채비
　　　　소리),　滿虛
　　　　－金보성(秋聲)－張碧應[23]

　　위와 같이 계승되는 京制 범패는 1973년 11월 5일 박송암(1915－
2000)·김운공(1907－1984)·장벽응(1909－2001) 세 분이 중요무형
문화재로 지정되고, 1987년 11월 11일 범패·장엄·작법무 등을 중
요무형문화재 제50호 영산재로 통합하여 지정된다. 경제 범패의 계
승자 명단은 다음과 같다.

　　박송암
　　준보유자: 김구해(인식) 봉원사
　　전수교육보조자: 마일운(명찬), 오송강(찬영), 이기봉(수길)
　　이수자: 김법기(효성) 정법사, 조인각(동환) 봉원사, 김능화(종형) 구
　　　　　　양사, 최원허(학성) 봉원사, 김법현(응기) 봉원사, 조성오(석
　　　　　　연) 봉원사, 박고산(영대) 봉원사, 한동희(희자) 자인사, 이
　　　　　　원명(조원) 홍원사, 박일초(치훈) 자원사, 방보명 법륜사, 임
　　　　　　명수, 김형택, 권종일
　　전수자: 이호산, 서진철, 노혜공, 장청봉, 김미산, 조혜산, 김선각,
　　　　　　김태허, 조효광, 김법운, 노혜공, 오보운, 이일각, 송법우,
　　　　　　박법안, 이정오, 김현준, 김현수, 양호철, 박선광, 변춘광,
　　　　　　류화산, 이석룡, 김성마, 조신원, 전지암, 박청산, 이혜조,
　　　　　　오문곡, 이개문, 심지허, 노계성, 김선혜, 황진법
　　그 외 70년 초 보문사 선하, 인구 법성 스님, 미타사 비구니 스님
에게 범패 강의받은 전수자

　　1970년 이후로는 옥천범음회를 주축으로 중요무형문화재 제50호

---

23) 구본혁, 『한국가악논고(음악문학론)』, 진영사, 1987.

영산재보존회 부설 범음대학에서 학인에게 범패 및 무용 강의하고 범패승을 배출하고 있다. 1980년대 이후의 경제 범패 이수자는 다음과 같다.

　이월하－김혜경 봉원사 88.7.31 이수자 지정
　김학성 봉원사 88.7.31 이수자 지정
　이경암 봉원사 88.7.31 이수자 지정
　윤혜월 봉원사 94.10.29 이수자 지정
　이일응, 이운봉(철호) 봉원사 93.11.30 이수자 지정
　김월타(창욱) 봉원사 94.11.29 이수자 지정

경제 범패 이외에 지역별 무형문화재로 지정된 계승자는 다음과 같다.

　부산영산재(부산시 무형문화재 제9호)
　벽파 안보해 김용운
　신흥 설호
　문구암(1993.4.20 지정) 범패 장엄
　조혜릉 범패
　김해강 바라춤
　신청공 바라춤

　범패 작법무(인천시 무형문화재 10－나호)
　김능화(2002.2.4 지정) 작법무 바라춤
　박일초 범패 나비춤

　제주불교의식(제주도 무형문화재 15호)
　보유자: 성천 극락사

마산 불모산 영산재(2002.2.9 경남 무형문화재 제22호 지정)
우담 벽봉 석봉 백운사

이로 보면 전국적으로 범패 및 화청의 전승이 이루어져 왔음을 확인할 수 있지만, 현재 재의식의 실상에서 지역별 특성이 드러나는 것 같지는 않다. 각지의 큰 사찰에서 재를 올릴 경우, 대개 서울 태고종 본산 봉원사를 중심으로 하여 경제 범패를 전수한 승려가 초빙되어 와서 재를 지내게 되는 경우가 많기 때문에, 경제 범패가 전국적으로 통용되고 있는 실정이다. 또한 사찰 내의 범패 및 화청의 전승은 주로 영산재의 재의식을 통해 이루어졌음을 알 수 있다. 위 범패승 중 몇 분의 약력을 살펴보면 다음과 같다.

① 박송암(朴松庵, 본명: 朴喜德)[24]

박송암 스님은 1911년 10월 14일(음력)에 부친 박운허(朴雲盧, 본명: 朴春緖) 스님과 모친 김성녀 사이의 2남 중 장남으로 태어났다. 박송암 스님의 할아버지는 구한말 개화파의 박영효라 한다. 19세 때 승려가 되기 위해 삭발을 했고 그로부터 2년간 이월하 스님한테만 범패를 사사했다. 박송암 스님은 일제 때 2년간 청춘극장의 전신인 예원좌 좌장 김춘광의 누나 김정숙이 청춘극장에서 사극 공연을 할 때 출연하여 <회심곡> 등을 불렀다고 한다. 송암 스님은 "가곡, 가사, 시조는 어려운 성악으로서 범패 창법에서 퍼져 나간 것"이라 한다. 화청은 <회심곡>을 의미하는 말로서, 김영임의 <회심곡>은 동냥염불이고 절 안에서 하는 <회심곡>만 '화청'이라 한다. 2000년 2월 1일 열반하셨고 心口相應稱嘆三寶 現前三昧圓音尊者 松巖堂 基煥

---

24) 노재명, 「20세기 한국전통불교음악 음반 총목록과 인간문화재 증언자료」, 『한국음반학』제11호. (서울: 한국고음반연구회, 2001)

大宗師 송덕비가 있다.

송암 스님의 유작 CD에는 <회심곡>을 부른 예가 보이지 않고, <백발가> 중심의 사설이 '화청'으로 수록되어 있다. 봉원사 스님들은 송암 스님이 <회심곡>을 잘 불렀다고 증언하는데, 송암 스님의 화청 자료에 대하여 '<백발가>도 곧 <회심곡>이지요'라는 답변을 얻을 수 있었다. 송암 스님의 경우, <회심곡>이란 명칭을 범칭적인 '화청'과 혼용하는 인식을 가졌던 것으로 보인다.

② 장벽응(張碧應, 본명: 張泰男)

장벽응 스님은 1909년 1월 31일(음력, 호적: 3월 9일) 경기도 파주군 장마루촌(예전: 연천 땅)에서 부친 장용식(족보, 호적: 장한성)과 모친 권성녀 사이의 슬하 3형제 중 막내로 태어났다. 10세 때 삼월 삼짇날 머리 깎고 5계를 받은 뒤 사미승이 되었고, 태남 나이 13세 때 부친이 작고하였다. 화장사에는 범패·춤·의식을 거행하는 스님이 80여 명가량 있었는데, 장벽응 스님은 당시 황청하 스님한테 범패 홋소리와 태평소를 사사했다. 범패 짓소리는 김보성 스님에게 배웠고 이범호 스님(김보성의 스승)한테는 범패를 배운 바가 없다고 한다. 취타, 염불은 화장사를 나와 서울 와서 귀동냥과 자체 연구로 습득하였다 한다. 장벽응 스님은 20대 중반 때 서울 응암동 백련사에서 박송암 스님을 처음 만났고, 이때 잠시 교류하다가 장벽응 스님은 개성으로 내려갔고 일제 말기에 황해도 성불사에서 다시 상봉하여 함께 범패를 하였다 한다. 그 후 봉원사에서 본격적으로 친교를 맺었다. 스님은 노년에 경기도 김포시 월곶면 성동1리 문수산 자락에 자리 잡은 문수사 주지를 맡았고 2001년 열반하셨다.

벽응 스님은 김포문화원의 자료로 유작 CD로 <화청, 회심곡>을 남기고 있지만 이 역시 <회심곡>이 아니라 <불종교가>를 중심으로

하여 여러 가사를 "어화 신남신녀님네 또 한 말씀 들어보소"의 형식
으로 이어 부르는 형식이다.

박송암, 장벽응 두 스님의 경우를 보면, 범패의 魚丈들이 '화청'을
불러도 실제 '화청 회심곡'을 가송하지는 않은 것으로 보인다. <회심
곡>이 동녕승, 걸립패뿐만 아니라 무속인들에게까지 전파되고 국악
인의 공연예술로 불리기도 한 결과, 권위 높은 어장들의 입장에선
오히려 부르기에 꺼려지는 형식이 된 것이다. 이로 인해 '화청 회심
곡'이라는 명칭을 사용하면서도, 실제로 다른 불교가사의 사설을 이
용하여 '화청'을 구연했던 것으로 추측된다.

③ 김혜경(본명: 김창배)

김혜경 스님은 1919생으로 20대에 자기와 동년배인 김인환과 2, 3
년 연상인 학달 스님에게 고사염불 소리를 배웠고, 27세 때인 1946
년 봉원사 대방 신축 때 김운파 스님을 화주로 하여 봉원사 제승들
과 건립을 다녔다. 어려서부터 범패는 잘 부르지 않고, 고사염불 소
리는 몇 번 듣고 외울 정도로 잘 하였다 한다. 화청과 고사염불소리
를 구별하지 않고 모두가 덕담이라 하였는데, 덕담을 다음과 같이
구분하였다.

> 1} 고사선염불: 고사지낼 때 부르는 소리로서 살풀이-달풀이-호
>   구역살풀이-성주풀이-과거풀이-장사풀이-농사풀이-삼재풀
>   이로 되어 있다.
> 2} 뒷염불: 성주풀이
> 3} 회심곡: 해원경, 은중경
> 4} 평염불: 뒷염불
> 5} 화청: 회심곡

김혜경 스님은 현재 우리나라에서 유일하게 고사염불을 부를 수 있는 스님이라는 자부심이 있어서 <회심곡>의 구연에도 적극적이며, 천도재 의식에서 ㄱ) 齋儀式이 열린 경위와 목적ㅡㄴ) 극락왕생ㅡ ㄷ) 인생무상ㅡㄹ) 저승의 과보의 순서에 따라 '화청 회심곡'을 가창하고 있다.

④ 장청봉(본명: 장병호)

장청봉 스님은 1954년 4월 6일(음) 경기도 이천시 호법면 단천1리 341번지 출생했다. 12세에 곽지월 스님을 은사로 출가하여 봉원사에서 16세 득도하였다. 영진강원을 거쳐 옥천범음회 3·4회 이수하였고, 현재 태고종 종립대학 교수로 재직 중이다. 강의용 <회심곡>(1카세트)을 취입한 바 있으며, 현전하는 '화청 회심곡' 사설을 정비하고 있다.

⑤ 한동희(본명: 한희자)

한동희 스님은 1945년 8월 5일 출생했다. 1950년 출가하여 생활과정으로서 염불을 배우고, 13세부터 박송암 스님께 사사했다. 영산재 연수원 부원장이며 옥천 범음대 교수로 재직 중이다. 동희 스님은 信者에게 나눠주는 <회심곡>(1카세트 2종류)을 취입했으며, "장소와 모임의 성격에 따라 자유롭게 화청을 창작하고 구사하게 된다"고 하여 계속적으로 재생산되는 화청의 성향을 제시했다.

⑥ 채지우

채지우 스님은 임진생으로 2004년 현재 53세이다. 김보성 스님을 은사로 출가하여 득도하였고, 인도 범패를 직접 수학하여 범음을 터득하였다. 부산 반야정사 주지로, 재의식에 초빙되어 재의식을 수행하고 있다. 지우 스님은 "요즘에는 뭐든지 빨리 끝나는 걸 좋아하기 때문에 재의식에서 실제 <회심곡>을 끝까지 부르는 경우는 드물다"고 하여 <회심곡> 후반부가 생략되는 경우가 많다고 하였다.

⑦ 백　운

백운 스님은 구미 금강사의 정철우 스님을 은사로 출가하여 득도하였고, 음을 개인적으로 터득하여 양산 통도사에서 法音을 보급하고 있다.

⑧ 천　봉

천봉 스님은 통도소리 기능전수자이며 양산 불광사 회주이다.

위 전승자들은 모두 재의식에 참여하고 화청을 가창한 승려들이다. 박송암 스님은 "절 안에서 부르는 소리만 화청인 것이지, 절 밖에서 부르는 소리는 화청이라고 할 수 없다"고 하였는데, 이는 사설뿐 아니라 唱法의 면에서도 승려의 '화청 회심곡'과 공연예술로서 명창들에 의해 불리는 '민요 회심곡'이 차별성을 갖는 점을 지적한 것이라 하겠다. 또한 한만영은 "재를 지낸 끝에 범패승이 부르는 노래인 화청에도 <회심곡>이 있고, 절 밖에서 탁발이나 걸립 시 탁발승이 부르는 노래에도 <회심곡>이 있는데 이 둘은 서로 다른 음악"이라고 하여, '화청 회심곡'과 '걸립 회심곡' 간에도 음악적 변별성이 있음을 논했다.

이와 같은 사실을 살펴볼 때 승려에 의해 불린 '화청 회심곡'이란 사찰 내에서 불렸다는 연행환경의 요건과, 佛敎儀式에서 시행되었고 재를 올린 공덕을 재에 모인 민중에게 골고루 베풀기 위하여 불린 노래보다는 기능적 요건, 일정한 화청 장단에 맞춰 불렸다는 음악적 요건을 충족하는 노래라 할 수 있다.

　음악적인 면에서 봉원사를 중심으로 한 경제 범패의 전승자(①-⑤)는 '화청 회심곡'을 서도소릿조(산염불조)로 엇모리장단에 맞추어 소리한다. 이는 박송암·장벽응 스님 등이 修道한 지역이 경·서도 지역의 사찰이고, 김혜경 스님도 경기지역에서 수도하여 음악적인 면에서 경·서도 소리의 영향을 받은 때문이며, 그 계승자들도 마찬 가지라 하겠다. 한동희 스님은 "회심곡은 일정한 박자와 곡조에 맞추어 가창되는 노래"로서 그 박자를 '수심가조'라고 하였다. 장청봉 스님도 '화청 회심곡'이 '수심가조'로 불린다고 하였다.

　그러나 지역적으로는 이와 양상이 달라진다. 부산의 채지우[25] 스님은 "회심곡은 스님마다 곡을 연구하고 공부하여 부르기 때문에, 지역별 특성보다는 부르는 스님마다 다른 것으로 볼 수 있다"고 하였고, "경상도에서 불리는 회심곡은 곡조가 처량하고 구성지게 울리는 것이 특징이라고 할 수 있다"고 하였다. 양산의 백운[26] 스님은 "회심곡의 내용은 큰스님에게서 배운 것이지만, 음은 개인적으로 터득하여야 하는 것이다"라고 하여 '화청 회심곡'이 일정한 가락의 전승보다는 승려의 가창능력에 의해 불리는 노래라는 점을 강조했다. 양산의 천봉[27] 스님은 "회심곡이 두 가지 방식으로 불린다. <아-지심걸청 지심걸청>으로 시작하는 경우와 <일심봉청>으로 시작하는 경우가 있는데, 음악적 면에서 차이가 있다"고 하였다. 이로 보아, 경상도지역의 전승자(⑥-⑧)들은 경서도 소릿조와는 별개로 일정한 화청 가락을 형성하여 <회심곡>을 가창하는 것이라 하겠다.[28]

---

25) 석 채지우, 부산 반야정사 회주, 2003년 6월 필자 채록.
26) 석 백운, 양산 통도사 스님, 2003년 7월 필자 채록.
27) 석 천봉, 양산 불광사 회주, 2003년 6월 필자 채록.
28) 경제 범패의 전승자들은 '수심가조'가 아닌 지역적 가락을 제대로 된 화청 가락이 아닌 것으로 보고 있다.

구례의 상훈[29] 스님은 "범패의 진행 와중 승려의 레퍼토리로서 시간적 여유를 갖게 해 주는 의식을 허덜품이라고 한다. 또한 어려운 범패를 민중들이 이해하지 못하기 때문에 쉽게 민중교화하기 위하여 민속 가락에 맞추어 부른 것이 화청이다"라고 하였다. 또한 "각 지역의 토리(민속음악)에 맞추어 불교음악이 발전해 왔으니, 회심곡에 지방색이 있다면 지역별 토리에 따라 불린 때문이다"라고 하였다.

화청은 썩 잘 부르는 사람이 드문 반면에 또 반대로 못 부르는 사람도 드물다고 한다. 누구나 『석문의범』의 가사만 주면 곧 부를 수가 있을 만큼 화청의 가락은 아주 평이한 것이라 하였다. 이로 본다면 '화청 회심곡'은 ♩♪♩의 엇모리장단을 기본으로 하여, 경제 범패의 창자들의 경우 '수심가조'로 부르고, 지역적으로는 각지의 민요적인 선율에 얹어 부르는 것이라 할 수 있다.

2. 乞粒 회심곡

1) 托鉢 · 乞粒 의식

(가) 탁발 절차

사찰 내에서 불리는 和請에 상응하는 개념으로서 승려가 절 밖에

---

29) 석 상훈, 구례 불락사 회주, 2003년 7월 필자 채록

서 부르는 소리는 동녕승이 탁발이나 걸립 시 하는 노래인데, 여기에는 평조염불·오조염불·고사염불 등이 모두 포함된다.

탁발승(동녕승)[30]은 개인적인 시주 행각을 벌이는 승려로 목탁을 치며 千手呪를 외우거나 꽹과리를 치며 <회심곡>을 불렀다고 하는데, 꽹과리를 치면서 염불을 하거나 노래를 부르는 전통은 원효대사의 스승인 신라 진평왕 때의 대안대사(571-644)로부터 연원한다고 한다. 탁발 절차는 다음과 같다.

탁발승이 모 씨 집 문전에 가면 흔히 평염불을 부른다. 그러면 돈이나 곡식으로 시주를 하거나 혹은 집 안으로 들이고 告祀를 청한다. 그러면 告祀飯을 차리는데 밥상 위에 한 말짜리 되를 놓고 쌀을 수북이 담은 후 그 위에 쌀을 담은 세대주의 밥 식기를 올려놓는다. 그 위에 수저를 꽂아놓고 타래실을 감아 놓는다. 이때 그 밥 식기를 불베끼라 부른다. 불베끼 위에는 수저와 타래실 외에 돈을 올려놓기도 한다. 물론 이러한 쌀과 돈 등으로 獻物은 고사꾼의 소유가 된다. 이렇게 고사반을 마당이나 대청마루 위에 차린 후에 고사염불을 부르게 된다. 고사염불은 고사선염불-뒷염불의 순서로 불린다.

한만영[31]은 "<회심곡>은 흔히 화청이나 고사염불 전체와 혼동하기도 하는데 엄밀히 말하자면 평염불 중 덕담 부분을 뺀 부모은중경을 특히 따로 떼어 <회심곡>이라 부른다. 따라서 사설내용은 인간의 일생을 노래한다. 그 음악내용은 평염불과 같다"고 보았다. 이와 같은 견해는 동녕승의 '걸립 회심곡'이 '염불+회심곡'의 구조로 되어

---

30) 朝鮮自古來 乞糧僧 名曰棟樑僧 棟樑出處 見於高麗李相國集 (중략) 其所謂棟樑者 凡浮圖之勸人布施 營作佛事之稱也 朝鮮棟樑僧 有擊木鐸者 多誦千手呪 修行者亦爲之 有擊銅鈸 唱回心曲(松雲大師所作)者 惟身貧道又貧者爲之 俗呼(쩡쩡)僧 是象銅鈸之聲而爲名 亦卽新羅大安大師之遺風也(이능화, 『조선불교통사』, 分衛托鉢公証携帶)
31) 한만영, 「화청과 고사염불」 전게서 Ⅰ-24). p.111.

있는 점에서 기인한다. 또한 <회심곡> 사설에 <부모은중경 화청>의 사설이 혼용되어 있어 이를 변별하기 힘들기 때문에, <회심곡>과 <부모은중경>을 동일시한 것이다. 그러나 '걸립 회심곡'에 <부모은중경> 사설이 다량으로 유입되어 있다고 해도, 이는 <회심곡>의 2) 부모은공 단락을 강조하고 부연하는 면에서 받아들인 것이며 <회심곡> 자체가 <부모은중경>으로 완전히 대체되는 것은 아니다. 그러므로 동녕승의 '걸립 회심곡'은 전체적으로 염불＋｛(부모은중경)＋회심곡｝의 구조를 이루고 있다고 보아야 할 것이다.

한 가지 더 주시되는 사실은 '걸립 회심곡'의 음악적 성격이다. 동녕승에 의해 '평염불＋회심곡'으로 불리는 경우, 선행하는 '평염불' 부분은 물론 '회심곡' 부분도 平調 선법으로 불렸다는 점이다. '걸립 회심곡'의 경우 '염불＋회심곡'으로 이어진 형태이기 때문에, 앞염불의 음악적 성격에 따라 이어지는 <회심곡> 부분도 같은 가락으로 불렸던 것으로 보인다. 앞염불의 종류나 가락이 변경되면, 그에 따라 <회심곡> 부분의 음악적 특성도 변경되었을 것으로 추정된다. 곧 '걸립 회심곡'의 음악은 '염불'과 '회심곡' 부분을 별개의 곡조로 따로 부르는 것이 아니라, 앞부분 염불 가락에 <회심곡> 사설을 계속 실어 부르는 형태인 것으로 생각된다.

(나) 걸립 절차

걸립패[32)]는 단체를 이루어 권시주 행각을 벌이는 이들을 말한다.

---

32) 朝鮮僧家 從古以來 遺傳一種行化之法 如一寺刹被災掃蕩 謀欲建立 時
聚羣僧 多至五六十人不等 作一團派 謂之建立 亦云群衆派 亦云金鼓
以其鼓進金退 一如軍法故名 善舞踊者 善打法鼓者 善鳴法鑼者 善戲謔
者 善書記者 各有名目 卽云化主 鼓手 砲手 花童舞童等 徧行閭里 及
諸寺刹 次第募緣 高僧碩德 皆樂爲之 例如金剛山之遇隱和尙(楡岾寺

걸립이란 원래 절을 중건할 때 모금하기 위하여 승려들이 민가로 다니며 경문(주로 千手經)을 외거나 염불을 하여 시주를 받는 것을 말한다.

걸립패는 걸립 목적 면에서 절 걸립이나 재원을 마련하기 위해 조직된 '절걸립'과 생계유지를 위한 '낭걸립'으로 구분할 수 있는데, 떠돌이 걸립패는 일반적으로 승려 출신인 비나리가 중심이 된다. 일반적인 걸립패의 구성은 우두머리 化主가 대표하는데 그 아래로 고사꾼인 비나리(고사꾼 승려 혹은 승려 출신)와 보살(1-2인, 대개 젊은 여자로 화주나 비나리와 부부 관계를 맺고 있음), 잽이(10인 내외의 풍물잽이), 산이(2-3인의 버나 또는 어름 연희자), 탁발(얻은 곡식을 지고 다니는 남자) 등 대략 15명으로 이루어져 있다. 절걸립패인 경우 절에서 떼어 준 증명서의 일종인 신표를 주민들에게 제시하고 풍물놀이와 춤에 이어 집지킴이에 대한 굿과 고사 문서인 비나리 축원과 고사염불·회심곡·오조염불·천수경 등을 부르면서 곡식과 금품을 걸립하며 돌아다녔다.

이들의 탁발이나 걸립 시 불린 노래를 정리하면 다음과 같다.

① 평염불(평조 독창): 탁발 시 불림(덕담과 인간 일생)
② 선염불(평조 독창): 고사 시 불림(살풀이)
③ 뒷염불(평조, 멕이고 받음): 고사선염불 후에 불림(성주풀이)
④ 오조염불(동부민요선법, 합창): 발인 시나 탁발 시 불림(病과 死)
⑤ 반멕이(동부민요선법, 멕이고 받음): 뒷염불 대신 불림

重創化主也 寺災 師募緣重建 未及落成 而又災 師又再建之) 退雲禪師 (四十年 影不出山之講僧也) 亦嘗爲花童焉 未知次法出自何時(疑卽出自 西山四溟僧軍以後) 而至于近年 並皆自廢矣(이능화, 전게서, 和請舞鼓 新式廢地)

<회심곡>은 이 중 주로 ① 평염불 및 ④ 오조염불과 연계된 형태로서 불렸으며, ② (고사)선염불로 불린 경우는 없었고, ③ 뒷염불은 '성주풀이'를 주로 부르는데 그 대신 <회심곡>을 부르는 경우도 있었다. ① 평염불은 탁발 시 '평조염불＋회심곡'의 형태로 불리고, ④ 오조염불은 주로 행상 나갈 때, 발인 시 상여소리 하기 전에 '오조염불＋회심곡'의 형태로 부른다.33) 곧 '염불＋회심곡'의 형태로 불린 노래가 '걸립 회심곡'이라 할 수 있다.

또한 고사염불로서의 유사성에 기인하여 ⑤ 반멕이 등 다른 고사염불의 가사 중 일부가 '걸립 회심곡' 가사에 유입되는 면을 보인다. 권명학, 하룡남 스님의 유성기 음반 <회심곡>에 나타나는 바와 같이, 고사염불의 일부가 '걸립 회심곡'의 일부로 수용되고 있는 것이다. 이는 탁발·걸립 시 불린 노래의 사설들이 별개의 기능성에 의해 구분되었다기보다는, 동일한 성격의 念佛 내지 德談이라는 견지에서 서로 혼용되며 쓰였던 면모를 보여준다.

음악적인 면에서 본다면 '평조염불＋회심곡'의 경우 경토리에서 많이 나타나는 평조로 불렸고, '오조염불＋회심곡'의 경우 메나리토리인 동부민요선법으로 불렸다. 이로 본다면 동녕승에 의해 독창으로 불렸던 '걸립 회심곡'은 서울·경기지역에서 성행하였던 경기민요권의 노래라고 할 수 있다. 반면 發靷時 걸립패에 의해 합창으로 불린 '걸립 회심곡'은 동부민요권에서 가창되었으며, 喪禮와의 관련성하에 <회심곡> 사설을 '상여소리'로 활용하는 '향두가'로의 전파와도 긴밀한 연관성을 맺고 있는 것으로 보인다.

---

33) 전자를 <평염불회심곡>, 후자를 <오조회심곡>으로 지칭하는 경우도 있다. 이 중 '오조염불'과 연계되어 불린 회심곡의 경우, 엄밀히 말해 걸립을 목적으로 불린 것은 아니다. 그러나 이 역시 걸립패에 의해 연행되었고, '반멕이' 등 고사소리와의 혼용이 두드러지기 때문에 '걸립 회심곡'의 범주로 다루기로 한다.

2) 창자계층

탁발은 개인적인 시주 행각으로, 가가호호 방문하는 탁발행각을 통해 불교신자가 아닌 백성에게도 적극적으로 <회심곡>이 전파되었다. 또한 동냥승의 입장에서 본다면 탁발이란 종교적인 면에서 개인적인 수행인 동시에 경제적인 면에서 생계의 수단이 된다. 동냥승의 '걸립 회심곡'은 포교와 불교사상의 전파만이 아니라, 걸식의 수단으로도 이용되었던 노래인 것이다.

이에 비하여 걸립은 단체적인 시주 행각으로서 그 구성원의 성격과 걸립 목적에 따라 여러 가지 형태로 나타나며, 19세기 유랑연예인 집단과 교류하며 다양한 양상을 보인다.34) 그중 불교와 관련된 걸립패35)를 정리해 보면 다음과 같다.

(가) 걸립패36)

필요한 재원을 마련하기 위하여 조직한 판굿 전문 연행패이다. 걸립 자체가 필요한 재원을 해결하는 방식이기 때문에 때로는 걸궁이라고도 하지만, 시설물 건축에 걸립이 목적이 있다 하여 建立이라고도 하고, 풍물 동원과 돈 마련이 결부됨에 따라 금고(주로 전남 지방)라고도 힌다. 걸립패의 목적하는 바는 공동체의 대동성에 있다.

---

34) 노동은, 『한국근대음악사1』, 한길사, 1995. pp.175 – 213.
35) 심우성, 『남사당패 연구』, 동화출판공사, 1974. pp.33 – 38.
36) 김헌선, 『사물놀이란 무엇인가』, 귀인사, 1988. pp.91 – 95.

(나) 절걸립패

사찰에서 떼어 준 일종의 증명서(신표)를 주민들에게 제시하고 풍물놀이와 춤에 이어 집지킴이(터, 성주, 조왕, 샘)에 대한 굿과 고사 문서인 비나리축원과 탈놀이를 하면서 곡식과 금품을 걸립한다. 걸립패의 우두머리를 화주라고 하며 그 아래로 고사꾼인 비나리, 비나리와 부부 관계를 맺고 있는 젊은 여인 '보살', 풍물잽이, 접시돌리기 전문가 '버나산이', 줄타기 전문가 '어름산이', 그 밖에 곡물을 지니고 다니는 '탁발' 등 15명으로 조직된다. 화주들은 사당패를 조직하여 모갑이나 거사로 전환하기도 한다.

(다) 중매구패

중매구패는 승려들이 주도하는 걸립패로, 이들의 중심적인 공연 종목은 '중매구'라는 탈꾼을 고용한 데서 비롯되었다. 중매구란 경남 남해군 화방사 소속의 걸립패 성원 중 탈놀이를 가리키다가 이후 이들을 고용하여 나가면서 걸립패라는 이름과는 달리 '중매구패'라고 불렀다. 경상도지역을 중심으로 발달하였으며 공연 내용은 탈놀이뿐만 아니라 천수경 등의 불경, 노래와 풍물이다.

(라) 사당패

여자로 구성된 연행패로 사당벅구춤이나 산타령 같은 민요, 판소리, 때로는 줄타기, 재담 등을 그 연행 종목으로 삼고 있다. 주된 공연 종목은 판염불을 중심으로 춤과 노래였다. '홀미패'라고 불리기도 하고, 후에 구성된 남사당패와 구별하기 위하여 '여사당패'로 불리기도 하였다. 여자들로 조직되었다고 하여 반드시 여자로만 이루어진 것은 아니다. 이들에겐 짝이 있었는데 이들이 바로 '거사'이다. 그리고 사당패를 대표하여 거사의 우두머리 노릇을 하는 사람을 '모갑'이라고 불렀다. 모갑과 거사들이 주로 걸립패의 화주 출신들이 많았다는 점에서 사당패와 걸립패가 유기적인 관계를 가지고 있었던 것으로 보인다.

사당패는 절에서 내준 부적을 가지고 다니면서 수입원으로 삼아 그 수입의 일부를 절에다 내고 연행판의 수입과 '허우채' 그리고 부적 판매와 양식 구걸로 유랑을 하면서 살았다. 청룡사 뒤편에 살았던 바우덕이라는 여사당의 경우 1864년 경복궁 중건 사업에 초청 연행자로 불림을 받아 노래와 소고춤으로 당대를 홀릴 정도였다고 한다. 1930년대에는 걸립패와 남사당패가 합류함에 따라 사당패가 없어지고, 이들의 연행 종목이 남사당패에 흡수되기도 하였다.

(마) 남사당패

남사당패는 35-50명의 구성원들이 풍물·버나·살판·어름·덧뵈기(탈놀이)·덜미(꼭두각시놀음) 등 여섯 가지 대표적인 놀이를 가지고, 각 고장을 떠돌며 연행을 했다. 대체적으로 마을의 두레패와 사전 교감을 이루고 난 뒤, 지주와 같은 마을의 최고 권력자에게 곰뱅이(허가)를 받았다. 곰뱅이를 트는 동안 남사당패는 누런 영기를 앞세우고 마을이 잘 보이는 언덕에서 취군 가락으로 풍물과 재주를 보여준다. 허락이 나면 길군악을 치며 마을에 들어가 마당에 자리를 잡고 공연준비를 하며, 마을을 돌면서 길놀이를 한 후 공연을 하게 된다. 전국적으로 40여 개의 패들이 있었으나 '신파' 극단과 농악대에 흡수되기도 하고 일제의 문화말살정책으로 1930년대에 전승의 맥이 끊어졌다.

(바) 굿중패

승려들이 변장하고 법고와 징을 치며 고사를 비는 연행패이다. 이들은 법고와 범패로 복을 빌어주는 것이 주된 분야이다. 대개 가을걷이가 끝나고 변장한 승려들이 긴 장대를 앞세우고 촌마을을 돌며 집 앞에서 굿을 하면, 집주인이 고사 치르는 선반(고사반)을 마루에 내놓고 이어서 상쇠가 고사와 범패로 복을 빌어준다. 사찰과 관련된 기존의 사당패, 걸립패, 중매구패와 교류하면서 공연 종목이 늘다가 남사당패처럼 발전했다.

위와 같은 여러 모임의 성격을 보면 '걸립 회심곡'을 연행, 유통한 담당층의 층위가 승려부터 사당패에 이르기까지 복잡하게 구성되어 있음을 알 수 있다. 걸립패의 승려는 사찰의 보수·신축 등 佛事를 위해 나선 佛僧도 있었겠지만 대개 半僧半俗 내지 半僧半巫의 성격을 지니고 있어, 불사와 무관하게 굿과 고사소리를 연행하는 낭걸립패와 교류하거나 직접 낭걸립패를 이끄는 경우도 있었다. 이러한 사회적 환경 속에서 <회심곡>과 고사소리가 함께 불리게 되고, 그 결과 '걸립 회심곡'에 '반멕이' 등 고사소리와 여러 雜歌의 사설들이 유입되는 양상을 초래했을 것이다.

'걸립 회심곡'은 본래 동냥승이나 절걸립패가 부른 노래였을 것이나, 낭걸립패와의 교류로 인하여 낭걸립패의 연행 종목 중 하나로 정립되기에 이른 것으로 보인다. 이에 대하여 한만영[37]은 "낭걸립패의 화청은 평염불에 포함되지 않고 따로 독립된 곡으로 되어 있는데

---

37) 한만영, 전게서 Ⅰ-24). pp.106-107.

이것은 걸립패가 마을에 들어갔을 때 주로 동리의 노인을 모아놓고 그들을 즐겁게 해 주기 위해 부른다. (중략) 회심곡은 특히 삼년상이 끝나지 않은 집에 가서 주인의 특별한 요청에 의하여 변소에서 불리기도 한다.”고 논의했다. 이는 ‘걸립 회심곡’의 발전과정에 있어, 창자의 성격에 따른 分化를 보여준다. 동녕승·절걸립패의 경우, ‘염불＋회심곡’의 ‘걸립 회심곡’ 형태가 그대로 계승되었다. 반면 낭걸립패에 전승된 ‘걸립 회심곡’은 ‘염불’ 부분이 제외된 ‘회심곡’만으로 불렸고, 이 형태가 ‘잡가 회심곡’으로 정착되었을 수 있다. 이를 도표로 제시해 보면 다음과 같다.

(19세기)　　　　　　(1910년대)　　　　　　(1930년대)

동녕승·절걸립패　　　　　　　　　　→ 동녕승 음반 ‘걸립 회심곡’

낭걸립패　　　→ ‘잡가 회심곡’　　→ ‘비나리 회심곡’

동녕승이 부른 ‘걸립 회심곡’의 전승은 1930년대 권명학, 하룡남의 유성기 음반 자료를 통해 확인해 볼 수 있다. 이에 비해 낭걸립패의 ‘걸립 회심곡’은 전승과정이 확연하지는 않지만 ‘염불’과 분리된 무속적 ‘비나리’ 사설로 쓰이며 대중들에게 친숙한 연행 종목으로 유포되다가, 雜歌의 범주에 합류한 것으로 보인다. 1910−20년대의 잡가집에 수록된 ‘잡가 회심곡’은 ‘염불’ 사설이 없이 <회심곡> 사설만이 기재되어 있어 낭걸립패가 불렀던 ‘회심곡’ 형식과 유사한 것으로 간주되며, ‘잡가 회심곡’ 창자계층의 성격에 있어서도 불승보다는 낭걸립패의 유랑연예인과 관련성이 깊은 것이다. 낭걸립패의 회심곡은 잡가화되는 일면, 계속 ‘비나리축원’으로 활용되며 고사소리의 한 종류로 전승되고 있다.

　이러한 탁발·걸립의 창자 중 몇 분의 약력은 다음과 같다.

① 권명학

권명학 스님에 대해서는 자세히 알려져 있지 않은데, 유성기 음반 가사지에 실린 사진을 보면 1930년대 유성기 음반에 회심곡을 취입할 당시 이미 60세가 넘은 것으로 보인다.

② 하룡남

하룡남 스님은 20세기 초 경기지방에서 태어났고, 일제 때 동대문 밖 안암동의 영도사에 몸담고 있었으며 '동냥 회심곡'을 주로 불렀다 한다. 일제시대 염불을 잘 부르는 이로 이름이 나서 여러 유성기 음반에 각종 염불을 취입하였고, 범패 전공이 아니라 탁발이나 걸립 시에 부르는 염불이 주 전공이다.[38] 원래 동냥승으로 범패승 사이에서 따돌림을 받았는데, 특히 고사소리에 능하였다고 한다.

③ 박청해

박청해 스님은 1906년생으로 12세에 관악산 삼모사에 입산하여 고사소리를 주지 지정후에게 사사했다. 고사소리를 주업으로 하던 관악산 각 절들의 형편과 민간에서의 요청도 많아서 양식을 구하기 위해 탁발을 많이 다녔다. 박청해 스님의 고사염불 구분 방법은 다음과 같다.

1} 화청
2} 고사반, 즉 고사선염불: 직성풀이 – 삼재풀이 – 달거리 – 별상풀이 – 노정기 – 과거풀이 – 비단풀이 – 옷마른게질 – 농사풀이
3} 뒷염불: 성주풀이 – 입춘풀이 – 살림치장 – 사랑방치장 – 액운이운
4} 평염불

---

38) 이보형, 서울음반 SRCD – 1141 빅터유성기 원반시리즈12. 「하룡남 불교음악 해설」 참조.

　　　5} 오조염불
　　　6} 반멕이

④ 이수영

이수영은 1940년생으로 남사당의 꼭두각시놀음의 기능보유자인 남운룡의 전수자이다. 어려서부터 남사당패를 따라다녔고 고사소리는 고룡보에게 배웠다. 이수영의 고사염불 구분 방법은 다음과 같다.

　　　1} 선고사 - 염불 또는 선염불
　　　2} 후불 - 뒷염불(평조 염불은 후불에 속한다.)
　　　3} 반멕이
　　　4} 회심곡
　　　5} 오조염불: 상가에서 하는 소리로 걸립과는 무관
　　　6} 천수경

‘걸립 회심곡’은 위와 같이 탁발을 다닌 동녕승(①-③)과 고사소리를 부르는 걸립패의 창자(④)에 의해 불렸다. 그런데 <회심곡>을 포함하는 고사염불에 대해서는 논자의 관점에 따라 변별기준이 다른 점을 알 수 있다. ‘걸립 회심곡’은 僧俗이 함께 공유하는 노래 양식으로서 고사소리와 혼합적으로 불렸기 때문에 가사에 오류나 와전이 드러날 수도 있고, 혼재된 사설을 변별하여 정리하기 어려운 형식을 이루고 있는 것이다.

　또한 <회심곡>이 일부 梵唄僧에 의해 천시된 경향은 이와 같은 ‘걸립 회심곡’의 연행양상으로 인한 것이다. 박송암·장벽응 스님은 ‘화청’을 부르면서도 <회심곡> 사설은 부르지 않았는데, 이는 ‘걸립 회심곡’의 전파로 인하여 <회심곡>의 격조가 떨어져 사찰 내에서 가창하기에 부적합한 것으로 여긴 탓이라 하겠다. ‘걸립 회심곡’이 승려가 아닌 유희집단이나 잡승들에 의한 동냥 노래로 널리 인식되었고 佛事와는 아무 관계가 없는 독신 남자들의 남색집단인 남사당패에 의해서도 불렸다는 점에서, 범패의 어장들이 <회심곡>과 거리감을 두게 된 것이라 보인다.

'걸립 회심곡'의 음악적 특징은 ♩♪♩♪의 자진모리장단을 기본으로 한다. 평조염불의 경우 승려인 박청해 창 <회심곡>은 창부타령조의 京制를 사용하고 있고, 남사당패 전수자인 이수영 창 <회심곡>은 東部民謠旋法을 사용하고 있다. 오조염불로 불릴 경우도 ♩♪♩♪의 기본 장단으로 동부민요선법에 맞추어 부른다. 박청해 스님은 이런 선법을 '치악산調'라 하고 있다. 주로 동녕승에 의해 탁발의 목적으로 불린 '걸립 회심곡'이 경기민요권의 특성을 지니는 데 비해, 낭걸립패에 의해 동부민요권으로 유포된 '걸립 회심곡'은 喪禮와 직접 결부되기도 하고 음악적인 면에서 동부민요선법에 맞추어 불린 것이라 하겠다.

19세기 동녕승에 형성된 '걸립 회심곡'은 집단적인 걸립패의 연행으로 전파성이 강화되었고, 여러 念佛類 및 고사소리와의 혼합과정을 통하여 변개·발전되었던 형식이며, 동녕승이 자취를 감추게 됨에 따라 그 사설 내용이 국악인의 '민요 회심곡'과 무속적인 '비나리'의 형식으로 남아 전승되고 있다.

3. 巫歌 회심곡

1) 巫俗 의식

한국 무속은 고대의 신화나 제례로부터 현대 무속에 이르기까지 일관해서 한국문화사 속을 흘러온 역사적 종교현상이다. 조선조에는 禁巫의 법령으로 부격을 성 밖으로 내보냈으나, 한편으로는 국무당을 세워 무격을 동원하여 기우제·성황제 등의 무제를 지내고, 궁중 나례에서는 무녀·화랑·광대 등 무격 집단이 이를 집행하게 했다. 또한 星宿廳이나 活人署에 의생과 함께 무격을 두어 민중의 구병을 담당하게 했다. 이와 같은 환경하에서 무속은 불교·도교·유교와 혼합되어 祭次와 祭法들이 복잡하게 발달되었으며 풍부한 무가의 발전이 있었다.

巫儀는 기복제·구병제·사령제[39]로 삼등분할 수 있는데, 기복이나 구병의 제의에서는 <회심곡>이 수용된 경우가 없고, 영혼천도제의인 사령제에서만 <회심곡>이 解冤文의 성격으로서 활용된 것으로 보인다. 사령제에서는 망자를 극락으로 보내기 위해 굿 과정에서 석가가 영취산에서 설법하는 모습인 靈山會相을 재현하는데, 이른바 사찰에서 영산재에 해당하는 것을 시행하는 것이다. 손태도[40]는 이에 대하여, "경기도의 오구굿에서는 스님들이 영산재에서 북이나 징을 치며 화청을 치듯, 화랑이가 혼자 일어나 징을 치며 '죽음의 말'이란 노래를 길게 부르고, 동해안의 오구굿에서도 화랑이들이 고깔과 가사 등 승복을 입고 '영산맞이' '영산이운' 등 불교의 영산재 의

---

39) 유동식, 『한국무교의 역사와 구조』, 연세대출판부, 1985.
40) 손태도, 『광대집단의 가창문화 연구』, 서울대 박사논문, 2001. p.151.

식을 흉내 내며 굿판 주위를 돌고, 작법이라고 하여 춤도 추고, 혼자 앉아 스님들이 염불을 하듯 '시무염불'을 하기도 한다. 남해안의 오구새남굿에서도 망자가 저승 문을 넘어가는 문 넘기 굿은 화랑이들이 단독으로 했다"고 한다. 다른 지역에서도 "화랑이들이 없더라도 무녀들이 이와 같은 영산 의식을 치르며, 가장 일반화된 방식이 <회심곡>과 같은 화청을 치는 것으로, 각 지역의 굿에서는 모두 이 화청 장단인 엇모리장단이 있다"고 하였다.

그러나 이처럼 20세기 이후에 와서 조사된 사령제에서의 <회심곡> 활용이 전통적 巫俗에서 적극적으로 이루어져 왔음을 반증한다고 보기는 어렵다. 무속은 강한 예술성·연극성·오락성을 지니고 있으며, 巫覡은 타 의식의 가무를 의도적으로 배워서 익히기도 한다. 동해안의 별신굿을 하는 무녀들의 경우, 본격적인 수업을 하기 위해서 東萊의 券番에 가서 먼저 춤과 노래를 익히고 나서 巫儀·佛經·巫歌들을 익힌다.41) <회심곡>의 학습도 무녀 수업의 일환으로 받아들여지고, 무속제의에서 활용하는 자료로 쓰인다.

조선 후기 무속에 무불습합의 경향이 강하게 나타나며 걸립패에도 半佛半巫의 성향을 지닌 법사,42) 거사 등이 활동한 점을 고려하면, 19세기부터 <회심곡>이 무가로 활용되어 왔을 것이다. 하지만, '무가 회심곡'이 보편화된 것은 무속인의 전문 교육이 이루어지고 '佛敎儀式을 모방하는 巫俗儀式'이 행하여진 이후의 현상으로 보이는 것이다. 그렇다면 불교의 영산재를 모방한 巫儀가 아닌 경우의 사령제에서는 <회심곡>이 어떤 방식으로 수용되어 왔는지에 대한 검토가 필요해진다.

---

41) 장주근, 『한국의 향토신앙』, 을유문화사, 1998. p.105.
42) 巫俗에서 굿과 讀經을 하는 巫覡을 '法師'로 지칭하기도 하며, 이 경우 불교의 교법을 전하는 法師와는 개념이 다르다.

무속은 지역별로 巫覡의 성격과 巫儀의 절차가 다르며, <회심곡> 활용 방식에 있어서 暗記에 의한 口演과 讀經에 의한 口誦으로 나누어진다. 우선, <회심곡>을 수용한 巫의 유형부터 살펴볼 필요가 있다. 서대석[43]은 직능·성격을 기준으로 하여 經巫에 대하여 다음과 같이 三大別하고 있다.

1) 굿巫(賽神巫): 굿을 주로 하는 무녀, 박수, 화랑, 신방, 만신 등
2) 經巫: 독경을 주로 하는 盲巫, 經客, 經師, 神將, 逐邪, 經匠, 經文匠 등
3) 雜巫: 굿과 독경의 중간 형태의 巫事를 행사는 무로서 聖人, 七星嫗, 三神嫗, 法師, 菩薩 등

중북부지역의 降神巫로서 암기에 의한 구연을 하는 굿巫의 경우, '무가 회심곡'을 적극적으로 연행하였다고 보기는 어렵다. 무속인의 전문교육이 이루어지기 전까지, 무당의 입장에서는 불승과는 달리 <회심곡>의 사설을 모두 기억할 필요성도 없으며 체계 있는 교육을 받을 수 있는 입장도 아니기 때문이다. 『조선신가유편』에 수록된 함흥본궁무당 김쌍돌이가 1926년 부른 <회생곡> 구송도 <회심곡> 사설의 절반가량이며 상당한 무가적 변형이 이루어져 있음을 볼 수 있다. 굿무는 '무가 회심곡'을 부르게 될 경우에도 <회심곡> 기본형의 단락들을 전체적으로 수용하여 부르기보다는 부분적으로 수용하여 필요한 사설 단위로 활용하였을 것이다.

이에 비해 <회심곡> 기본형의 사설을 그대로 수용하여 무가로 부른 경우는 주로 앉은굿에서 巫經을 활용하는 충청도 중심의 중부지방 經巫들이라 할 수 있다. 무가는 무속제의라는 전통적 틀 속에서

---

43) 서대석,『한국무가의 연구』, 문학사상사, 1980. p.304

이루어지는 구비시로서 巫經·佛經·육십갑자병납음 등을 소재적
원천으로 삼아 구연자의 암기에 의해 필요한 위치에서 재생하며, 경
우에 따라『千手經』이나『佛說明堂經』과 같은 문헌을 독송할 수도
있는 형식이어서,44) <회심곡> 사설 역시 독송되는 문헌으로 활용된
것이다. 경무에 의한 讀經은 굿무가 신에게 빌고 달래는 태도와는
달리, 귀신을 위협하는 呪辭이며 그들의 祝願이나 奉安經류는 자기
들이 모시고 있는 神都 神明에게 신장을 부리어 귀신을 물리쳐 달
라는 축원의 양식이다. <회심곡>은 이러한 경무의 呪辭는 아니지만
亡者를 위해 독경할 때의 필요성에 의해 巫經의 부류에 포함된 것
으로 보이며, 그 구연방식에 있어서도 경무의 독경방식에 따른 주술
적 독경에 따라 이루어졌다. 기록방식 면에서 주목되는 것은 경무의
'무가 회심곡'과 20세기 초반 '잡가 회심곡'의 관련성이다. <맹인덕
담경>처럼 무가가 잡가화되면서 그 내용이 정형성을 지니게 되는
것을 보면, '무가 회심곡'도 이와 같은 과정을 겪었을 것으로 보인
다. 경무가 독송 자료로 사용하였을 '무가 회심곡' 사본은 자료가 확
연히 밝혀진 것이 없는데, 대체적으로 김쌍돌이의 <회생곡>과 같이
상당히 무속적 색채가 개입된 형식이었을 것으로 추정된다. 그러나
'잡가 회심곡'이 <회심곡> 기본형을 갖춘 하나의 模範으로서 제시되
고 유통되자 '무가 회심곡'도 이에 따라 '잡가 회심곡' 형태를 敎範
으로 삼게 되었으며, 현전하는 경무의 '무가 회심곡'이 '잡가 회심
곡' 사설과 차별성이 없는 현상을 보이게 되는 것이라 하겠다.

　　그리고 남도지방 世襲巫인 굿巫의 경우, <회심곡>의 활용이 가장
미약했던 것으로 추정된다. 세습무에 의해 정형화되어 불리는 사령
제의 무가와 <회심곡> 간에는 상당한 거리감이 실재하고 있기 때문

---

44) 박경신,『무가의 작시원리에 대한 현장론적 연구』, 서울대 박사논문, 1991.
　　pp.106−113.

이다. 佛家의 靈山會相을 巫俗적으로 재현하는 경우라 해도 請神－娛神－送神을 각각 담당하는 무가들이 불려야 했고, 사령제에서 불린 여러 종류의 巫歌들이 기본적으로 <회심곡>의 단락들과 유사한 내용을 포함하고 있기 때문에, <회심곡>의 전체적 사설을 필수적으로 수용할 필요성이 없었던 것이라 하겠다. 세습무의 사령제 무가와 <회심곡>의 관련성에 대해서는 Ⅴ장에서 검토해 보기로 한다.

2) 창자계층

‘무가 회심곡’의 창자로는, 암기력이 뛰어난 굿巫와 巫經을 활용하는 讀經巫를 들 수 있다. 불교의 천도재와 무속의 사령제는 亡者遷度의 목적과 기능이 같으며, 儀式에서 불리는 노래의 사설도 유사한 면모를 보인다. 古來의 무불습합이란 환경하에서, 사령제의 巫覡은 천도재의 <회심곡>을 수용하여 가창하거나 부분적 사설을 활용하기도 하고, 때로는 巫經으로서 독경하기도 한 것이다. 망자의 천도의례에서 구연되는 무가를 해원계 교술무가라 하며, 같은 목적의 의례에서 독경무에 의해 구연되는 무가를 해원계 교술무경이라 한다. <회심곡>은 무가·무경의 두 가지 분야에서 다양한 쓰임새를 보여 온 작품이라 할 수 있다.

굿무의 경우 직접 사설단위를 암기하여 구연하였는데, 기억에 따라 <회심곡> 사설 단락을 무가로 부르다가 굿의 연행환경에 맞추어 변개하기도 했다. 그러나 굿무라 하여 완전히 口傳에만 의존한 것은 아니며, 굿의 연행 현장에 문헌을 구비해 두기도 하고 이를 참조하며 구연했을 것으로 보인다.

경무의 경우는 직접 巫經을 읽는 구송이므로 무경의 구비와 독송이 더욱 필수적이었을 것이다. 巫經은 독경 시 구연되는 경문으로서 漢文句에 토를 단 형태로 되어 있고 巫冊을 통해 보급되기도 하는데[45] 여기에 <회심곡>이 수록되었고 독경 내지 강창의 형식으로 불린 것으로 보인다. 이러한 무책의 자료는 1960년대부터 수집되어 왔으며,[46] <回心曲>, <別回心曲>의 제목으로 실려 있다. 독경 방식으로 구연한 자료로는 이윤종 법사의 음반이 있다.

① 이윤종

이윤종 법사는 『무속대백과』[47]를 편찬하며 <무속대백과세트> 테이프를 9개 취입하였는데, <tape9: 회심곡 / 해원문>에서 경무의 '무가 회심곡' 형태를 가송하고 있다. 이 음반에서 불린 '회심곡'·'별회심곡' 외에 '지옥풀이'·'해원문' 등은 '조상굿'[48]에서 불리는 무가로서, 연행 환경이나 독경 순서의 면에서 '무가 회심곡'과 차별점이 있더라도 내용 면에서는 대동소이하며, 음악 형태에서도 '무가 회심곡'과 동일한 무속음악에 실려서 불렸다. 곧 경무의 '무가 회심곡'은 <회심곡> 기본형을 가져와 사령제의 독경에서 필요한 대목마다 적용시키는 형태가 아닌가 생각된다.

현전하는 굿 형태에 대하여, 구중회[49]는 '법사'의 굿은 1970년대 후반기 계룡산 일대에서 행술되던 독경신앙인 '設位說經'과 서울의

---

45) 박경수 서대석, 『한국구비문학대계』 별책부록3, 한국정신문화연구원, 1992. p.450.

46) 김혁제, 『소재길상 불경보감』, 명문당, 1965 / 이무영, 『경문요람』, 보련각, 1985. / 최진일, 『한국경문대전집』, 보문사, 1987 / 김혜숭, 『해동율결집』, 선문출판사, 1988 등의 자료집이 있다.

47) 이윤종 『무속대백과』1, 2, 일심사, 1995.

48) 조상천도굿 또는 조상해원굿이라 하며, 사령제를 가리키는 말이다.

49) 구중회, 『계룡산 굿당연구』, 국학자료원, 2001.

'선거리', 즉 굿거리가 통합되어 새로운 형식의 굿판으로 이루어진 것이며, 이런 형태의 현대 굿이 전국을 석권하게 되었다고 보고 있다. 이로 보면 현전하는 경무의 독경 방식이란 음악적 체계에 의해 계승되는 것은 아니고, 계룡산지역의 무속적 장단을 바탕으로 특정 곡조나 창법이 없이 연행자의 구연능력에 의존하는 경향이 나타나는 것으로 보인다.

음악적인 면에서 보면 굿무의 '무가 회심곡'은 佛家의 양식을 모방하여 엇모리장단으로 불렸고, 경무의 '무가 회심곡'은 정해진 음악 양식이 없이 <회심곡> 기본형의 사설을 빌려 와서 무속적 장단으로 讀經 내지 낭송한 것이라 하겠다.

4. 民謠 회심곡

1) 乞粒 회심곡의 民謠로의 전환

전문적 소리꾼에 의해 불린 <회심곡>의 계보는 '잡가 회심곡'에서부터 찾아야 하겠지만, '잡가 회심곡'과 현전하는 명창들의 '소리'로 불리는 '민요 회심곡'의 직접적 친연성은 검증되는 바가 없다. 다만 승려의 佛歌와는 달랐을 것으로 추정되는 음악적 면에서, '잡가 회심곡'의 음악적 형태가 경·서도소리로 불리는 '민요 회심곡'에 영향을 주었으리라 보일 따름이다.

사설 구성에 있어서 '민요 회심곡'의 원형은 동녕승의 '걸립 회심곡'에서 찾을 수 있다. '걸립 회심곡'은 동녕승과 걸립패에 의하여 민중 속에 전파되었고, 음반 시장의 형성과 함께 청취물로 전파되는 양상도 보인다. 특히 1930년대 동녕승 권명학·하룡남의 '걸립 회심곡'이 음반으로 유통된 것은, 기존 '잡가 회심곡'을 부르던 소리꾼에게 <회심곡>에 대한 인식을 변혁시키는 계기가 되었을 것이다. 동녕승에 의해 불리며 '염불＋회심곡'의 구조로 이루어진 '걸립 회심곡'은, 낭걸립패에 의해 '회심곡' 사설만을 다루는 형태로 전승되다가 잡가화된 '잡가 회심곡'보다 다채롭고 생동감 있게 받아들여졌을 것이며, 이러한 환경하에서 전문적 국악인들도 권명학·하룡남의 창본을 모본으로 삼아 이를 그대로 수용하는 성향을 나타내는 것이다.

그런데 '걸립 회심곡'을 받아들이는 국악인의 입장은, 형식과 의미에서 양면성을 지닌 것으로 보인다. 형식 면의 수용에서는, '걸립 회심곡'의 걸립을 위한 '염불' 사설이 탁발·걸립을 위한 사설로서 국악인의 '소리'로 부르기에 필요성이 없는 사설인데도 불구하고 그대로 수용하며 동녕승의 가창 형식을 변개시키지 않고 따라서 부른 것이 드러난다. 이에 비해 의미 면에서는 동녕승의 종교성이 탈색되는 공연가요로서 <회심곡>이 지니는 가치와 의의를 孝사상 중심으로 전환시켰다는 차이점이 있다. '걸립 회심곡'은 '잡가 회심곡'과 달리 '염불' 사설에서 <부모은중경>을 활용하는 孝사상의 강조가 두드러지는데, 이는 국악인의 입장에서 보다 친숙하게 민중 앞에서 공연할 수 있는 요인으로 작용했을 것이다. 국악인은 '걸립 회심곡'을 교훈적 불교사상을 싣고 있는 노래가 아니라 일반 민중들의 기층의식에서 널리 공감하는 효사상 강조의 노래로 받아들이고 불러서 '민요 회심곡'을 이룬 것이다. 이들에 의해 전승되는 '민요 회심곡' 사설의 부모 은혜에 대한 강조는, 불교의 효사상이 보편적인 효사상으로 의미적 확산이 이루어지는 가운데 계승된 것이라 하겠다. 또한 '민요 회심곡'의 비중이 <회심곡> 기본형에서 효사상과 관련된 '인생무상'

부분에 치중됨으로 인하여, 차후 '민요 회심곡'의 전개과정에서 효사
상과 관련성이 적은 '저승권계' 부분이 약화되고 생략되기도 하는
현상을 초래한 것으로 보인다.

국악인의 '민요 회심곡' 이외에도, 『한국민요집』50)에서 <회심곡>
이 부분적으로 채록된 자료들이 산견된다. 이 자료들은 <회심곡>의
민간유통과 대중화에 의해 민중층이 자발적으로 익히고 가창한 것으
로 보이는데, 1) 도입 부분에 해당되는 사설만 보아도 다음과 같이
다양한 변형이 나타난다.

여보시오 세존님네 / 요내말쌈 들어보소 (민4⁵¹). 회심곡2. p.200)
여봅시오 소년님네 / 이내말씀 들어보게 (민5. 회심곡1. p.103)
어허여보소 군인님네 / 이내말씀 들어보소 (민5. 회심곡2. p.103)

이러한 양상은 연행의 주체가 비전문적인 민중층일 뿐 아니라, 듣
는 객체도 여러 형태의 민중 집단으로 분화되고 세속화되는 모습을
보여준다. 그러나 자료 대부분이 부분적 채록이어서 각 편의 전체적
면모를 파악할 수 없고, 기능이나 영향 관계에 있어서도 화청이나
불가에서 온 것인지 국악인의 민요를 듣고 익힌 것인지 번별하기가
어렵다. 이러한 채록 자료에 대해서는 『불교민요연구』52)에서 <回心
曲謠>라는 별개의 명칭으로 다룬 바 있고, 국악인의 '민요 회심곡'
과 명칭상 혼동을 피하기 위해 본고에서는 다루지 않기로 한다.

---

50) 임동권, 『한국민요집』Ⅰ-Ⅴ, 집문당, 197-1980.
51) 이하 자료는 『한국민요집』 인용.
52) 졸고, 『불교민요연구』, 고려대 석사논문, 1990.

2) 창자계층

경기소리 소리꾼 장학선 등이 유성기 <회심곡> 음반을 취입한 이후 전문적 국악인들도 <회심곡>을 취입하였으며, '소리'로서의 기교와 창법이 발전하고 다양화된다. 이와 같은 '민요 회심곡'에는 이은관·강옥주·지연화·안비취·이은주·김영임 등의 음반이 있고, 계속 국악 음반으로서 여러 창자에 의하여 취입되고 있다. 이 중 몇 분의 약력은 다음과 같다.

① 박춘재[53]

박춘재는 경·서도 소리의 대가였으며, 발탈과 재담의 명인으로 널리 알려져 있다. 그의 생몰연대는 손태도의 "경기명창 박춘재論"에 의하면 1883년경에 출생하였고, 한국전쟁이 일어난 바로 그해 8월 21일에 작고한 것으로 호적조사 결과 밝혀졌다. 박춘재 명창의 음악은 1915년 신구서림에서 발매한 잡가집 <무쌍신구잡가>에 그 사설이 실려 있을 만큼 대단한 백성들의 호응을 받았다. 이 잡가집에도 <회심곡>이 수록되어 있다. 박춘재는 일본축음기상회에서 단면인 쪽판 음반을 취입한 것으로부터 시작하여 일본 제비표조선레코드·콜롬비아 빅타·시에론 등의 음반에 많은 음악을 남겼지만, <회심곡> 음반은 현전하지 않는다. 박춘재의 '잡가 회심곡'이 음악적인 면에서 후대의 '민요 회심곡'에 영향을 주었을 개연성은 충분히 인정되나, 사설에 있어서 '염불'류를 활용하는 '걸립 회심곡'을 부른 적이 있는지는 확인되는 바가 없다.

---

53) 명인명창선집(9) 경기명창 박춘재(JCDS−0542, 1CD) 해설서, 한국고음반연구회.

② 신해중월54)

신해중월은 경·서도 민요 특히 서도소리에 능한 여류명창으로 폴리도루, 빅타 등의 음반회사에 많은 민요, 신민요 등을 취입하였다. 신해중월에 대해서는 이자균의 「유성기음반의 명인명창 열전(1)」에 조사된 바 있다. 이에 따르면 그녀는 1905년 무속 집안에서 출생하였고, 한성권번에서 동기로 수업을 쌓은 후 여류명창의 대열에 합류하였다. 신해중월의 남편은 거문고 풍류 명인 김상기이다. 일본이 패망하기 전까지 활동한 것으로 전해지며, 무용가 최승희의 춤반주 음악을 담당하기도 하였다고 한다. <회심곡>(평염불) 음반이 전한다.

③ 장학선

장학선은 서도소리 여류 명창으로 1907년 무렵 출생하였고 평양 사람이다. <수심가>를 기가 막히게 잘 불렀고, 일제 때 인기가 대단했다고 한다. 박수무당과 함께 살았고, 1972년 무렵에 왕십리에서 작고하였다. <회심곡>(평염불) 음반이 전한다.

④ 이은관(李殷官)55)

이은관은 1917년 11월 27일에 강원도 이천군 이천면 회산리 92번지에서 아버지 이윤하, 어머니 길모(吉某) 사이에서 4남 4녀 중 장남으로 태어났다. 18세(1935년) 무렵에 김득수와 함께 황해도 황주에 가서 재니(재인)들과 함께 어울려 떠돌이 공연 단체에서 잠시 음악 활동을 했다. 소리를 본격적으로 배우기 시작한 것은 황주에서 생활하던 10대 후반 때 일로서, 황주권번에 소리 선생으로 있던 이

---

54) 이자균, 「유성기 음반의 명인명창 열전(1)」, 『한국음반학』2호, 1992.
55) '최순경 서도소리' 음반(LGM－AK012, 1CD) 해설서, 엘지미디어(LG소프트), 1996.

인수(李仁洙) 명창의 문하에 들어가서 <배뱅이굿>을 비롯한 여러 가지 서도소리를 배웠다. <배뱅이굿>의 경우에는 1950년대부터 지금까지 신세기레코드, 대도레코드, 지구레코드, 오아시스레코드 등 여러 음반회사에서 15차례가량 취입한 바 있다. 그리고 1960년대부터 1980년대에 신세계레코드, 대도레코드, 지구레코드 등의 음반회사에서 <산염불>, <맹인덕담경>, <파경>, <애원성>, <담바귀타령>, <신고산타령>, <개타령> 등의 서도소리를 취입하였다. 이러한 서도소리의 영향은 이은관의 <회심곡>에서도 반영되어, 권명학 창본과 같이 <부모은중경>의 사설을 길게 수용하는 경향성을 보인다.

⑤ 강옥주[56]

1926년 경기도 광주에서 태어난 강옥주는 조선권번에서 최정식에게서 시조·가사 등을 수학했으며, 정득만에게서 잡가와 산타령 등을 배웠다. 20대 초반 광주의 한 사찰에서 신병 요양 중 스님으로부터 배운 '불가조 회심곡'을 경기목으로 바꿔 부른 것이 계기가 되어 회심곡을 전면에 들고 나섰으며, 큰 성공을 거둔 인물이다. 이를 계기로 '소릿조 회심곡' 등 회심곡만을 트레이드마크 삼아 많은 음반을 취입했다.

⑥ 안비취

1926년 서울 효자동에서 태어난 안비취는 본명이 안복식으로 하규일과 이병성에게서 가곡과 가사를 배웠으며, 한성준에게서 무용을 사사받았다. 후에 최정식으로부터 경·서도 잡가를, 이창배·정득만으로부터 경기민요를 사사받았다. 1975년 중요무형문화재 제57호 보

---

56) 김문성, 「경서도 여류명창의 생애 및 12잡가 음반연구」, 『한국전통음악학』제4호. 민속원, 2003.12.30.

유자로 지정되었으며, 1996고희기념 음악회를 가진 직후 97년 1월 지병으로 타계했다. '불가조'·'소릿조' 회심곡 음반이 전한다.

⑦ 김영임

1953년 경기도 이천에서 태어난 김영임은 정지영에게서 무용을 사사받은 후 뒤에 이창배에게서 경서도창을 사사받는다. 민요경창대회 1등상을 수상하고 한국방송공사 민속의 잔치 연말대상을 수상하면서, 전국적으로 명성을 얻었다. <회심곡>은 그녀의 특장으로 알려져 있으며, 현재 묵계월 문하의 전수조교로 되어 있다.

위 국악인들은 대부분 경·서도 소리의 전승자여서, '민요 회심곡'이 대체적으로 경·서도 민요권에서 형성되었다는 점을 알 수 있다. 일제시대 때 활동한 명창들은 '잡가 회심곡'을 부르다가(①), 1930년대 동녕승의 '걸립 회심곡'이 음반화되자 그중 '평염불' 부분을 수용하여 부르기도 했는데(②, ③), 1930─40년대에 걸쳐서 '걸립 회심곡'의 창법을 따르는 佛歌調를 바탕으로 하여 이를 승려들이 소위 '기생 창법'이라 지칭하는 여성 창법으로 부르는 소리調의 생성이 이루어졌을 것으로 추정된다. 그러나 이 시기에 불가조·소릿조의 개념은 아직 구분되지 않았고, '민요 회심곡'의 음악적인 영역 확대와 민요적인 변형이 추구되었을 것이다. '민요 회심곡'이 본격적으로 유통되는 것은 LP판이 등장한 1950년대 이후로서, '걸립 회심곡'의 특성을 계승하는 경우(④)와 <회심곡> 기본형을 재구성하는 경우 (⑤) 그리고 보다 민요화된 '소릿조 회심곡'을 발전시키는 경우 (⑥) 등 여러 가지 방식으로 '민요 회심곡'의 연행이 이루어졌다. 이처럼 복잡한 '민요 회심곡'의 활용양상은 1970년대 이창배에 의해 불가조·소릿조로 개념 정립되어 각각 정형화된 양식으로 계승되고, '민요 회심곡'의 전체적 구성을 재구성하는 시도(⑦)도 이루어지며 현대에 이어져 오고 있는 것이다.

음악적 면에서 국악인의 '민요 회심곡'은 대부분 '걸립 회심곡'을 계승한 것으로, 평염불과 선율이 거의 유사하지만 높게 질러내는 부분에서 탁발승들이 부르는 것보다 더 높은 음으로 질러내는 등 音域이 넓고 旋律에 기교가 많다. 음악적 분화가 이루어진 후 남성명창은 불가조, 여성명창은 소릿조를 많이 불렀고, '걸립 회심곡'보다 더 느리고 처량하게 부르는데, 이창배에 의하면 이들의 <회심곡>은 '수심조'가 많다고 하며 서도소리의 영향이 강하게 나타나는 것을 보여준다.

5. 香徒歌로서의 활용

1) 향도가의 기능과 활용

불교의 민간신앙 단체로서의 香徒에 의하여, <회심곡>은 만가의 가사로 전용되기도 했다. 불교의 전래 이후 향도의 전통은 조선 전기에도 지속되었으나, 조선 중기 이후에는 향도가 일종의 洞民契와 유사한 조직으로 佛會와의 관련이 점점 모호해지는 경향이 있으며 그 폐단이 심했다. 그러나 향도가 장례의식과 관련을 맺는 것은 이전과 같았고, 상여를 메는 향도꾼으로 활동을 했다.

장례식 때, 상여를 메고 가는 상여꾼(향도꾼·향두꾼)들이 부르는 장송가로서 향도가·향두가·행두가·상도가·상두가·상여가·상여

메김노래 · 상여소리 · 요령잡기소리 · 회심곡 등으로 지칭되는 만가는 종교적[俗信的] 신앙의 기능, 힘과 흥겨움을 주는 기능, 作別歌적 기능, 人生歌적 기능, 神仙歌적 기능, 진리성의 기능 등을 지니고 있다.57) 구조는 서두 · 본사 · 후렴의 세 단계로 되어 있으며 서두와 본사는 선창자(요령잡이)가 부르고, 후렴은 상도꾼(향도꾼)들이 제창하는 형태이다. 형식면에서 서두와 후렴을 제외하고 거의 44조의 단조로운 정형을 이루고 있으며, 내용 면에서 대부분 <회심곡>이나 성주풀이의 사설을 차용하고 있다.

이처럼 만가에 <회심곡>의 사설이 차용되는 점에는, 두 가지 이유를 찾을 수 있다. 첫째, '걸립 회심곡'을 전파한 걸립패의 구연에서 민간 장례의 發靷時 '오조염불＋회심곡'의 형태가 불렸던 점이다. 장례의식의 제 절차에서 사용되는 노래는 同質的 성격을 지닐 수밖에 없으므로, 그 사설이 발인에 이어 상여를 운구하는 '상여소리'와 매장하는 '달구질소리'에서도 적극적으로 활용된 것이다. <회심곡>의 서사적 형태를 분절하여 일정한 후렴으로 받을 수 있는 노동요로 구성하였으며, <회심곡> 전체 내용을 다 부르거나 일부 사설만을 활용하는 경우도 있다. 둘째, 향도는 전통적으로 불교와 깊은 관련을 지닌 조직으로서 걸립패의 '걸립 회심곡'뿐만 아니라 사찰 내의 '화청 회심곡'이나 반승반무의 '무가 회심곡'에도 친숙하였을 것이다. 향도가 장례의식의 기능요로서 익숙한 노래의 사설을 활용하는 것은 자연스러운 현상이며, 적극적으로 <회심곡>의 사설을 차용하여 부른 결과, <회심곡>이 만가의 형태로 전승된 것이라 하겠다.

---

57) 김성배, 전게서 Ⅰ－23). pp.256－259.

2) 창자 계층

향도에 의해 불린 <회심곡>은 승려·걸립패·국악인 등의 전파자에 의한 전승과는 달리, 수용자층의 자체적 구연이라 할 수 있다. 불교의 齋와 민간의 出喪은 기능상 영혼천도라는 공통적 자질을 지닌다. 영혼을 천도하는 노래로서 재의식에서 불린 '화청 회심곡'이나 탁발승·걸립패에 의해 전파된 '걸립 회심곡'의 사설이 민간신앙 단체인 향도에 전해지고, 그대로 만가로 轉用된 것이라 하겠다. 이는 <회심곡>의 가장 俗化된 형태라 볼 수 있으며, 민중 속으로 파고든 불교가사가 불교민요로 직접 수용되어 이루어진 현상으로 파악될 수 있다.

<회심곡>이 만가로 불릴 경우, 독창으로 불리는 이외에 선창자가 <회심곡> 가사를 부르고 상여를 메고 가는 다수가 후렴으로 받는 민요화된 형식으로 불리기도 한다. 김성배[58]의 조사에 의하면 香徒歌 창자는 대부분 남자로 구성되어 있고, 평균 연령은 50세이다. 직업별로 보면 농업이 79%를 차지하고 있으며, 교육 수준은 무식이 37%, 한글 해독이 26%, 초졸이 28%, 중고 중퇴 9%이다. 향도가로서의 <회심곡>은 농민을 중심으로 기층 민중이 향유한 노래로서 구비전승되어 왔고, 민중의 생사관·저승관에 불교적 색채가 강하게 드리우도록 영향을 준 형태로 보인다.

그 밖에 <회심곡>은 탑돌놀이 시 민요로 구연되기도 했다. 홍윤식[59]의 조사에 의하면 법주사의 탑돌놀이에서 <회심곡>, <별회심곡>이 연행되었다. 절 마당의 중앙에 있는 팔상전탑을 중심으로 한가위의 풍작과 태평세월을 기리기 위하여 조상에게 감사하고 부처님의

---

58) 김성배, 전게서 Ⅰ-23). pp.259-260.
59) 홍윤식, 『법주사 탑돌놀이』, 무형문화재조사보고서 제103호, 1972.

공덕을 찬양하며 보름달이 떠오르면 탑돌이를 한다. '탑돌이 노래'는 염주를 목에 걸거나 혹은 손에 들고 경건한 마음으로 탑 둘레를 돌면서 부르는 민요인데, 불교가사에서 전환·변개된 형태로 연행의 현장성에서 크게 벗어나지 않는 의식부합의 틀을 유지하고 있다.60)

전체적으로 보아 <회심곡> 연행의 특징은 전파자의 구연이든 수용자층인 백성의 구연이든 喪祭와 긴밀한 관련을 맺고 있는 점이라 할 수 있다. '화청 회심곡', '걸립 회심곡' 중 '오조염불＋회심곡' 형태, '무가 회심곡', 향도가 등은 모두 불교·무속·민속 등의 종교의식적 면에서 喪祭의 노래로 불린 경우이다. 이 경우의 창자들은 喪禮나 祭禮에 직접 참여하는 입장이었고, 그 의식환경에 맞추어 <회심곡>을 연행한 것이다. 이에 비해 '걸립 회심곡' 중 '평염불＋회심곡' 형태, '민요 회심곡' 등의 경우는 각각 걸립, 유흥이라는 창자의 구체적 목적이 있으며 喪祭儀式과 직접적 관련성은 없으나, 人生과 來世에 대한 민중불교적 관념을 청중에게 전파하며 일반 백성의 내세관 및 저승관을 형성하게 만든 점에서 보면 喪祭의 정서가 실린 노래로서 상제의 의식요와 다를 바 없는 영향력을 끼쳤을 것이다.

음악적인 면에서는 화청·걸립·무가·민요 회심곡 등이 각각 다른 형태로 불리는데, 무가로서의 讀經 형태나 국악인에 의해 음악적 기교가 강조되어 불린 경우를 제외하면, 대체적으로 복잡한 리듬 형식이 아닌 타 악기 중심의 일정한 장단으로 이루어진다. 이러한 음악적 특징은 <회심곡>을 일반 민중들이 쉽게 따라 부를 수 있게 했고, <회심곡>이 널리 향유되는 기반을 형성하였다고 하겠다.

---

60) 이창식, 『한국유희민요연구』, 동국대 박사논문, 1991. pp.112－118.

V. 회심곡과 타 장르 작품의 사설 비교

1. 巫歌와의 사설 비교

　<회심곡>의 중요 단락들은 무가의 사설과 유사성을 지닌다. 기본적으로 亡者遷度의 의식에서 쓰이는 노래는 다루는 소재와 구성의 면에서 흡사할 수밖에 없으며, 종교적 면에 있어서도 불교와 무속은 불가분의 관련성을 맺고 발전해 왔기 때문에 그 儀式謠에서 사설의 상호 넘나듦이 순조로웠던 결과라 할 수 있다. 재의식의 '화청' 중에서도 특히 <회심곡>은 무속에의 수용이 두드러지는 노래로서 중부 이북의 강신무가 <회심곡>을 무가로 변형하여 부르기도 하고, 충청도지역의 경무가 <회심곡> 사설 전체를 그대로 무속음악에 맞춘 '무가 회심곡'으로 부르기도 하는 것을 보면, 내용 면의 뚜렷한 전환이 없이 <회심곡>을 그대로 巫歌化하는 경향을 알 수 있다. 그런데 남도지역의 무가는 중부지역에 비하여 <회심곡> 사설의 직접 활용도가 현저히 낮아진다. 불교의식을 모방한 무속제의에서는 <회심곡>을 부르기도 하지만, 세습무가 연행하는 사령제에서는 <회심곡>을 그대로 부르는 경우를 찾기 힘들다. 세습무의 巫歌가 <회심곡> 사설을 직접적으로 차용하지 않는다면, <회심곡> 단락들에 대응하는 무가 형식은 무엇이며 <회심곡>과는 어떤 공유점을 지니고 있는지에 대한 검토가 필요하다.

　<회심곡> 사설을 직접 차용하지 않지만 내용 면에서 유사성을 갖는 무가에는 두 종류가 있다. <회심곡>의 '생로병사'의 '생'에 해당되는 2) 탄생의 단락은 기복제(축원굿)의 한 거리인 삼신풀이와 흡사하다. 그리고 <회심곡>의 '노병사-저승'으로 이어지는 단락들은 사령제(씻김굿)에서 불리는 무가들과 소재적인 공통점을 갖는다. 이 중 <회심곡>과의 관련성이 두드러지는 사령제 무가의 양상을 살펴보면

다음과 같다. 사령제의 무가는 크게 세 부분으로 구성된다.[1) 산 사람들의 안녕과 복을 비는 전반부와 망자의 넋을 씻기고 저승으로 천도시키는 중반부 그리고 굿에 참여한 모든 귀신을 배송하는 종반부이다. 이러한 구성에서 사령제 무가의 주제를 잘 함축하고 있는 부분은 중반부이다. 이 부분은 망자의 극락 천도라는 사령제의 목적을 가장 강조하여 드러낸다. 망자를 이승에서 저승으로 보낸다는 것은 실제적인 것이 아니라 문화적인 것이다. 이승의 공간과 시간에서 망자를 떼어내 저승의 세계로 편입시키는 것은 통과제의적인 방식에 의한 인격전환이라고 할 수 있다. 굿에서는 아직 저승의 세계에 들어가지 못하고 이승에서 떠도는 망자의 넋을 모셔다 원한을 풀고 씻겨주어서 저승에 잘 들어가시라고 기원한다. 일종의 통과제의에 해당되며 종교적 장치로서 작용한다. 이와 같은 면에서 볼 때, 사령제의 무가는 <회심곡>의 망자천도의례와 긴밀한 교섭의 면모를 드러내게 된다. 다만, <회심곡>이 불교적 질서하에서 단독으로 연행이 가능한 데 비하여, 사령제의 여러 무가는 '굿의 무가 구조', 즉 무속의 질서 속에서 통합적 연관성을 이루어야 한다는 차이점이 있다.

<회심곡>의 구조는 사령제 무가 중반부의 절연 및 천도과정에서 '(넋올리기-고풀이)-씻김-오구풀이-희설-길닦음'으로 이어지는 구조와 유사하다. 이러한 구조상 불교의 <회심곡> 단락들이 여러 종류의 무가와 영혼천도의례의 순차적 역할 면에서 일대일 대응을 이루는 양상을 나타내기도 하는 것이다.

<회심곡>과 제 무가 사이의 관련성을 지닌 사설들을 대조해 보고, 그 유사성과 변별성에 대하여 단락별로 검토해 보기로 한다.

---

1) 이경엽, 『전남무가의 연구』, 전남대 박사 논문, 1997.

1) 탄생 단락과 삼신풀이 무가

삼신은 産·育神을 말하는데 주로 산모와 태아의 건강을 담당하는 신으로, 안방의 신이다. 흔히 '삼신할머니'라 부르기도 하는 여성신으로서, 삼신신앙은 산모의 수태와 순산 등 산모의 보호와 아기의 건강과 무병 등 유아보호의 관념이 주를 이루고 있다. 또 기자풍속과 관련하여 남아선호의 경향이 짙다.2) 삼신풀이란 삼신의 내력을 푼다는 뜻이다. 축원굿(성주굿)의 일부에 해당되며 그 내용은 다음과 같다.

> 천지제왕에 일월제왕 나리제왕 분부리 제왕님네 천금같은 자손 생길 적에 한달 두달 피를 못고 슥달에 입덧나고 늑달에 사대삭신 마련허고 다섯달 반짐 젖줄을 물고 여섯달에 육삭이며 일곱달 칠삭이며 여덟달 팔색이 아홉달 구색이 되야 십삭이 고이 되니 해복 기미가 있구나 명실은 목에 걸고 명 가세는 손에 들고 금강문절복 하탈문 열고 뻬문 열고 살문 열고 연짓문 고인문 순산에 열어 순금난 집 자되어 곱게 곱게 갈녀주시던 은혜 탐예를 생각허면 머리를 비어 신두 삼고 이를 빼여 진을 걸구 호포주 초매 죽죽이 받친들 아깔 리가 있소리까 (후략) (삼신풀이)3)

삼신풀이 무가에서는 孕胎에서부터 誕生의 과정이 상세히 다루어지고 탄생 후의 축원이 이어지게 된다. 이와 같은 내용은 <회심곡>의 2) 탄생 단락에서도 다루어지고 있다. 삼신풀이 무가가 삼신의 역할을 강조하며 월별로 성장과정을 그리고 삼신에 대한 은혜를 표현하는 반면, <회심곡>은 석가여래·아버님·어머님·칠성님·제석님의 덕으로 一身이 탄생하며 은공의 대상을 부모로 한정하는 차이

---

2) 인권환, 『한국 전통문화의 현대적 모색』, 태학사, 2003.
3) 김태곤, 『한국무가집1』 p.141, 1966년 녹음, 이어인년 구송, 부여 성주굿.

점이 있다. 삼신풀이 무가는 주로 성주굿에서 많이 불린 노래로서, 고사염불과 관련된 '걸립 회심곡'과 관련성을 맺는다. 동녕승이 걸립을 위해 <회심곡>을 부를 경우, 喪祭의 노래가 아니라 시주 집안에 대한 축원과 권보시의 노래이므로 '인생무상' 부분의 생로병사 중에서도 특히 탄생에 대한 축원의 비중이 높아진다. 그 결과 2) 탄생 단락이 장형화되고 '자손에 대한 덕담'이 부연되는 것이며, 이러한 점에서 삼신풀이 무가의 축원과도 관련되는 것으로 보인다. '걸립 회심곡'의 사설에 삼신의 직접적 개입은 이루어지지 않지만, 자손(아기)의 건강한 성장과 뛰어난 재능을 기원하고 미래의 영화를 구체적으로 축원하는 점에서, 유아를 보호하는 삼신신앙의 영향이 강화되는 경향성을 보이는 것이라 하겠다.

다음으로 남도지역 사령제 무가는 중요무형문화재 제72호로 지정되어 전승되고 있는 진도씻김굿의 경우를 보기로 한다. 진도씻김굿은 크게 보아 방 안에서 판을 벌이기 위하여 준비하는 절차인 '안땅'부터 시작하여, 죽은 영혼을 굿판에 초청하는 '초가망석'으로 이어진다. 이어서 다소 의례적인 '손님굿', '제석굿', '조상굿' 등의 굿을 보여준다. 그리고 본격적으로 죽은 영혼을 위한 무의식인 '씻김'을 행한다. 잡다한 혼령들을 대접하기 위한 굿인 '종천'을 마지막으로 전체 씻김굿의 절차는 마무리된다.4) 이 중에서 망자를 위한 의식인 '씻김'이 진도굿의 핵심이라고 할 수 있다. 씻김 과정에서 망자를 위로하기 위해 여러 무가가 불리는데, <회심곡> 단락과 이러한 사령제 무가들의 사설을 비교 검토하기로 한다.

---

4) 유영대, 「진도씻김굿의 절차와 기능」, 『어문논집』37, 안암어문학회, 1998. p.110.

2) 病苦 단락과 씻김 무가

씻김은 사령제 무의에서 망자가 저승에 잘 들어갈 수 있도록 깨끗이 씻기는 淨化의례에 해당된다. 정화와 재생의 주술력을 지닌 쑥물·향물·정화수를 이용하여 망자가 지닌 이승의 잔재를 씻게 되는데, 씻김 무가의 예를 들면 다음과 같다.

> 간경화 속가심 간장암에다 똘똘뭉쳐 돌과같이 뭉친열병 설설이 씻거서 극락을 가실 적 고추같이 매운물 소금같이 짜운물 쑥물로 향물로 싸악싹 씻거서 인자는 마지막으로 맑은물로 씻거갈적 동에는 청계수 남에는 적계수 서에는 백계수 북에는 흑계수 중앙에는 황계수 그 가운데 월덕수 솟아나는 샘물로 싹싹 씻거 가실적 옥탁수에 모욕하고 연지로 분바르고 분으로 선그리고 싹싹씻거 가실적 원왕생 원왕생 극락세계 원왕생 (씻김)[5]

씻김 무가에서는 망자를 이승과 絶緣시키기 위해 물로써 정화하는 방식을 사용하고 있다. 물로 씻는 행위는 현세와의 단절만을 의미하는 게 아니라, 현세의 생로병사 중 病苦에 해당하는 모든 고통까지 벗어나게 하는 주술성을 갖는다. <회심곡>의 5) 病苦 단락에서도 名山大川을 찾아가서 상탕·중탕·하탕에서 몸을 씻음으로 인하여 병이 낫기를 기원하는 사설이 나타나며 물의 정화력을 治病의 수단으로 보고 있다. 씻김 무가에서는 이미 죽은 사람을 정화하기 때문에 매운물·짜운물·쑥물·향물 등 각종 병을 씻는 상징적 의미가 있는 여러 가지 물을 거론하지만, <회심곡>은 산 사람의 치병이 목적이므로 효험 있는 명산의 물로 씻는 것이 차이점이다. 그러나

---

5) 이경엽, 1995년 녹음, 박경자 김수정 창, 순천 씻김굿.

양자는 병고를 생로병사의 四苦 중 하나로 보고, 이를 극복하려는 방법으로 '물'의 정화력을 선택한다는 점에서 공통성을 지닌다.

3) 저승으로 가는 과정 단락과 오구굿 무가

오구굿은 망자를 저승으로 천도시키고자 하는 굿거리이다. 그 구성은 '오구풀이-명줄복줄 당기기, 염불-오구사자 여의기-천근소리'로 이루어진다. 먼저 서사무가 오구풀이를 통해 저승세계를 담당하는 바리데기 신이 극락문을 열어놓게 되었음을 구송하고, 망자로 하여금 이 문을 통해 편히 저승으로 들어가도록 기원하게 된다. 이 중 送神 부분에 해당하는 '오구사자 여의기-천근(저승 노잣돈)소리'는 망자와 망자를 데리고 갈 사자를 배송하는 기능을 지니고 있다.

> 신아 불쌍한 망자씨 가련한 망자씨 오구굿 받으시고 일직사자 월직사자 삼사자 여우시고 왕생극락을 가신다네 오구의 천근이야 천근이야 천근이야 야아어이요 천근이야 (오구굿)[6]

진도씻김굿의 오구굿 무가는 저승사자를 배송하고 망자의 극락왕생을 축원하는 점에서, <회심곡>의 7) 저승사자의 도래·11) 저승으로 가는 과정 단락과 연관된다. <회심곡>에서는 7) 단락에서 망자를 데리러 오는 저승사자의 냉정함이 두드러지고, 11) 단락에서 저승사자와 함께 망자의 영혼이 저승으로 끌려가는 상황의 묘사가 두드러진다. 그러나 오구굿 무가에서는 巫儀를 행함으로 인하여 냉정한 저승사자를 아예 여의게 되고, 곧바로 극락왕생하기를 축원한다. 저승

---

6) 최덕원, 『한국구비문학대계』6-12, 한국정신문화연구원, 1988. p.96.

사자라는 존재는 무섭고 냉혹한 관념적 대상이다. <회심곡>의 경우
齋儀式을 행하여도 망자가 저승사자와 만나서 저승으로 가게 되는
점에는 다를 바가 없으나, 오구굿 무가에서는 사령제 무의의 효능을
적극적으로 제시하여 망자가 오구사자(저승사자)를 만나지 않고 저승
으로 천도할 수 있게 하는 점에서 주술적인 무가의 특징을 드러낸다.

4) 명부 十王의 나열 단락과 희설 무가

희설은 살아 있는 가족 그리고 이승의 세계와 절연한 망자가 극
락에 들어가도록 비는 천도거리이다. 내용은 망자가 시왕문을 무사
히 통과해 극락에 왕생하기를 비는 것으로 되어 있으며, '시왕문 열
어주기'를 통해 시왕문을 잘 통과해 가도록 기원하게 된다.

> 초제왕은 증광대왕님이요 명호난 정태봉씨요 탄일은 이월초하루 진
> 광여래 제일이요 지옥은 도산지옥 차지난 경오신미 임신계유 갑술을
> 해생은 다 초제왕님께 매었으니 증광대왕님 호상의 진광여래 염하옵
> 시고 제불제천 백만권속 거나르시고 상수설법 도재중생 지장왕보살님
> 이 부처님께 이름을 걸고 일천편 염불하면 염불하신 공덕으로 김씨망
> 재님 도산지옥을 면하시고 (희설)7)

희설 무가는 명부 시왕의 이름, 탄일, 그가 관장하는 지옥과 망자
의 生年을 찾는 일종의 '시왕풀이'이다. <회심곡>의 6) 명부 시왕의
나열 단락과 관련되며, '화청' 종류 중에서 中壇祝願和請으로 불리
는 <시왕화청>과 유사한 면모를 보인다.

---

7) 지춘상 외, 『진도씻김굿』, 중요무형문화재 조사보고서, 전통무용연구소, 1979.
   p.236.

5) 선행남녀의 소원성취 단락과 길닦음 무가

길닦음은 대청이나 안방에서부터 마당으로 길게 펼쳐놓은 무명베를 '이승과 저승을 이어주는 길'로 상징하여, 망자의 저승길을 닦아주는 천도의례이다. '질베' 혹은 '길배'라고 부르는 약 10m 길이의 긴 무명천을 굿마당으로 가져와서, 가족 중 여자들이 천의 양쪽 끝을 잡고 서면, 단골이 넋과 돈이 들어 있는 밥주발을 질베 위에 얹고 서서히 이동하며 무가를 부른다.

> 나무아미타 나무로구나 제에 제에불 제보살 나무아미타 나무로구나 / 되야를 가시오 되야를 가시오 환생하여서 되야를 갈 적 / 천상옥형 요대산에 오만신선이나 되야 가시고 금강산 높은봉에 금수비운님이 되야 가시고 / 오만신선이나 되야를 가시며 / 남자가 되야서 가실라고 허거든 우리나라 왕후장수나 되야가시고 / 여자가 되야서 가실라고 허거든 정절부인 수절부인이 되야 가시며 / 산신이 되야서 가시라고 허거든 명산 신령님이 되야를 가시고 / 별이 되야서 가실라고 허거든 북두칠성님이나 되야를 가시며 (길닦음)[8]

위 예문과 같이 길닦음은 염불에 의해서 진행되는데, 망자가 환생하기를 바라는 대상을 나열하며 축원하고 있다. 이는 <회심곡>에서 15) 선행남자의 소원성취·19) 선행여자의 소원성취 단락과 동일한 내용이다. 길닦음 무가는 망자를 위한 축원의 형식이기 때문에, <회심곡> 사설의 악인에 대한 문초나 죄인의 처결과 같은 내용은 전혀 언급되지 않는다. 또한 환생하기를 기원하는 대상에 있어 <회심곡>보다 다양한 면모를 보인다.

---

8) 이경엽, 1995년 녹음, 박경자 김수정 창, 순천 씻김굿.

이처럼 <회심곡>의 각 단락과 남도지역 사령제 무가의 사설은, 소재 면에서 유사성을 지니지만 지향하는 바가 다른 부분들을 대응시켜 살펴볼 수가 있다. <회심곡>이 권선징악과 인과응보의 교술성을 전파하는 데 비해, 사령제 무가는 망자에 대한 祝願과 解冤을 강조하기 때문에, 같은 구조를 지니고 있어도 표현하는 방식에서 차별점이 있는 것이다.

위에서 살펴보았듯 <회심곡> 사설을 직접 수용하지 않은 무가들도 <회심곡>과 일정한 관련성을 맺고 있는 이유는 첫째, <회심곡>의 구조 면에서 그 이유를 찾아야 할 것이다. '생로병사－저승'의 순서로 이루어진 <회심곡>의 전개양상은 사령제 무가의 연행 순서와 동일하고, 다루는 소재 면에 있어서도 공통성을 지니게 되기 때문이다.

둘째, 巫佛習合의 민간신앙을 들 수 있다. 조선 후기 대중불교로서 세속화되는 불교는 민간신앙을 더욱 포괄하였고, 무속에서도 상위 종교인 불교의 종교적 요소를 수용하였다. '화청'으로서 불리던 <회심곡>의 불교적 내용을, 巫歌에서 부분적으로 차용하고 무속의 색채를 가미하여 巫歌化해 나간 것이다. 그리고 창자의 입장에서도 巫俗人들이 무속적인 神 이외에도 불보살을 신봉하는 경향을 보면, 무가로서 불교가요를 적극적으로 수용하는 친불교적 성향을 나타내었던 것으로 보인다.

셋째, 구전되는 여러 시가 장르의 내용이 구비공식구 원리에 따라 서로 넘나들고 있다는 점을 들 수 있다. '걸립 회심곡'으로 유전되던 <회심곡> 형태는 무속적 고사소리로 쓰였고, 이런 점에서 무가와 근접하며 친연성을 맺었을 것이다. 이로 인하여 양자는 상보적 연관성을 맺는데, 특히 삼신풀이 무가의 경우 '걸립 회심곡'의 2) 탄생 단락이 '화청' 형태보다 장형화되는 데 영향을 준 것으로 보이며, 진도 씻김굿의 희설 무가는 1950년대 이후 '화청'에서 <회심곡> 후반부를 대체하는 <시왕화청>과 밀접한 관련성을 지닌다.

중부이북지역에서 강신무・독경무들이 보다 광범위하게 무가 외적 가요를 받아들여 '조상굿'의 <해원풀이>로서 <회심곡>을 가창・독송한 데 비해, 남부지역의 세습무들은 전통적인 무가 양식을 계승하는 면모가 강했고 무가의 각 거리에서 <회심곡>의 중심 단락들과 동질적인 사설이 형성되어 있어 별도로 <회심곡>의 敍事的 全體性을 지닌 사설을 수용할 필요성을 갖지 못한 것으로 보인다. 진도씻김굿의 양상을 볼 때, 남부지역의 사령제 무가는 무속의 거리별 전개과정에 맞추어 불리며 각 거리별로 <회심곡>의 단락들과 개별적 관련성을 지니는 것이라 할 수 있다.

2. 佛敎敍事文學과의 사설 비교

<회심곡>은 노래로 불리는 한편, <부인치가사>와 <교졍졔마무젼>, 『한글필사본고소설총서』수록 자료 등에 독서물로 수록되는 점이 주목된다. 불교가요 중에서 <회심곡> 이외의 다른 작품은 이처럼 독서물로 정착된 예가 보이지 않으며, 이는 <회심곡> 사설의 敍事的 성격에서 기인한 현상이라고 할 수 있다. 그러나 <회심곡>이 내용 면에서 서사성을 띤 작품이라고 해도 시가로서 유통되던 작품이 독서물로 전이될 수 있었다는 것은, <회심곡> 사설과 관련성 있는 敍事物들이 이미 사회적으로 유통되고 있었고, 그러한 서사물과 <회심곡>을 유사한 작품으로 인식하여 고소설류와 함께 수록하는 현상을 초래한 것을 의미한다. 이러한 서사물과의 관련성은 저승에서의 과

보를 다룬 '불교계 국문소설'과 <회심곡>의 '저승권계' 부분의 소재적 유사성에서부터 찾을 수 있다. <회심곡>의 후반부인 '저승권계'를 다룬 부분은, 저승에 가서 보고 체험한 것을 토대로 하여 권선징악에 의한 因果應報와 윤회를 다루는 불교계 국문소설과 유사하다. 첫째로 저승의 기행을 상세히 다룬다는 점과, 둘째로 선악행의 報應이 저승 판결에 의해 구체적으로 제시되는 점, 셋째 저승의 판결을 근거로 현세의 적선공덕을 강조하는 점 등의 공통성을 지니고 있어, 불교계 국문소설과 마찬가지로 <회심곡>을 독서물로 수록한 것으로 보인다.

업보의 판결과 사후처리를 담당하는 '저승'을 다룬 불교계 국문소설에는 <目蓮傳>, <王郎返魂傳>, <저승전> 등이 있다.

우선, 目蓮救母의 고사를 바탕으로 하는 작품군으로 <불설대목련경>·<목련경> 등 불경 형태의 작품과 국문 <목련전> 등이 있는데, 통속적이고 구어에 가까운 變文體의 俗講을 통해 전파되고 불교음악과 변상도를 동원하는 目蓮變文 형태를 통하여 전파되고 그 변문을 기점으로 소설 형태로 변용·전개된 것으로 보인다.9) 중국의 속문학에서 이러한 변문은 원래 불경을 해석할 목적으로 사원에서 스님들이 민중에게 들려주던 것이었다. 불경과 불교고사를 강창하는 講經文·佛教故事講의 변문이 있으며, 국내에서도 이러한 講經의 형식으로 불교의 이야기 단위들이 많이 전파되었을 것이다.

<목련전>의 내용구조는 다음과 같다.

① 王舍城의 장자, 傅相의 아들로 羅卜이 태어난다.
② 나복이 아버지 시묘를 마친 다음, 유산을 어머니 青提夫人과 나누어 장사하러 떠나면서 善事를 당부한다.

---

9) 사재동,『불교계 서사문학의 연구』, 중앙문화사, 1996. p.270.

③ 청제부인이 갖은 惡事를 자행하는 동안 나복이 성공하여 돌아
온다.

④ 나복이 종을 부려 어머니의 선사를 미리 알고 감동했으나, 동리
사람들에게 어머니의 악사를 傳聞하고 기절한다.

⑤ 청제부인이 악사를 숨겨 거짓 誓願을 두고 급사하여 阿鼻地獄
으로 떨어진다.

⑥ 나복이 애통히 시묘하고 출가하여 신통력 제일의 불제자 目蓮
이 된다.

⑦ 목련이 아버지의 생천복락을 확인하고 어머니를 찾아 팔대지옥
을 두로 헤맨다.

⑧ 목련이 아비지옥에서 수고하는 어머니를 상봉하고 비통하여 울
부짖는다.

⑨ 목련의 지극한 효성으로 불타의 법력을 빌려 어머니를 지옥으로
부터 인도로 환생시킨다.

⑩ 목련의 어머니가 불타의 설법을 듣고 생천복락을 누리게 된다.

이 구조에서 ⑦-⑩의 내용은 목련의 探母행각과 팔대지옥·아비
지옥의 참상, 무상복락의 忉利天宮을 다루고 있어, 소설 독자들에게
불교적 저승관을 전파하는 것은 물론, 불교적인 저승에 대한 개념을
개인적인 回心뿐 아니라 부모에 대한 孝思想과 결부시키는 관습을
마련하게 되었으리라 보인다. '잡가 회심곡' 중의 하나인 <회심곡 관
악산조>에서 <목련전>의 청제부인과 목련존자 나복에 대한 내용이
직접 개입되어 있는 점과, '걸립 회심곡'·'민요 회심곡' 부류에서
효사상에 대한 강조 및 부연이 나타나는 점을 보면, <목련전>이 <회
심곡>의 변형과 전승에 끼친 영향이 적지 않다고 하겠다.

<왕랑반혼전>의 경우는 고려 충렬왕(1304)에 간행된 『佛說阿彌陀
經』 뒷부분에 『窮原集』이라 근원을 밝힌 후 한문본으로 수록되어
있고, 조선조에 넘어와 한글로 언해된 念佛靈驗譚으로 『권념록』의

하나로 유전되어 오다가 15세기 국문불서 간행의 성황 속에서 『권념요록』에 편입되었다.[10)]

그 내용은, "철저히 불교를 배척하던 주인공 왕랑은 십 년 전 죽은 아내 송 씨가 꿈에 나타나 지시하는 대로 불상을 배설하고 불법을 믿은 덕분에 염라대왕에게 잡혀갈 뻔한 화를 면한다. 염라대왕도 송 씨를 인간세상으로 되살려 보내려 하나 그 혼을 의탁할 육체가 없으므로 갓 죽은 월씨국 옹주의 몸을 빌려 환생시킨다. 왕랑과 송 씨는 부부의 인연을 계속하다가 다시 극락세계로 돌아간다."로 약술해 볼 수 있다.

이는 毁佛者 懲治類 불교소설의 선구적 작품으로, 역시 불교에서의 '저승'이 인과응보에 따른 판결의 장소라는 점을 형상화하고 있으며, 염불을 통한 극락왕생을 추구하는 지향성에서 <회심곡>과 그 맥락을 같이 한다.

이와 같은 불교서사문학의 유구한 전통하에서 이루어진 작품으로서, 특히 <회심곡>과 유통시기와 내용 면에서 관련성이 있는 19세기의 불교소설 <저승전>이 주목된다.

<저승전>은 작자 미상인 筆寫本으로 단국대학교 천안캠퍼스 율곡도서관 나손문고에 소장되어 있으며, 조상우[11)]는 이 소설이 필사된 지역을 충청도와 전라도가 인접해 있는 '점이지대'의 한곳으로 추측했다.[12)] 1冊 81張으로 <괴똥전>, <매화전>과 <화충전>이 합철되어 있는 線裝으로 크기는 31.0×20.4cm이다. 界線과 어미는 없으며 매

---

10) 인권환, 전게서 Ⅰ-1) pp.168-173.

11) 조상우, 「저승전연구」, 『동양고전연구』14집, 동양고전학회, 2000.

12) 단국대학교 천안캠퍼스 율곡도서관에서는 나손문고에 나손 선생의 한적을 유치한 후, 다른 종류의 한적을 많이 구입하였는데, 대부분 전주의 고서점에서 구입하기 때문에 유통되던 지역이 거의 천안 이하 전주 이상의 지역이 많다. 구입한 대부분의 소설들에서 보이는 후기는 대개가 제천지방과 천안지방의 것들이 많다.

면 10行이고 字數는 일정치 않다. 이 중 <저승전>은 29張 낙장본이다. 표제는 <미화전>이라 되어 있고 <저승전>은 맨 마지막에 합철되어 있다. 그 이본으로는 <지선전>이 전한다.

<저승전>의 경개를 보이면 다음과 같다.

옛날 송나라 시절 익주 옥용산 백학사에 지선이라는 도승이 있었는데 행실이 높고 성정이 지순하였더니 우연이 병이 들어 그 상좌에게 염습하지 말라고는 죽게 된다. 곧 하늘에서 세 사람이 내려와 지선을 데리고 올라간다. 하늘로 올라간 지선은 여러 곳을 다니며 구경을 하게 되는데 인간세계와는 다른 세상을 보게 되고 옥황상제와 염라대왕 및 여러 대왕을 보게 된다. 예전에 자신이 전쟁터에서 화살에 맞아 죽은 시신의 화살을 빼주고 수습해 주었던 일이 있었는데, 그 때 그 시신의 주인공이 내생에 천태왕이 되어 지선을 저승에서 만나게 된다. 천태왕은 자신을 구해 준 지선을 다시 살려보내기 위해 옥황상제에게 예전의 선업을 이야기하니 옥황상제는 염라대왕에게 명령하여 다시 환생하게 한다. 그러나 지선은 이를 반대하면서 중이 저승까지 왔다가 지옥을 보고 가지 않으면 돌아가 민중들에게 해줄 말이 없다고 하여 지옥을 구경하게 된다. 지옥에서 악한 일을 한 자에게는 응징하는 것과 착한 일을 한 자에게는 복을 주는 것을 보게 된다.

<저승전>의 구조는 전반부의 '지선이 저승으로 가는 과정'과 후반부의 '지선의 저승 견문'으로 나누어 볼 수 있다. 이 중 후반부에는 망자의 업보에 따라 선인의 소원성취와 악인의 처벌이 서술되며, <회심곡>의 '저승권계' 부분에서 선·악인의 문초와 처결을 다루는 단락들과 동일한 내용을 다루고 있다.

<저승전>에서 선행 남녀의 운명 예정은 다음과 같이 나타난다.

한 사람을 불너 진고 하사 왈 너는 인간의서 벼살할식 임군을 츙성

으로 선기며 빅성을 인후로 의휼하여 신이 나가 영천쌍 가상의 둘치
아다리되라 하시고 도(쏘) 한 사람을 불너 갈오사듸 너는 인간의서 부
모을 효도로 섬기고 형제간의 화목하고 가는한 사람을 불상이 너겨신
이 너는 관서짜 빅회선의 셋치 아달이 되라

    쏘 한 놈을 불너 갈오사듸 너는 인간의서 상전을 정성으로 섬기고
맛참늬 상전을 위하야 쥭어시이 진실노 극한 츙노라 광운짜 관서 벼
살하더니 영빅의 모 아달이 되라 하시고

    쏘한 겨집을 불너갈오듸 너는 인간의서 시부모긔 효도하고 지아비
을 극진이 공향하라다가 맛참늬 열여되야 신이 아못 당의 동빅의 아
달되야 이 십(집)의서 살하계 하라 하시고

또한 악행 남녀의 처벌은 다음과 같다.

    한 겨집이 염늬대왕전의 발괄하되 나는 별노 즁죄 업사오되 상제겨
옵서 지옥으로 보늬시이 듸왕이 묵키 보시다가 듸로왈 네 일정 무죄
한다 그 게집이 아믜하노라 발명하거날 염왕이 듸질왈 네가 아모긔
종으로서 아모달 아모날 밤의 독한 약으로서 네 상전을 먹겨 쥭인죄
업는다 일정 알외라 그제집이 한말도 못하는지라 염왕이 직시 지옥으
로 보늬여 짐싱의겨 살몸을 듯겨하여 천만연이라도 세상의 나가지 못
하겨 하리라

    쏘 한 놈을 불너 갈오사듸 너는 인간의서 호강으로 교명만하여 유
여한 체하고 갓난한 사람을 업슌이 너기고 남의 겨집을 무슈히 간통
하여시니 아못 당 양반이 무남동여되여 십육세의 성혼하여 십팔세의
상부하리라 하시고 쏘 한 게집을 불너 갈오사듸 너는 인간의서 본지
의비을 박듸하고 직물 가진 놈이면 다부 터신이 아모듸 아전의 아달
이 되 고직가 되리라 하시고

    위와 같은 <저승전>의 서술방식은 <회심곡>의 가창방식과 크게
두 가지 면에서 차별성을 지닌다. 첫째, <저승전>은 서사적 산문 양

식으로서, 저승에서의 판결 대상자에 대하여 심판 결과 내세에 다시 태어날 지명·인명·신분까지 구체적으로 제시되고 있다. 이에 비해 <회심곡>은 44조 운문 양식으로서, 판결 대상자가 전형적인 선·악인의 인물형으로 나타난다. 둘째, <저승전>은 선인·악인의 개별적 경우를 각각 들어, 보다 현장감 있게 인과응보의 판결을 내린다. 반면 <회심곡>은 개인적인 경우를 드는 게 아니라 여러 선행과 악행, 선행의 응보와 악행의 응보 등이 각각 나열 형태로 불린다. 물론 이와 같은 차이점은 양자의 장르적 변별성에 의한 것으로, 소설 양식인 <저승전>의 경우 구체적인 人物과 事件의 詳述이 필요한 데 비하여, 시가 양식인 <회심곡>은 현세에서의 행위와 저승에서 판결받는 결과 간의 인과성을 일괄적으로 제시하는 것만으로도 충분히 가창 목적을 달성할 수 있기 때문이다.

그런데 위 두 가지 산문과 운문의 차이점을 제하고, 내용 면에서 검토해 보면 <저승전> 후반부와 <회심곡> '저승권계' 부분은 크게 다르지 않다. 선·악행의 남녀를 대비시켜, 생전의 행적에 따라 인과응보의 처결을 내리는 화소의 나열이라는 구조적 면에서 대동소이하다. 선·악의 업에 의해 복과 죄의 형상이 실현되는 윤회를 구체적으로 언급하여 독자들로 하여금 선업을 닦도록 교화시킨다는 목적의식에 있어서도 <회심곡>과 <저승전>이 동일하다고 볼 수 있다. <저승전> 사설을 운문 형태로 講唱할 경우, 그대로 <회심곡>의 부연된 형식으로 부를 수 있는 것으로 보인다. 즉 <저승전>의 경우는 <목련전>·<왕랑반혼전>이 <회심곡>과 단순히 '저승 견문'이라는 내용 면의 유사성을 갖는 것과는 달리, 서술 양식에 있어서도 <회심곡>과 직접적 관련성을 찾을 수 있는 것이다.

이러한 공통점은 <회심곡>의 필사본을 讀書物로 인식하게 하는 계기를 이루었을 것이다. 구비전승되던 <회심곡>을 의도적으로 독서물로 정착시켰을 가능성은 희박하다. 그러나 필사유통되는 <회심곡> 각 편의 경우, 이를 접하는 수용자의 입장에서 <저승전>과 같은 불교계 국문소설과 동일한 부류로 인식할 수도 있다. 이를 가사체 독서물로 받아들이며 전파한 결과, <회심곡>이 독서물로도 정착되는 일면을 보이게 되는 것이다.

Ⅵ. 회심곡의 構造와 思想

1. 회심곡의 構造

<회심곡>의 구조분석에는 두 가지 방법론이 제시되어 왔다.

첫째, 불교가사의 형식에 대한 분석방법으로 서사·본사·결사의 세 단락으로 나누는 것이다. 서사는 청자의 정서를 환기하고, 본사는 내용을 포괄적 제시하며, 결사는 본사 내용을 요약하고 전달하는 것으로 본다. 임기중[1]은 불교가사의 내용을 머리글−몸글−맺음글로 나누고, 어휘가 반복되거나 교체되는 쓰임새가 많다 하여 이를 '法輪구조'라 지칭하고 있다. 김종진[2]도 서사·본사·결사로 삼분하였으며, <회심곡>·<승원가> 등을 예로 들어 이와 같은 3단구성은 불교가사의 틀을 이루는 구조적 특징으로 간주하고 있다. 또한 작품에 따라 결사 이후에 덕담이 부가되고 있다고 했다. 이러한 분석은 형식면에서 구조를 파악하기 위한 원론적 분류방식이라 하겠다.

둘째, <회심곡>을 내용 면에서 循環구조로 파악하는 견해이다. 김화숙[3]은 <회심곡>이 正의 세계로 들어가기를 권유하면서, 인간의 삶을 순서적으로 제시하고 이들이 다시 순환되는 형식을 취한 순환구조로 엮어나갔다고 보았다. 김주곤[4]은 <회심곡>이 인간의 일생을 하나의 대사건으로 전제하고, 그 전개과정이 연속되도록 구성을 이루며 "出生以前−生老病死−黃泉客−審判−再生−積善功德"의 구조로 엮어졌다고 했다. 그리고 현세의 인간생활도 윤회설을 근저에 둔 순환구조로 파악된다고 하였다. 그런데 실제 이 윤회설에 입각한

---

1) 임기중, 전게서 Ⅰ−3).
2) 김종진, 전게서 Ⅰ−30).
3) 김화숙, 「회심곡고찰」, 『사림어문연구』제3집, 창원대국문과, 1986.
4) 김주곤, 「회심곡연구」, 『대구한의대논문집』4집, 1986.

분석방법이 <회심곡>에 적용되는지는 의문의 여지가 있다. 종교문학이라 하여 종교의 척도에 짜 맞추는 것은 무리가 있는 견해이다. 윤회사상을 바탕으로 하더라도, 그 구조가 단순한 循環형인지, 아니면 循環과 進行의 복합적 형태인지, 작품 자체의 성향 파악이 우선되고 분석방법이 제시되어야 할 것이다.

순환구조의 틀이 되는 불교의 윤회관을 검토하면 다음과 같다. 불교의 세계관은 우주에 三千大千世界로 지칭되는 무수한 천체가 있다고 하며, 각 천체를 내용 면에서 분류하여 三界六道로 본다. 그 안에 사는 중생들은 생로병사를 겪고 자신이 지은 因業에 따라 다양한 세계를 輪廻하게 된다. 六道는 선업을 많이 지은 중생들이 가서 출생하기 때문에 善趣라 하는 인간·천상계와, 악업을 지은 중생들이 가서 출생하여 惡趣라 하는 지옥·아귀·축생·아수라계로 나누어지는데, 윤회라는 말 자체가 因果의 業力에 끌려 다닌다는 의미가 포함되어 있어 전체적으로 볼 때 육도를 모두 惡趣라고 보기도 한다.5) 이러한 생사의 윤회세계에서 열반의 경지에 도달하기가 가장 적합한 세계가 인간계라 하며, 모든 중생이 근본적으로 지니고 있는 佛性을 깨우쳐 成佛하면 모든 번뇌를 해탈하게 된다. 眞性은 不生不滅하는 것을 깨달아 윤회에서 벗어나는 것이다. 그러므로 윤회는 세계를 이루는 원리인 동시에, 그 속에 있는 중생이 궁극적으로 벗어나야만 하는 인과의 굴레이기도 하다.

이와 같은 구도하에, 중생의 윤회기간을 生有, 本有, 死有, 中有의 네 가지로 구분하여 설명한다. 생유는 인간이 태어나는 찰나를 말하고, 본유는 이 세상에 출생하여 살아 있는 동안을 뜻하며, 사유는 죽는 순간을 뜻하며, 중유는 죽어서 내생에 다시 태어나는 순간까지의 기간을 말한다. 생유부터 중유까지의 기간을 한 단위로 하여, 현

---

5) 오형근,『불교의 영혼과 윤회관』(개정판), 새터, 1995. pp.157－169.

재의 삶이 기준이 되는 現世가 되고, 전세-현세-내세의 三生이 인과적으로 이어진다. 이 구분에 따라 <회심곡>의 구조를 파악하고 각 윤회과정의 성격을 검토해 보기로 한다.

우선 前世에 대해서는, <회심곡>에서 '출생[生有] 이전'에 해당되는 前世와 관련된 단락은 나타나지 않는다. 2) 탄생 단락에서는 母胎에서 출생할 때까지의 生苦를 다루며, 현세의 출생에 관심을 둔 것이지 전생과의 관련성을 언급한 것은 아니다. <회심곡>의 生時에 대한 부분은 현세에 주안점을 두고 있으므로, 인간은 생유 이후부터 그 존재가 비롯되며 실제 '출생 이전'에 대한 관념은 나타나지 않는다고 보아야 할 것이다.

現世의 삶에 대해서는 윤회과정이 순차적으로 나타나고 있다.

1) 生 有

無常 속에서 생사를 되풀이하는 중생은 전생의 業因의 발동에서 생을 받아 나는 因能變과 동시에 그 업인의 공능으로 과보를 받게 되는 果能變으로 윤회하게 된다. 사람이 태어나는 것은 인능변으로 인해서인데, <회심곡>의 도입부에서는 윤회 중에 다행히 사람으로 태어나게 되는 것을 축원하고 있다.

> 세상천지 만물중에 사람밧게 또잇는가
> 여보시오 시주님네 이내말삼 들어보소6)

인간의 출생은 <회심곡>에서 보여주는 윤회구조의 출발점이 되며,

---

6) 이하 인용 자료는 <별회심곡> 사설.

前世에 대한 관념은 배제되는 것이다. 인간으로 태어나는 生有와 관련하여, 전생의 인과 대신 神佛과 父母의 은덕이 강조되며 자연히 孝思想을 고취하는 면모를 보인다.

　　이세상에 나온사람 뉘덕으로 나왔는가 / 석가여래 공덕으로 아부님전 뼈를빌고
　　어만님전 살을빌며 칠성님전 명을빌고 / 제석님전 복을빌어 이내일신 탄생하니
　　한두살에 철을몰라 부모은덕 알을손가 / 이삼십을 당하여도 부모은공 못다갑하

　　효를 강조하는 생유 부분은 <회심곡>이 사찰문화권을 벗어나 대중 속으로 파급되면서 자세히 다루어지고 장형화된다. <회심곡>이 세속화되는 경향을 뚜렷이 드러내는 부분이라 할 수 있다.

2) 本　有

　　대중의 現世 생활은 老·病의 고통으로 가득하다. <회심곡>의 本有과정이란 일생의 허무함과 그로 인해 더욱 강해지는 현실에 대한 집착으로 설명될 수 있다.

　　인간백년 다사라도 병든날과 잠든날과 / 걱정근심 다제하면 단사십도 못살인생
　　어제오날 성튼몸이 저녁나절 병이들어 / 섬섬약질 가는몸에 태산가튼 병이드니
　　부르나니 어머니요 찾는것이 냉수로다

  무정한 세월 때문에 나이를 먹고 늙어가는 것은 서러운 일이며, 병이 들면 이를 고치기 위해 굿을 하고 경을 읽고 상·중·하탕에 목욕재계하며 정성을 들이게 된다. <회심곡>의 본유과정에서는 이러한 현상적 묘사가 이루어지는 반면, 현세에 있어서 실질적 積德勸善의 내용은 다루어지지 않는다. 大乘佛敎의 因果法에서는, 현재의 업력이 전생의 업력을 능가할 수도 있고 또 현재의 나를 개혁할 수 있다고 한다. 따라서 지금 못살고 허약하고 우치한 사람도 앞으로의 행동과 노력 여하에 따라 전생의 업보를 전환시켜 안락한 자기로 크게 향상시킬 수 있다는 異熟의 원리를 제시한다. 그러나 현세에서의 업보는 저승에서의 심판과정에서야 비로소 판결되는 문제여서, <회심곡>의 본유과정에서는 대중들에게 관심의 대상이 되지 않는다. 선행의 업력을 향상하기보단 단순히 현세에의 애착과 탄식을 더 집중하여 다루고 있으며, <회심곡>이 雜歌처럼 인생무상을 노래하는 유흥적 가요로 전이되는 일면도 초래한 것으로 보인다.

  이로 보면, <회심곡>에서 輪廻途上의 本有 — 곧 이승의 삶은 無常思想을 바탕으로 현세의 諸行無常을 체험하는 과정에 지나지 않는다. 대중 스스로의 힘으로 변혁하거나 초월할 수 없는 부정적 현실이 제시되며, 이를 겪는 대중의 입장에서는 가련하게 탄식할 수밖에 없다. 이러한 현세의 無常性은 대중으로 하여금 윤회와 내세에 관심을 기울이게 만드는 직접적 계기를 이루며, 老·病의 고통이 크면 클수록 내세에 대한 기원도 커지게 된다.

3) 死　有

  대중이 죽음에 돌입하기 전에, 정신이 혼돈되고 어두운 생각과 오

랫동안 지은 업력이 발동하여 자신과 부모처자, 재산 등에 애착심을 야기하게 한다. 그러나 아무리 죽음을 피하려 해도 벗어날 수가 없어 死有의 과정을 겪는다.

> 열시왕의 부린사자 일직사자 월직사자 / 열시왕의 명을바다 한손에 철봉들고
> 또한손에 창검들며 쇠사슬을 빗겨차고 / 활등갓치 굽은길로 살대갓치 달려와서
> 다든문을 박차면서 뇌성갓치 소래하고 / 성명삼자 불러내여 어가자 밧비가자
> 뉘분부라 거역하며 뉘영이라 지체할까

<회심곡>의 사유과정은 輪廻의 흐름에서 볼 때 現世의 대중이 인식할 수 있는 범위에서 마지막 과정이 되며, 현세의 삶의 전개를 종식시켜 無常性을 최고로 고조시키는 역할을 한다. 사유의 과정에서 강조되는 것은 宿命性이다. 生有를 겪었으니 어쩔 수 없이 死有를 겪는 因果의 법칙이 적용되는 것이다. <회심곡>이 輓歌로 활용되어 온 것도 인간에게 필연적인 宿命의 情調가 서려 있기 때문이다. 그러나 대중의 입장에서 죽음은 무섭고 두려운 일이며 죽음에 이르러도 현세에 대한 미련을 버릴 수가 없다. 이와 같이 無明의 業이 발동하면 자기가 원하던 극락이나 천상세계에 가지 못하고 혹독한 고통을 받는 세계로 끌려가고 만다. 그러므로 가족들은 영혼을 위해서 염불을 해주고 遷度齋를 지내준다. 그 염불과 설법은 대부분 영혼으로 하여금 애착을 가졌던 몸과 재산은 원래 무상한 것이며 애착을 가질 필요가 없다는 것을 타이르는 법문들이다.

生有부터 本有, 死有의 과정까지는 대중의 시점에서 인생여정을 그려내는 生老病死의 現世에 관련된 윤회 기간에 해당된다. 그러므

로 전체적으로 현세에 대한 집착이 강하게 나타나고, 현세에 필요한 사회규범이기도 한 孝行과 생애를 통해 체험하는 無常性이 혼합되어 표출되는 것이다. 대중이 인식할 수 있는 현세적 범위 내에서 개별적 삶의 공감대를 시간의 흐름에 따라 순서대로 표현해 낸 점에서, 생유에서 사유까지의 과정은 時間的 進行構造를 이루고 있다.

4) 中 有

中有의 과정은 현세-내세를 이어주는 역할을 하며, 現世의 대중이 인식할 수 없는 과정이다. 사망한 靈駕가 저승으로 가서 사후의 심판을 받고, 내세에 다시 태어나기 전까지를 다룬다. 그 기간에 대해서 이설이 많아서, 영가를 위해 칠일재·삼칠일재·사십구일재·백일재 등을 지내주기도 한다. 이 과정에 저승의 심판이 이루어진다.

저승에서 죄인들을 봉초하여 그 인업에 따라 심판하고 來世를 결정지어주는 因果應報의 상징적 존재가 十王이다. 冥府十王은 저승에서 대중에게 현세-내세를 잇게 하는 중간관리자 역할을 하는 것이다. 십왕을 대상으로 하여 죄업을 씻고 극락왕생할 수 있도록 기원하는 것이 十王信仰이다.

대명하고 기다리니 옥사장이 분부듯고 / 남녀죄인 등대할제 정신차려 살펴보니

열시왕이 좌개하고 최판관이 문서잡고 / 남녀죄인 잡아들여 다짐밧고 봉초할제

中有의 十王審判은 당연히 來世의 과보로 이어진다.

靈駕가 來世로 보내지는 것은 現世에서 지은 업인의 因果應報로 심판을 받는 果能變에 의해서이다. <회심곡>의 내세관은 善·惡業의 응보에 대하여 극명한 대조를 드러낸다. 각 편에 따라 영가가 보내지는 내세의 양상이 다양한데, 이를 크게 두 가지 경우로 나눌 수 있다.

첫째, 來世로의 進行이다. 선행을 한 남녀는 極樂으로 가고 악행을 한 남녀는 地獄(풍도옥)으로 보내어진다. 이는 내세에 가서 다시 태어나는 再生이 아니라, 死者의 심판받은 상태 그대로 내세에 보내어지는 양상을 보인다.

지옥에 보내지는 처벌은 다음과 같이 나타난다.

　풍도옥에 가두리라 죄목을 무른후에 / 온갖형벌 하는구나 죄지경중 가리여서
　차례대로 처결할제 도산지옥 화산지옥 / 한빙지옥 발설지옥 아침지옥 거해지옥
　각처지옥 분부하야 모든죄인 처결한후

<회심곡>은 여러 지옥의 명칭을 제시하지만, 현세에서 저지른 죄업과 그 처벌의 결과인 각 지옥의 관계를 보여주지는 않는다. 현세의 악행에 대해서는 상술되는 데 비해, 악행을 한 남녀가 지옥에서 겪게 될 형벌이나 고통에 대한 내용은 다루어지지 않는 것이다. 지옥에서의 윤회과정은 죄업을 씻고 극락에 가기 위한 과정일 따름이다.

이에 비해, 극락에 가는 것은 그 자체로 완결되며 영원성을 갖는 행위이다. 불교의 윤회관에 따르면, 극락에서도 죄업을 지으면 육도윤회를 하고, 지옥에 가더라도 형벌을 받아 죄업을 씻으면 다시 윤회를 하게 된다. 하지만 대중적 불교시가인 <회심곡>에 무한하게 순환되는 六道輪廻의 개념이 온전히 적용되는지에 대해서는 문제점이

있다. 喪葬儀禮에서 <회심곡>을 듣는 청중 심리는 즉각적이고 절실하다. 당장 가족이 죽어서 齋를 지내는데, 순환적인 윤회의 내세관을 고려할 여유가 없는 것이다. <회심곡>에서 망자의 靈駕가 극락으로 천도되는 것은 일회적이고 절대적인 선택에 다름없다.

둘째, 現世에의 再生이다. 선행을 한 남녀는 존귀한 신분으로 현세에 환생하고, 악행을 한 남녀는 짐승의 모습으로 태어나기도 한다. 이 경우는 인간계·축생계를 다룬 六道輪廻의 표현으로 볼 수 있으나, 내세에의 진행에 비하면 부차적인 제시에 불과하다.

> 대연을 배설하고 착한여자 불러들여 / 공경하며 하는 말이 소원대로 다일너라
> 선녀되여 가랴느냐 요지연에 가랴느냐 / 남자되여 가랴느냐 재상부인 되랴느냐
> 부귀공명 하랴느냐 네원대로 하여주마 / 소회대로 다일러라 선녀불러 분부하야
> 극락으로 가게하니 그아니 조흘손가

위 사설에서 善行者가 再生하는 양상으로 제시되는 여러 신분은 현세에서 이루지 못한 소망의 대리 충족으로 나타날 뿐이다. 저승의 十王은 선행자에게 여러 행로의 선택권을 주지만, 결국 선행자가 모셔지는 곳은 극락으로 歸一된다는 점이 주목된다. 선행자에게 주어지는 再生의 선택이란 실제 내세에서 실현하게 되는 充足的인 내세의 삶이 아니라, 현세의 소망에 대한 내세적 한풀이의 성격으로 나열되는 삶의 양상에 다름 아닌 것이다.

<회심곡>의 중유과정도 윤회의 굴레 속에 있지만, 대중의 인식에 있어서는 현세의 고통에서 벗어나 이를 보상받는 내세에의 이행과정을 다룬 進行구조로 이루어져 있다고 할 수 있다. 이러한 현세 → 내

세에의 이행은 현세의 대중에게 직접 제시되는 일회적인 것이며, 그
목적은 극락왕생이다.

이러한 <회심곡>의 세계관을 살펴보면, 불교에서 제시하는 宗敎學
적 세계관을 벗어나 僧俗의 융화된 관점을 바탕으로 이루어진 것을
알 수 있다.

敎化하는 승려의 입장에서 볼 때, 교화의 편의성을 추구하게 된다.
윤회관에서 현세-내세의 과정은 因業에 따라 윤회하는 순환의
일부에 불과하다. 하지만 민중 교화를 위해서는 청중의 지적 수준에
상응하여 눈높이를 맞추는 태도가 필요한 것이다. 육도윤회의 전모
를 상세히 설명하기보다, 중생이 관심을 기울이는 현세-내세의 부
분적 상관성에 초점을 맞추는 것이 효과적이다. 또한 진리에 미혹하
고 업을 지으며 그 결과로 고통을 받는 或業苦에 빠진 중생은 수도
하는 승려와는 달리 成佛하기에 미력한 존재이다. 그러므로 성불하
기 위한 修行을 권하기보다는, 현세에서 선업을 쌓아 더 福力이 많
은 세계에 태어나기를 권하게 된다.

수용하는 대중의 입장에서, 民俗信仰的인 내세관을 반영하게 된다.
내세란 한 번 가면 다시 오지 못하는 곳이다. 그러나 <회심곡>에서
靈駕는 명부 심판의 과정을 거쳐 극락이나 지옥에 보내지기도 하고,
인업에 따라 시간대를 달리하여 현세에 재생할 수도 있으며 道家적
인 민간신앙과 습합되어 仙境이나 瑤池淵에 보내지는 경우도 있다.
이는 반복된 윤회를 통하여 현세와 내세가 이어지며, 생사의 다양한
윤회세계가 존재한다는 관점을 드러낸다. 하지만, 이 모든 경우를 막
론하고 궁극적으로 지향하는 곳은 極樂이란 점이 주목된다. 과연 이
極樂往生은 속세의 대중에게 있어 어떤 의미를 지니는가? 여기에는
보다 현실적이고 기복적인 대중의 입장에서의 접근이 필요하다. 극락
을 天上, 天國과 동일한 개념으로 보면 극락도 생사를 겪는 윤회과정

의 일부일 뿐이지만, 대중의 극락에 대한 인식은 이와 다르다. 극락왕생은 윤회의 관점에서 '극락에 가서 다시 태어난다'는 것이지만, 亡者의 영혼인 靈駕가 '극락에 간다' 또는 '극락에 가서 산다'로 받아들이는 경향이 있는 것이다. 여기에는 극락에 간 후 다시 윤회를 겪게 된다는 생각이 배제되어 있다. 出家한 승려가 成佛을 목적으로 하듯, 속세의 대중은 극락왕생이 목적이다. 대중이 성불하지 못하는 입장에서 최선의 방책은 부처님이 있는 淨土에 가서 함께 영원한 복록을 누리는 것이다. 기독교에서 천국에 간 영혼이 영생을 누리는 것처럼, 민속불교에서 대중이 지향하는 극락이란 윤회의 궁극적 종착지의 역할을 하는 곳이다. 이로 보면, 윤회의 과정은 극락왕생하기 위한 수행의 과정이며, 윤회를 마치는 곳으로서 극락왕생은 승려의 성불과 같은 기능을 하게 된다. 그렇다면 <회심곡>은 승려의 교술로서 계속되는 윤회과정을 다루면서도, 대중의 입장에서 이를 벗어나 脫輪廻의 영원한 복록을 누리기를 소망하는 노래가 되는 것이다.

<회심곡>은 승속 간에 널리 불리며 불교적 세계관을 대중에게 전파하고 또한 대중의 소망을 반영하여 민속적이며 우리의 민족적 내세관을 형성해 왔다. 이러한 民俗佛敎에서의 윤회관은 체계적인 세계의 분석과 전체적 윤회과정의 인과성보다는, 前世를 제외하고 現世의 생활에 주안점을 두며 현세의 고통에서 벗어나 來世에의 이행과정을 다룬 進行단계에 초점을 맞추게 된다.

그러므로 <회심곡>의 윤회구조란 三生의 六道輪廻와는 달리 현세의 善業을 자격조건으로 하여 내세에 지향하는 최종 목적지를 극락으로 규정짓는 二分的 구도하에서, 극락왕생하지 못할 경우 다시 선업을 쌓을 기회를 부여하는 반복적 윤회라고 할 수 있는 것이다. <회심곡>은 종교적 관념이나 철학적 사유의 깊이 있는 설득이 아니라, 현실의 喪葬에 부딪히며 교술해야 하는 노래이다. <회심곡>의

구조를 解脫이 아니면 벗어날 수 없는 윤회의 순환구조 내에서만 파악하려 한다면 무리가 있다. 생유-본유-사유 과정이 시간적 진행구조로 이루어지듯, 중유과정도 진행 형태로 볼 수 있다. 극락에 이르지 못하면 내세에 반복하여 윤회를 겪게 되지만, 그 목적지 極樂에 이르게 되면 하나의 완결되는 구조를 형성하는 것이다.

2. 회심곡의 思想

불교가사에 나타난 사상에 대해서, 대상 작품군에서 불교적 영향으로 나타난 것이라 보이는 사상을 추출해 온 기존 연구를 살펴보면 아래와 같다.

유우선[7]은 가사문학에 나타난 불교사상으로 諸行無常, 因果應報의 두 가지를 거론했다. 유가와 일반인의 가사에는 排佛的인 면이 나타나기도 하지만, 생활 속에 스며든 불교의 영향은 綠起 및 인과응보사상의 반영이 나타나고 있다고 했다. 김기동[8]은 국문학 전반에 나타난 불교사상을 倫理·因果·輪廻·誓願·淨土·來世·靈驗 등으로 제시하고, 이 중 淨土·來世사상을 불교가사와 관련해 언급하였다. 정토사상에 대해서 淨土는 육도의 수행자인 보살이 誓願에 의해 이룩한 낙원으로서 인간의 역량에 의해 창설된 세계이며, 극락정토의 生因의 핵심은 염불왕생이라 하여 그 예로 <서왕가>를 들었다. 내세사상에 대해 사후에 대한 고민을 해결하는 방편으로 극락과 지

---

7) 유우선, 「가사에 나타난 사상적 영향에 대하여」, 『전남대논문집』14집, 1968.
8) 김기동, 『국문학의 불교사상연구』, 동국대 박사논문, 1976.

옥을 설정하고 있다 하여, 국문학상 地獄觀이 나타나는 작품으로 <회심곡>을 들고 있다. 강학영[9]은 불교가사 70편을 대상으로 가사에 나타난 淨土思想을 極樂觀을 중심으로 분석하여 제시하고 있다. 고광영[10]은 불교가사 형성의 배경적 특성을 호국불교와 대중불교라 하고, 불교가사의 사상을 淨土思想・護國思想・勸善懲惡・勸佛思想・諸行無常의 다섯 가지로 나누었으며, 사상적 영향은 積善積功의 수행에 힘쓰게 하여 국민윤리의 면에 이바지하였다고 했다. 김주곤[11]은 불교가사를 먼저 내용별로 왕생류, 서원류, 참선류, 권선류, 회심류, 염불류, 몽환류, 법공류, 계색류의 아홉 가지로 나누고 있다. 이 중 왕생류와 서원류는 정토사상과 연관되며, 참선류와 권선류는 인과사상, 회심류와 염불류는 권불사상, 몽환류와 법공류는 무상사상과 연관되고, 계색류는 불교사상이 약하게 나타난다고 하였다. 불교가사에 나타난 불교사상은 淨土・因果・勸佛・無常・感恩・彌勒・菩薩・輪廻・勸善懲惡・護國思想 등을 들 수 있는데 이 중 정토・인과・권불・무상사상의 네 가지가 현저한 것으로 보았다.

위와 같은 배경사상의 분석을 살펴보면 <회심곡>에 대해서는 來世淨土・勸佛의 두 가지를 중점으로 거론하고 있음을 알 수 있다. 하지만 이 두 가지 사상을 <회심곡>의 중심사상으로 보기에는 다소 막연한 감이 없지 않다. 불교가사 전반을 대상으로 한 기존의 배경사상 연구에서는 제시한 여러 불교사상의 분류 기준이나 순차적 질서를 찾기 어렵다. 국문학 상의 불교사상에 대해 아직 개념적 정리가 미진한 상태이지만, 이러한 배경사상의 문제는 일단 종교문학이란 점에서 접근이 가능하지 않은가 싶다. 종교사상과 문학이 결부되

---

9) 강학영, 『한국불교가사에 나타난 정토사상연구』, 명지대 석사논문, 1981.
10) 고광영, 『불교가사에 나타난 제사상연구』, 국민대 교육대 석사논문, 1983.
11) 김주곤, 전게서 Ⅰ-28).

는데는, 종교사상이 문학에 나타난 영향 관계를 작품의 창작의도와 신앙성의 표출 정도에 따라 단계적으로 나누어 변별하는 것이 하나의 방법이 아닐까 여겨진다.

첫째, 불교라는 종교에서 비롯되는 종교원론적 신앙 - 곧 순수한 종교사상이 비교적 문학창작자의 주관적 개입 없이 나타나는 경우로 (來世)淨土思想, 輪廻思想, 無常思想, 因果應報 등이 이에 해당되지 않을까 한다.

둘째, 신앙심에서 발현된 개인적 感應을 나타낸 사상을 들 수 있겠는데, 參禪이나 誓願 등이 여기에 해당되며, 詩禪一如를 이루는 禪詩류에서 찾을 수 있는 불교사상이다.

셋째, 개인적 신앙의 범주를 벗어나 사회적 성향으로 확산되거나 이념적 제시로 나타나는 것으로, 勸佛과 積德, 孝行 등 사회규범화된 사상, 十王思想, 護國佛敎思想 등을 살필 수 있겠다.

이와 같은 구도하에 <회심곡>의 구조를 '현세의 인생무상(생로병사)' - '저승의 권계'라는 현세 → 내세의 진행구조로 파악하면, 중심사상은 첫 번째 단계의 종교사상으로서 전반부의 諸行無常과 후반부의 因果應報라는 점이 명료해진다. 그러나 <회심곡>이 주로 先亡父母의 遷度라는 목적을 가지고 연행되었다는 점을 고려하면, 세 번째 단계의 종교사상으로서 전반부에 나타나는 孝思想과 후반부의 十王信仰에 대하여 검토할 필요성이 나타난다. 효사상은 <회심곡>이 <부모은중경> 사설을 수용하며 더욱 강조되었고, 시왕신앙은 저승의 심판자로서 시왕이 제시되며 민중의 기복·기원의 대상이 되었다. 이 두 가지를 선망부모의 천도라는 맥락에 결부시켜 집중적으로 검토해 보기로 한다.

1) 孝思想

　모든 종교에 있어 효는 공통적인 중심사상으로 다루어진다. 유교의 효 윤리가 절대적이고 권위적인 父에 대한 子의 복종과 강한 의무를 가르치는 것에 대해서, 불교의 효는 부모의 자비에 대한 보은하고 감사드리며 그 부모로 하여금 성불하게 하는 점에 있다.

　불교에서 효는 世孝·出世孝·單孝·廣孝·事孝·理孝·行孝·化孝[12] 등 여덟 가지로 나누어지며, 김주곤[13]은 이에 대하여 앞의 네 가지를 상대성을 지닌 효사상이라고 하였고, 뒤의 네 가지는 동질성을 지닌 효사상이라 보았다.

　우선 상대성을 지닌 효를 살펴보면, 세효는 戒를 지키는 것으로 세속적 효행을 말하고, 출세효는 출가하여 부모를 육도윤회에서 구제하는 것을 의미한다. 단효는 개인적 효행이며, 광효는 세세생생 일체 중생을 나의 부모라 생각하여 두루 효행하는 것이다. 이러한 구분에 따르면, <회심곡>의 효는 세효이자 단효에 해당된다. 불교가사 중 <서왕가>류가 출가한 선지식의 세상욕심에 걸림이 없는 원융 무애한 경지를 노래하는 데 비해, <회심곡>은 재가신도들을 대상으로 하여 중생을 두루 구제하고 가르치는 것이 목적인 작품인 것이다.

　다음으로 동질성을 지닌 효를 살펴보면, 사효는 살아 있는 몸에 관한 것으로 낳고 기른 은혜에 보답하는 효행이고, 이효는 마음을 밝혀 덕을 닦아 도에 이르는 정신적 효행이다. 행효는 효행으로 봉양하는 성심에 하늘이 감동하여 만물을 化育하는 것이며, 화효는 효행자가 다른 사람으로 하여금 감화되도록 하여 모든 백성이 서로 친애하게 되는 것이다.

---

12) 석 지성, 『지장경의 효사상』, 초롱, 1993. p.17.
13) 김주곤, 『한국시가와 충효사상』, 국학자료원, 2000. p.237.

<회심곡>의 사효에 대한 표현은 2) 탄생 단락에서 낳아주고 길러주는 부모 은혜가 제시되어 있다. '화청 회심곡'에서는 생로병사의 인생을 다루며 제시하는 단락에 불과하지만, 동녕승의 '걸립 회심곡'에서는 『부모은중경』의 사설을 유입하여 중심 단락으로 부각시키며 은혜를 보은하기 위해 부모를 모시고 직접 산천경계 유람을 다니는 사설이 개입되고, 이를 계승한 국악인의 '민요 회심곡'에서는 諸行無常을 대체하여 효사상이 중심사상으로 인식되기에 이른다. 『부모은중경』은 자식 된 도리로서 부모의 은혜와 보답을 깨닫게 하는 경전인데, 효종 9년(1658년) 처음으로 언해본이 판각되었고, 1790년에는 정조의 명으로 판각한 용주사 본이 폭넓게 유통되었다. 『부모은중경』은 왕실이나 민간인 구별 없이 인출되었으며 특히 부녀자들이 그들의 부모와 조상의 명복을 빌기 위해서 인출하는 일이 다른 어떠한 경전보다도 많았다.14) 또한 현존 사찰 판본 중에서 가장 많은 수를 차지하고 있는 경전 중의 하나이다.15) 『부모은중경』의 확산 유통은 <회심곡>과의 연계성 속에서 전파력을 높인 것으로 보이며, 이는 경전과 불교가사 상호 간의 밀접한 교류양상을 보여주는 것이다.

<회심곡>의 이효는 부모에 대한 효행의 확산으로 布施를 베푸는 면에서 검토할 수 있다. 보시에는 남에게 재물을 베푸는 財施·법을 설하여 남을 해탈하게 하는 法施·사람들의 재난을 구해주는 無畏施 등이 있는데, 이는 '저승의 권계' 부분에서 요구하는 善行功德의 나열에서 찾을 수 있다. 구체적으로 아사구제, 구난공덕, 행인공덕, 월천공덕, 급수공덕, 활인공덕, 중생공덕, 행인해갈, 염불공덕 등이 거론되며 생시에 수행해야 할 선업으로 제시된다. 불교의 효정신은 인간을 중시하고 사랑하는 애인사상이며, 만민이 일체 평등한 불성

---

14) 이재창, 『한국불교사의 제 문제』, 우리출판사, 1993. p.283.
15) 조순향, 「용주사판 부모은중경 연구」, 『경기대 논문집』22집, 1988. p.83.

을 갖고 있기 때문에 오는 인간존중의 정신이기도 하다.

행효·화효의 경우는 <회심곡> 사설보다는 '화청 회심곡'에 수반되는 축원에서 찾을 수 있다. 망자의 유가족들이 지극지성으로 齋를 올리는바, 여러 불보살들이 그 정성에 감응해 달라는 기원이 그것이다. 이와 같이 효성에 감응한 불보살과 地藏十王은 망자의 영혼을 인도하고 극락왕생하게 하는 역할을 한다.

<회심곡>이 喪葬儀式에서 불릴 경우, 현세의 인생무상을 다루는 諸行無常의 제시가 청중의 공감을 불러일으키기에 무리가 없다. 그러나 이를 일반 민중사회 속에 전파하기에는 현실적인 설득력이 부족하다. 제행무상을 내면적 사상으로 두면서, 표면적으로 보다 친숙하게 민중에게 접근할 수 있는 이념이 효사상과 이를 기반으로 하는 일반 윤리라고 할 수 있다. <회심곡>의 부분적 요소에 불과하던 효사상은 <회심곡>의 전파·확산에 따라 그 영향력이 강화되고, 나아가서는 <부모은중경 화청>의 <회심곡> 유입으로 인해 <회심곡> 전반부의 중심사상으로 부각되기에 이른 것이라 하겠다.

2) 十王信仰

十王信仰은 명계에서 망자들의 죄업을 재판하는 열 명의 주인을 축으로 하며, 중국의 육조시대에 시작되어 여러 종교나 사상들 간의 융합화가 진행하던 당나라 말기부터 도교와의 융합에 의하여 일어난 사상이란 의견이 지배적이다.[16]

그 기본 경전은 『불설예수시왕생칠경』이며 당나라 장천의 서술로 되어 있다. 당나라 말기인 10세기경 만들어진 위경으로 十佛事에 관

---

16) 편무영, 『한국불교민속론』, 민속원, 1998. pp.271−280.

련한 十王信仰이 기록되어 있다고 한다. 간단하게 『시왕경』이라고 부르는 이 경전에 의하면, 인간이 죽어서 거치지 않으면 안 되는 十王世界가 존재하며 망인은 십 회에 걸쳐 十王의 심판을 받게 된다. 저승의 엄정한 심판과 지옥의 공포에 대한 제시로 인하여 신앙성과 기원은 더욱 절박함을 갖는다고 할 수 있다. 그러나 열 번의 齋를 다 지낸 망인들에 대해서는 열 가지 악한 중죄를 사면시키고 천상에 다시 태어나도록 풀어주기도 한다는 것이다. 그래서 이 경전은 지옥의 두려움을 일깨워주고 그 대응책으로 生前預修를 쌓을 것을 역설한다. 생전에 자신이 직접 예수재를 행하거나 친족들이 대신해 주어도 극락에 갈 수 있는 효험이 있다는 것이다.[17]

또한 사찰의 시왕전·명부전·지장전 등은 망자가 사후에 中陰에서 헤매지 않고 육도윤회의 고통에서 벗어나 극락왕생하기를 기원하는 곳이며, 생전에 재를 올려 사후 지옥에 떨어지는 고통을 면하고자 기원하는 곳이다. 이와 같은 지장전에는 十王세계를 그린 <시왕경변상>이 그려져 있다.

특히 신라 문성왕 16년(854년) 葛陽寺로 건립되어 조선 정조 13년(1789)에 都總攝으로 승격하며 개칭된 용주사의 지장전에는 내면 벽에 十王도 이외에도 사도세자를 추모하는 마음에서 『부모은중경』의 변상도가 그려져 있다. 편무영은 이에 대하여 十王신앙을 통하여 자식이 부모의 은공을 기리고 공덕을 쌓으면 부모를 극락왕생시킬 수 있다는 관념이 十王圖와 부모은중경의 변상도를 통해 표현되고 있는 것이라 하였다.[18]

이러한 변상도에 대하여 김정희는 "현재 전국 각 사찰에는 적게는 몇 점에서 많게는 십여 점에 달하는 명부계 불화들이 남아 있으며,

---

17) 현성주 역, 『불설예수시왕생칠경』, 왕녕사, 1990. pp.60－65.
18) 편무영, 전게서 16). pp.290－296.

이는 그만큼 도상제작에 대한 요구가 활발하였음을 보여준다"[19]고 하였다. 김종진은 "조선조에 만들어진 <지장보살도>와 <시왕도>에 보이는 선악의 대비, 지옥과 극락의 대비, 선명한 색채적 이미지, 과장적인 묘사는 불교가사 <회심곡>의 내용 구성과 표현상 특질과 밀접히 관련되어 있다. 19세기 불교문화권의 예술장르로서 <시왕도>와 <회심곡>은 서사구조와 표현미학적 특징을 공유한다"[20]고 보았다.

<회심곡>에서는 전반부인 '인생무상'을 다룬 내용에서 6) 명부 十王의 나열 단락으로 시왕신앙이 제시되고, 7) 저승사자의 도래 단락에서 十王의 사신인 일직사자·월직사자의 냉정성을 통해 현세의 무상함과 죽음의 숙명성을 강조한다. 후반부 '저승을 통한 권계'의 부분은 저승의 문초와 엄정한 심판과정을 다루어 시왕의 역할을 드러낸다. 이 같은 시왕신앙의 부각으로 인하여 <회심곡>의 저승 부분이 표면적 생동감을 얻게 된다.

그러나 <시왕경>과 <시왕경변상>에 나타나는 十王의 엄정한 모습과는 달리 <회심곡>에서는 민중불교적 성격의 十王의 형상이 두드러진다.

첫째, <회심곡>에서는 시왕의 개별적 성격이 드러나지 않는다. <시왕경>에서의 시왕은 각각 일정 기간 동안 복업공덕이 아직 정해지지 않은 망자들을 억류하고, 죄업을 측정하는 두려움의 대상이다. 여러 사자를 거느리고 있으며 시왕마다 다른 방식으로 망자들에게 형벌을 가하기도 하는 존재인 것이다. 그러나 <회심곡>의 시왕은 각각의 변별성 없이 심판관으로서 존재할 따름이며, 심판과정에서도 열 명의 신이 아닌 한 명의 신이 문초하는 형태로 나타나고 '착한

---

19) 김정희, 『조선시대 지장시왕도 연구』, 일지사, 1996. p.446.
20) 김종진, 「회심곡 감상의 한 측면 ― 탱화와 관련하여 ―」『한국시가연구』12집, 한국시가학회 2002.8.

사람 불러들여 위로하고 대접하며' 소원을 들어주는 존재인 것이다. 즉 <시왕경>의 시왕이 망자의 유가족에게 망자의 형벌이 감해지도록 공덕을 들이게 만드는 신앙의 대상이라면, <회심곡>의 시왕은 망자의 선악에 따라 즉결적으로 처분하는 공정한 재판관이라고 할 수 있다. 보다 <시왕경>의 시왕에 가까운 존재라면 <회심곡>보다는 <육갑시왕원불가>에서 각각의 담당 지옥을 면하도록 기원하는 대상인 十王을 들 수 있다.

둘째, <시왕경변상>에서 생생히 묘사되는 지옥의 풍경21)은 <회심곡>에서는 나타나지 않는다. <인과문>의 경우만 해도 여러 지옥의 명칭과 가혹한 고통이 묘사되는 데 비하여, <회심곡>은 여러 죄업을 거론하면서도 죄인의 심판 결과는 '풍도옥에 가두리라'로 단순하게 집약되며 지옥에 대해서도 도산지옥, 화산지옥, 한빙지옥, 발설지옥, 아침지옥, 거해지옥 등 지옥 명칭의 나열적 제시에 머무를 뿐이다. <회심곡>에서 죄업들을 나열하는 것은 생자들에게 그러한 죄업을 저지르지 않도록 구체적으로 예를 드는 훈계 자체에 주안점이 있는 것이며, 죄에 대한 지옥 형벌의 묘사로 공포심을 자극하는 것과는 거리가 멀다고 보인다. 반면 선업들을 나열한 후에는, 선행자에게 다양한 길을 제시하며 "소원대로 무릎적에 네원대로 하여주마"라고 선택권을 부여하고 있다. 여러 종류의 악행은 풍도옥이란 하나의 결과로 약술되고(多 → 1의 진행), 여러 종류의 선행은 다양한 결실을 맺을 수 있는 것을 보면(多 → 多의 진행), <회심곡>의 '저승' 부분 초점이 심판보다는 善行積德의 권유에 집중되고 있음을 알 수 있는 것이다.

셋째, 시왕신에의 신앙 목적은 그 동기 면에서 두 가지로 정리해 볼 수 있는데, 생자의 입장에서는 현세의 죄업을 감하고 사후의 심

---

21) 김만희, 『한국의 지옥도』, 상미사, 1990.

판관인 시왕과 지장보살에게 자신의 극락왕생을 기원하며, 망자를 위하여서는 생자가 대신 공덕을 쌓아서 망자를 극락왕생하도록 축원하는 것이다. <회심곡>은 이 중 망자를 위한 제의의 성향이 강하다. 시왕의 심판과정은 망자의 업보를 판결 짓는 것이 아니라 생자를 교술하기 위해 보여주는 장면들의 나열에 불과하다. 망자의 영혼을 극락왕생시키는 과정의 일부로서, 심판의 결과 좋은 來生길을 가기를 축원하고 있는 것이다.

그러므로 <회심곡>은 '저승' 부분에서 표면적으로 시왕신앙의 요소들을 제시하여 서사적이고 극적인 효과를 거두고 있지만, 내면적으로는 권선징악적 윤리의식과 인과응보를 강조하며 설득하는 성향을 지닌 작품이라 할 수 있다.

이를 총괄적으로 살펴보면, <회심곡>은 사찰에서 민간으로 전파됨에 따라 사상적 면에서 이중성을 지니게 되었다고 할 수 있다. 諸行無常－因果應報의 내면적 사상을 바탕으로 하여, 민중에게 보다 현실적이거나 형상화할 수 있는 孝思想－十王信仰의 표면적 사상을 제시하고 있는 것이다.

Ⅶ. 結 論

본고는 조선 후기의 대표적 불교가요로서 현대에 다양한 형태로 전승되고 있으나 전체적으로 조감되지 않은 <회심곡>의 전모를 종합적으로 살펴보았다. 지금까지 논의를 요약하여 결론으로 삼기로 한다.

Ⅱ장에서는 <회심곡>의 발생과정을 살펴보았다. 논의한 바를 요약하여 제시하면 다음과 같다.

(1) 공시적 비교로서, 19세기 공존한 <회심가>와 <회심곡>을 비교하여 상호 간의 변별 점을 추출하였다.

<회심가>는 배경이 현세와 극락이며, 내용구조상 염불의 목적＋염불 권유의 반복으로 병렬적으로 설명하는 진행 형태이다. 亡者를 위한 극락왕생의 단락과, 生者에게 염불을 권유하는 단락이 함께 나타나며 일정한 순서 없이 반복되고 있다. 내세에 주안점을 두어 극락왕생을 궁극적 목표로 하고 있으며, 현세의 악행은 현세와 내세에서 응보받게 되는 것이 특징이다.

이에 비해 <회심곡>은 배경이 현세와 저승[冥府]이며, 내용구조상 시간의 진행에 따라 서술하는 형태이다. 亡者의 극락천도에 대한 단락이 나타나지 않고, 生者에게 들려주는 현세의 무상함과 저승에서의 과보를 교술하고 있다. 현세에 주안점을 두어, 인생무상과 현실의 선행을 강조하고, 현세의 선·악행이 저승에서 응보받게 되는 과정이 상세히 나타난다. <회심가>와 <회심곡>은 다루고 있는 주제와 내용의 구조 면에서 상이하다는 차별성이 인지되는 것이다.

그러나 <회심가>와 <회심곡>이 19세기에서 20세기 초반에 이르는 시기의 공시적 전개 속에서 함께 불리며 동일한 계열의 작품으로 다루어져 온 점, 18세기 화청에서 함께 불리던 사설이 <회심가>와 <회심곡>으로 각각 분화되었을 수도 있다는 가능성, 20세기 초반 불린 잡가인 <회심곡 관악산조>에 <회심가>와 <회심곡>의 일부 사설이 혼합되어 수용되고 있다는 점 등을 고려하여, 양자를 완전히 다른 계통의 작품군으로 변별할 수 없고 상호 관련되며 친연성을 지닌 작품으로 간주해야 한다는 것을 제시했다.

(2) 통시적 비교로서, <인과문>과 <회심곡>을 비교하여 시대적 계승 관계를 검토하였다.

18세기 판각본으로 전하는 <인과문>은 생로병사의 인생과, 저승의 심판 처벌, 염불권계로 이루어지는 전개구조에서 19세기 필사본으로 전하는 <회심곡>의 구조와 일치한다. 양자의 차이점을 비교해 볼 때, <인과문>의 기본 구조에 새로운 사설이 첨가되고 또한 <인과문>의 단락이 분화·장형화된 형식이 <회심곡>으로서, <인과문>의 발전 형식 내지 재창작된 형식이 <회심곡>이라 할 수 있다.

(3) 불교의식요로서 화청의 구조는 가) 齋儀式이 열린 경위와 목적 나) 亡者 遷度(극락왕생) 다) 亡者와 生者 동시 권계(인생무상) 라) 生者 勸誡(저승의 과보)의 순서로 이루어진다. 이 구조에 적용되는 18세기 불교가사의 전개양상은 나) 망자를 위한 노래(서왕가), 다)+라) 생자를 위한 노래(인과문)의 순서로 구분되어 화청으로 정비된 형태에서, 나)+다)+라)의 혼합(회심가)으로 변형, 다양화되어 가는 면모를 보인다. <회심가>의 경우 불교가사가 화청 구조에서 탈피되는 면모를 보여준다면, <회심곡>은 화청 양식에의 복귀 현상으로 19세기에 재구성되는 작품이다.

(4) <회심곡>의 작자는 <인과문>에 대한 이해도가 높았고 불교의식의 정비에 직접 관련한 범패승이자 교학승일 가능성이 높다. 탁발승이나 절걸립패는 <회심곡>의 연행과 유통에 관여하면서 <회심곡>과 관련된 <평조염불>, <오조염불>의 형성과 변형에만 영향력을 행사한 것으로 보인다.

(5) <회심곡>은 불교경전 중에서 『부모은중경』과 『시왕경』 등의

영향을 받아 형성되었다. <회심곡>이 동녕승, 걸립패 등에 의해 불교의식요로서 기능성을 잃고 19세기의 서민사회에 확산되면서 염불노래, 무가, 향두가 등으로 활용되었고, 인생무상을 노래하는 잡가로 수용되기도 했다. 또한 불교서사문학과의 관련성하에 불교적 저승담과 관련된 가사체 독서물로 인식되는 현상도 나타난다.

Ⅲ장에서는 <회심곡> 자료를 분류하고 변이양상을 검토하였다.

[인생무상-저승권계]로 구성되는 불교가사 <회심곡>은 불교의식요로서 전승되어 온 한편, 20세기에 접어들며 근대적인 시민사회의 성립과 공연예술의 발달 속에서 불교의식요로서의 기능성을 잃고 국악인의 연행가요로 수용, 계승되는 양상을 드러낸다. <회심곡>이 이같은 과정 속에서 변이양상을 보이는 것은 <회심곡> 자체의 내용변화라기보다는, 종교성을 탈피한 가요로서 연행되는 환경 면에서 여러 종류의 염불을 비롯한 타 시가와 접맥하며 그 사설 단락을 수용하기도 하고, [저승권계] 부분 단락들이 생략되어 불리기도 하는 점에서 기인한다. <회심곡>과 교섭된 시가에는 동녕승이나 걸립패가 부른 <평조염불>과 <오조염불>, 고사염불의 뒷염불로 활용된 <반멕이>, 화청류로서 <부모은중경 화청>과 <백발가>, 잡가류류로서 <맹인덕담경>, <제전> 등이 있다.

이러한 <회심곡>의 변이양상을 문헌 자료와 음반 자료를 통하여 검토하였다.

(1) 문헌 자료는 불가 회심곡, 불가 회심곡의 변형, 잡가 회심곡, 무가 회심곡으로 나누어 볼 수 있다.

가) 불가 회심곡은 승려들이 齋儀式이 아닌 日常儀禮 속에서 활용한 노래이다.

첫째, 불가 회심곡은 불교신도인 서민층 부녀자를 대상으로 하여 널리 전파되었고, 사대부·궁녀·중인 평민층의 식자층 부녀자에 의해 필사되기도 했다.

둘째, 1931년 염불의례서 『석문의범』의 편찬을 계기로 이후의 가요집에서 <별회심곡>으로 명칭이 바뀌는 면모를 보인다.

셋째, <회심곡> 단락을 선택적으로 구연하거나 도치하여 <무량가>, <사체가>, <감사별곡> 등의 이본이 이루어졌다.

넷째, 독서물로 전이되는 작품들은 <회심곡> 기본형에서 특히 1), 20)의 단락이 확장되는 면모를 보인다.

나) 불가 회심곡의 변형에는 <속회심곡> <반회심곡>이 있다.

1930년대 <회심곡> 사설에 <부모은중경>과 <오조염불>의 내용이 유입되어 <속회심곡>이 이루어졌고, 그러한 현상이 더욱 강화되어 아예 '저승권계' 부분의 단락이 탈락되며 1950년대 <반회심곡>으로 형성된 것이라 하겠다.

다) 잡가 회심곡은 잡가집에 수록된 작품들과 <회심곡 관악산조>가 있다.

첫째, <회심곡>의 잡가화는 동녕승, 절걸립패를 비롯하여 낭걸립패의 연행으로 민중사회에 널리 전파되는 과정에서 <회심곡>의 의미도 聖에서 俗으로의 질적인 전환을 이룬 점에서 기인한다. 그 결과 불교적 색채를 띤 山打令을 부르는 선소리패 등에 의해서 '인생무상'을 노래하는 유흥적 가요화되었고, 이와 같은 연행환경 속에서 소리꾼들이 종교적 노래라기보다는 <백발가> 등과 함께 하나의 잡가 형식으로 불렀을 개연성이 있다.

둘째, <회심곡 관악산조>는 <회심곡> 앞부분 단락과 여러 종류 고사염불, <회심가>의 일부 단락까지 혼합된 복합적 잡가이다.

라) 무가 회심곡은 암기에 의한 굿무의 구송과 독경무의 독송 형태로 불렸다.

첫째, 중부이북지역 降神巫인 굿무의 구송으로는 불교가사 <회심

곡>의 배열 순서를 그대로 따르며 무속적 색채를 입혀 부른 <회생곡>을 들 수 있다. <회생곡>에서 葬禮와 出喪의 모습을 서술하는 부분은, 1910년대 잡가집에 실린 <회심곡>에는 나타나지 않고 1930년대 이후의 <속회심곡>, <반회심곡>에만 나타난다. 불교가사를 무가에서 수용하여 <회생곡>이 형성되고, 이를 다시 불교가사에서 받아들여 보다 확장된 <회심곡> 변이양상을 이루는 것을 알 수 있다.

둘째, 충청지역 讀經巫는 巫經을 구연의 대본으로 삼아 독송하였으며, <회심곡>도 이러한 무경으로 활용하였다. 이에 비해 남도지역 世襲巫의 경우는 <회심곡>을 굿의 형태에 맞추어 부분적으로 활용하였고, <회심곡>의 무가에 끼친 영향력이 약화된 모습을 보여준다.

(2) 음반 자료는 걸립 회심곡, 민요 회심곡, 화청 회심곡, 불가 회심곡으로 나누어 볼 수 있다.

가) 걸립 회심곡은 동녕승, 걸립패의 권시주행각에 불렸고 낭걸립패가 활용하기도 한 노래이다.

첫째, 유성기 음반 자료로 전하는 1930년대 동녕승인 권명학, 하룡남 창 <회심곡>은 세 가지 특성을 드러낸다.

A) 염불의 혼합과 사설의 혼용양상이 나타난다. <평조염불>을 중심으로 <오조염불>과 <반멕이>가 혼용되는 양상을 보이고 있다. 이와 같은 염불이 <회심곡>과 이어져 불려서 [걸립 회심곡]의 형태를 이루게 된다.

B) <부모은중경 화청>이 염불과 <회심곡>을 연결하는 중간 고리로서 쓰이고 있다. 염불＋{(부모은중경)＋회심곡}의 구조로 이루어져 있으며, <부모은중경>의 사설은 <회심곡>의 2) 탄생(부모은공)의 단락에 이어져서 부연되며 '자식 축원', '선효자－불효자의 대비', '부모은공을 갚기 위한 유람' 등의 여러 사설을 유입시키고 있다.

C) {(부모은중경)＋회심곡}의 내용은 부모은공에 대한 부분을 중

점으로 하여 부연되고 장형화한 결과, '인생무상'-'저승권계'의 구조에서 주로 현세의 '인생무상'에 대한 내용만 다루고 있다. <회심곡>의 '저승'에 대한 부분은 아예 생략되거나 간략화되고 있다. 그 결과, 사설의 비중 면에서 볼 때 <부모은중경>이 중심이 되고, <회심곡>은 <부모은중경>에 부연되는 경향성을 드러내기도 한다.

둘째, 동녕승에 의한 [염불+회심곡]의 변이유통은 사찰의 재의식에서 불린 '화청 회심곡'과의 차별성으로 인해 소위 '걸립 회심곡'을 형성하였으며, 후대의 국악인들에게 계승되었다.

나) '민요 회심곡'은 대체적으로 '걸립 회심곡'을 계승하고 있으며 1959년 LP판의 음반 분량에 대응하여 다양한 발전양상을 이루어 오다가, 1960-70년대의 정비과정을 통하여 두 가지 형식으로 구분 지어진다.

첫째, [염불+회심곡]을 계승하고 여기에 불교가사 <회심곡>을 처음부터 다시 이어 부른 강옥주 창 <회심곡> 계열은 '불가조'로 정비가 된다.

둘째, 염불과 부모은공의 사설이 간략화되고 '인생무상'의 단락만 다룬 안비취 창 <회심곡> 계열은 '소릿조'로 정비된다.

이와 같은 분류는 1980년대 이후의 여성 명창들 <회심곡> 음반에 영향을 주어서, 곡명에서부터 '소릿조' 또는 '불가조'로 변별하여 부르는 양상이 확연해진다. 또한 남성 명창들은 걸립·잡가·무가 회심곡의 사설을 계승하거나 재구성하여 부르는 경향을 보여준다.

다) '화청 회심곡'은 재의식에서 <회심곡>을 포함한 '화청'으로서 부른 것이다.

첫째, 재의식에서 불릴 경우, 김혜경·장청봉·선해의 음반과 같이 ㄱ) 齋儀式이 열린 경위와 목적-ㄴ) 극락왕생-ㄷ) 인생무상-ㄹ) 저승의 과보라는 화청의 순서대로 진행되며, ㄷ)과 ㄹ)의 일부로

<회심곡>이 불린다.

둘째, 박송암·장벽응 등의 어장은 '화청 회심곡'의 명칭을 사용하더라도 <회심곡>과는 다른 불교가사의 사설을 활용하여 '화청'을 불렀다.

라) '불가 회심곡'은 일상의례 속에서 불릴 경우, 월봉·영인·도공·채지우의 음반과 같이 ㄱ) 재의식이 열린 경위와 목적 대신 '소원성취의 기원' 사설이 대입되며, ㄷ) 인생무상－ㄹ) 저승의 과보－ㄴ) 극락왕생 순서로 도치되는 '화청 회심곡'의 변형된 형태로 불리고, ㄷ)과 ㄹ) 부분에서 <회심곡>이 가송된다. 또한 <별회심곡>을 그대로 독송하기도 하며, 음악적으로 다변화하여 새로운 가창방식을 모색하는 등 다양한 연행양상을 추구하고 있다.

Ⅳ장에서는 <회심곡>을 의식별로 분류하고 창자계층과 음악적 특성을 검토했다.

(1) '화청 회심곡'은 齋儀式의 회향 시 범패승에 의해 불린다. <회심곡> 후반부인 '저승권계' 사설과 '시왕화청'이 서로 경쟁적 관계를 이루며, 20세기 중반 이후 ㄱ) 재의식의 경위－ㄴ) 왕생가－ㄷ) 회심곡－ㄹ) 시왕화청의 구성으로 변화해 가고 있다. 음악적인 면에서 ♩♪♩의 엇모리장단을 기본으로 하여, 경제 범패의 창자들의 경우 '수심가조'로 부르고, 지역적으로는 각지의 민요적인 선율에 얹어 불린다.

(2) '걸립 회심곡'은 동녕승의 탁발이나 절걸립패·낭걸립패의 걸립 시 불렸다. 동녕승·절걸립패가 부른 경우는 '염불＋회심곡' 형태가 1930년대 음반으로 녹음되며 '민요 회심곡'에 영향을 주었고, 낭걸립패가 부른 경우는 '염불' 부분이 누락된 '회심곡'만의 형태이며 1910년대 '잡가 회심곡'과 고사소리인 '비나리' 등으로 전승되었다. 음악적 특징은 ♩♪♩♪의 자진모리장단을 기본으로 하며, 평조염불에 이어질 때는 경토리인 평조로, 오조염불에 이어질 때는 동부민요 선법으로 불렸다.

(3) '무가 회심곡'은 巫歌·巫經으로서 활용되며 무속의 사령제에서 불렸다. 굿무의 '무가 회심곡'은 佛家의 양식을 모방하여 엇모리 장단으로 불렸고, 경무의 '무가 회심곡'은 정해진 음악 양식이 없이 <회심곡> 기본형의 사설을 빌려 와서 무속적 장단으로 讀經 내지 낭송했다.

(4) '민요 회심곡'은 '걸립 회심곡'을 받아들여 발전시킨 것으로 동녕승 권명학·하룡남의 창본을 모본으로 삼아 이를 수용하는 성향을 나타낸다. '걸립 회심곡'을 받아들이는 국악인의 입장은 儀式謠가 아닌 공연가요로서 수용한 것이며, 일부 종교사상적인 면은 계승하면서 종교의식 면을 탈색시켜 민요화해 간 것이라 하겠다.

(5) 향도층의 <회심곡> 구연은 전파자에 의한 전승과는 달리, 수용자층의 자체적 구연이라 할 수 있다. 불교의 齋와 민간의 出喪은 기능상 영혼천도라는 공통적 자질을 지니는데, 재의식에서 불린 '화청 회심곡'이나 동녕승·걸립패에 의해 전파된 '염불 회심곡'의 사설이 민간신앙 단체인 향도에 전해지고 영혼을 천도하는 의미에서 그대로 만가로 전용된 것이다. 그 외에 <회심곡>이 탑돌놀이 시 민요로 불린 경우도 있다. 전체적으로 보아 <회심곡> 연행은 喪祭와 관련을 맺고 민중의 내세관 및 저승관을 이루게 하는 데 영향력을 끼쳐 온 것이다.

Ⅴ장에서는 <회심곡>과 타 장르 작품의 사설을 비교하였다.

(1) <회심곡>의 단락들은 성주굿의 삼신풀이무가, 진도씻김굿의 씻김−오구굿−희설−길닦음 무가와 관련성을 지닌다. 삼신풀이무가는 동녕승의 '걸립 회심곡'에 영향을 주었고, 씻김굿 무가는 <회심곡>과 다루는 소재의 면에서 공통성을 갖는다.

<회심곡>와 무가의 사설이 유사성을 지니는 이유는 세 가지를 들 수 있다.

첫째, '생로병사—저승'의 순서로 이루어진 <회심곡>의 전개양상은 사령제 무가의 연행 순서와 동일하고, 다루는 사설에 있어서도 공통성을 지니게 되기 때문이다.

둘째, 巫佛習合의 민간신앙을 들 수 있다. 조선 후기 대중불교로서 세속화되는 불교는 민간신앙을 더욱 포괄하였고, 무속에서도 상위 종교인 불교의 종교적 요소를 수용하였다. 그 향유층이 하층 민중이라는 면에서 <회심곡>과 무가가 근접되는 바탕을 이루었을 것이다.

셋째, 구전되는 여러 시가 장르의 내용이 구비공식구 원리에 따라 서로 넘나들고 있다는 점을 들 수 있다. 삼신풀이 무가가 염불 회심곡의 2) 탄생 단락이 장형화되는 데 영향을 주었다면, 희설 무가는 <시왕화청>의 수용으로 이루어진 것으로 보인다.

중부이북지역에서 강신무·독경무들이 '조상굿'의 <해원풀이>로서 <회심곡>을 가창·독송한 데 비해, 남부지역의 세습무들은 전통적인 무가 양식을 계승하는 면모가 강하여 <회심곡>의 전체적 사설을 수용하지는 않았다. 남부지역의 사령제 무가는 무속의 거리별 전개과정에 맞추어 불리며 각 거리별로 <회심곡>의 단락들과 개별적 관련성을 지니고 있다.

(2) <회심곡>의 후반부 사설은 불교계 국문소설 <저승전>의 사설과 공통점을 지닌다. 서술양식적인 면과, 선악의 업에 의해 복과 죄의 형상이 실현되는 윤회를 구체적으로 언급하여 독자들로 하여금 선업을 닦도록 교화시킨다는 목적의식에 있어서 <회심곡>과 <저승전>이 동일하다고 볼 수 있다. 이러한 공통점은 <회심곡>의 필사본을 독서물로 인식하게 하는 계기를 이루었을 것이다.

Ⅵ장에서는 <회심곡>의 의식세계를 살펴보기 위해 구조와 사상을 검토하였다.

(1) <회심곡>의 구조는 현세의 생활에 주안점을 두고 현세의 고통에서 벗어나 내세에의 이행과정을 다룬 시간적 進行구조이다. 이러한 현세(생유, 본유, 사유) → 내세(중유)에의 이행은 현세의 민중들에게는 일회적인 것이며 그 목적은 극락왕생인데, 극락왕생하지 못할 경우 다시 선업을 쌓을 기회를 부여하는 점에서 반복적 윤회의 성향이 나타나기도 한다. 그러므로 <회심곡>은 불교적 윤회사상을 근간으로 하지만, 循環구조가 아니라 완결지향적인 현세 → 내세에의 민중 의식적 진행구조를 이루게 된다.

(2) <회심곡>의 사상은 이중성을 지닌다. 諸行無常－因果應報의 내면적 사상을 바탕으로 하여, 민중에게 보다 현실적이거나 형상화할 수 있는 孝思想－十王信仰의 표면적 사상을 제시하고 있다.

본고는 <회심곡>의 형성 및 발전과정, 현전하는 다양한 실상과 유형별 특징의 파악에 초점을 맞추었다. <회심곡>과 교섭된 시가들을 밝히고 관련양상을 기반으로 연행목적과 환경에 따라 변별되는 형식과 의미를 밝히고자 하였다. 그러나 각각의 연행양식의 현장론적인 검증과 논의가 충분하지 않고, 불교가사 전반 속에서 <회심곡>이 지니는 입지와 역할까지는 드러내지 못한바 이를 앞으로의 연구과제로 삼고자 한다.

참고문헌

1. 자 료

필사본) 부인치가사, 불교가사, 회심곡단, 회심곡권단
『교정 제마무젼』
『조선신가유편』, 손진태, 향토연구사, 1930
『석문의범』, 안진호 편, 만상회, 1931(법륜사 1983)
『조선가요집성』, 김태준 편, 한성도서주식회사, 1934
『증보가요집성』, 이창배 편, 청구고전성악학원, 1955
『법고십이차』, 무형문화재 조사보고서 37호, 1967
『화청』, 무형문화재 조사보고서 65호, 1969
『한국무가집』1－4, 김태곤 편, 집문당, 1971
『법주사 탑돌놀이』, 무형문화재 조사보고서 103호, 1972
『향두가 성조가』, 김성배 편, 정음사, 1975
『한국가창대계』, 이창배 편, 흥인문화사, 1976
『불교의 회심가사』, 삼영출판사. 1978
『한국불교가사전집』, 이상보, 집문당, 1980
『교합 가집』, 김동욱, 임기중 편, 태학사, 1982
『교합 악부』, 김동욱, 임기중 편, 태학사, 1982
『교합 아악부가집』, 김동욱, 임기중 편, 태학사, 1982
『전국사찰소장목판집』, 문화재관리국, 1987
『불교의식』, 문화재관리국 문화재연구소, 1989, 계문사
『불설예수시왕생칠경』, 현성주 역, 왕녕사, 1990

『주해 악부』, 이용기 편, 정재호 외 역, 고려대 민족문화연구소, 1992

『四十九齋儀法』, 전화종 편, 현문출판사, 1992

『고승법문곡』, 김법우, 선문출판사. 1993

『불교가사』 1-5, 임기중 편, 동국대 부설 역경원, 1993

『무속대백과』 1-2, 이윤종 편, 일심사, 1995

『역대가사문학전집』 1-50, 임기중 편, 아세아문화사, 1998

『청년회심곡』, 이대호 편, 도서출판 다라, 1999

『한글 필사본고소설자료총서』, 박순호 편, 월촌문헌연구소

『한국구비문학대계』, 한국정신문화연구원

2. 단행본

강전섭, 『한국시가문학연구』, 대왕사, 1986

구본혁, 『한국가악논고(음악문학론)』, 진영사, 1987

구중회, 『계룡산 굿당연구』, 국학자료원, 2001

김광식, 『한국근대불교사연구』, 민족사, 1996

김동욱, 『한국가요의 연구·속』, 이우출판사, 1980

김만희, 『한국의 지옥도』, 상미사, 1990

김사엽, 『이조시대의 가요연구』, 대양출판사, 1956

김성배, 『한국불교가요의 연구』, 아세아문화사, 1973

김영배 외, 『염불보권문의 국어학적 연구』, 동악어문학회, 1996

김인회 외, 『한국무속의 종합적 고찰』, 고려대 민족문화연구소, 1982

김인회 외, 『한국무속사상연구』, 집문당, 1987

김정희, 『조선시대 지장시왕도 연구』, 일지사, 1996

김주곤, 『한국불교가사연구』, 집문당, 1994

김주곤, 『한국가사연구』, 국학자료원, 1998

김주곤, 『한국시가와 충효사상』, 국학자료원, 2000

김태곤, 『황천무가연구』, 창우사, 1966

김태곤, 『한국무속연구』, 집문당, 1981

김헌선, 『사물놀이란 무엇인가』, 귀인사, 1988
노동은, 『한국근대음악사1』, 한길사, 1995
미치하타료오슈우 지음, 최재경 역, 『불교와 유교』, 한국불교출판부, 1991
사재동, 『불교계 서사문학의 연구』, 중앙문화사, 1996
서경보, 『불교철학개론』, 명문당, 1983
서경수, 『불교철학의 한국적 전개』, 불광출판부, 1990
서대석, 『한국무가의 연구』, 문학사상사, 1980
석지성, 『지장경의 효사상』, 초롱, 1993
성경린 외, 『민요삼천리』, 정음사, 1968
신명호, 『궁녀』, 시공사, 2004
심상현, 『불교의식각론』5, 6 상주권공 상, 하 영산불교문화원, 한국불교출판부, 2001
심우성, 『남사당패 연구』, 동문선, 1989
유동식, 『한국무교의 역사와 구조』, 연세대출판부, 1981
이능화, 『조선불교통사(영인본)』, 1968
이병기, 『국문학개론』, 일지사, 1961
이상보 외, 『불교문학연구입문』, 동화출판공사, 1991
이재창, 『불교경전개설』, 동국대역경원, 1982
이재창, 『한국불교사의 제 문제』, 우리출판사, 1993
이혜구, 『한국음악서설』, 서울대출판부, 1985
인권환, 『고려시대 불교시의 연구』, 고려대 민족문화연구소출판부, 1983
인권환, 『한국불교문학연구』, 1999
인권환, 『한국 전통문화의 현대적 모색』, 태학사, 2003
인권환 외, 『고전문학연구의 쟁점적 과제와 전망』(상)·(하), 월인, 2003
임동권, 『한국세시풍속연구』, 집문당, 1985
임기중, 『한국가사문학연구사』, 이회, 1998
임기중, 『불교가사원전연구』, 동국대출판부, 2000

임기중, 『불교가사연구』, 동국대출판부, 2001

장덕순 외, 『구비문학개설』, 일조각, 1985

장주근, 『한국의 향토신앙』, 을유문화사, 1998

정재호, 『한국가사문학의 이해』, 고려대출판부, 1998

정진홍, 『한국종교문화의 전개』, 집문당, 1988

조흥윤, 『무와 민족문화』, 민족문화사, 1990

지춘상 외, 『진도씻김굿』, 중요무형문화재 조사보고서, 전통무용연구소,
　　　　1979

진성기, 『남국의 무속』, 형설출판사, 1987

최길성, 『한국무속의 연구』, 아세아문화사, 1990

편무영, 『한국불교민속론』, 민속원, 1998

한만영, 『한국불교음악연구』, 서울대출판부, 1988

한명희 외, 『우리국악100년』, 현암사, 2001

홍윤식, 『불교와 민속』, 현대불교신서22, 동국대 부설 역경원, 1980

홍윤식, 『영산재』, 대원사, 1991

홍윤식 외, 『불교민속학의 세계』, 집문당, 1996

황루시 외, 『전라도씻김굿』, 열화당, 1992

황루시, 『진도씻김굿』, 화산문화, 2001

3. 참고 논문

가지야마 유우이찌, 「회향, 공덕의 轉移와 轉化」『불교연구』1, 한국불교
　　　　연구원, 1985

강석일, 『화청에 관한 연구』, 고려대 석사논문, 1987

강학영, 『한국불교가사에 나타난 정토사상연구』, 명지대 석사논문, 1981

고광영, 『불교가사에 나타난 제사상연구』, 국민대 교육대 석사논문, 1983

김기동, 『국문학의 불교사상연구』, 동국대 박사논문, 1976

김동국, 『불교민요 연구』, 고려대 석사논문, 1990

김동국, 「불교가사의 몇 가지 문제점에 대한 고찰」, 『우리어문연구』제10집,

1996

김동욱, 「신라향가의 불교문학적 고찰」, 『백성욱 박사 송수기념 불교학논문집』, 1959

김문성, 「경서도 여류명창의 생애 및 12잡가 음반연구」, 『한국전통음악학』 제4호. 민속원, 2003.12.30

김응기(법현), 『영산재의 구성과 그 신앙적 의의에 관한 연구』, 동국대 불교대학원 석사논문, 1994

김종진, 『불교가사의 연행연구』, 1991, 동국대 석사논문

김종진, 「학명의 가사 선원곡에 대하여」, 『동악어문논집』33, 동악어문학회, 1998

김종진, 『불교가사의 유통연구』, 1999, 동국대 박사논문

김종진, 「회심곡 감상의 한 측면 ―탱화와 관련하여―」 『한국시가연구』12집, 한국시가학회 2002

김화숙, 「회심곡 고찰」, 『사림어문연구』제3집, 창원대국문과, 1986

노재명, 「20세기 한국전통불교음악 음반 총목록과 인간문화재 증언자료」, 『한국음반학』제11호, 한국고음반연구회, 2001

박경신, 『무가의 작시원리에 대한 현장론적 연구』, 1991, 서울대 박사논문

박연호, 『조선 후기 교훈가사 연구』, 1996, 고려대 박사논문

박종민, 『輓歌에 반영된 佛教的 死生觀에 관한 考察』, 한국정신문화연구원 석사논문, 1995

백대웅, 「판소리 무가 기원설의 재검토(1)」, 『한국음악사 학보』12집, 한국음악사학회, 1993

성기련, 「화청 회심곡과 염불 회심곡」, 『한국음반학』제9호, 1999

손진태, 「조선불교의 국민문학」, 『불교』86-91호, 불교사, 1931.8-1932.1

손태도, 『광대집단의 가창문화 연구』, 2001, 서울대 박사논문

윤진원, 『조선시대 부모은중경의 개판에 관한 서지적 연구』, 성균관대 석사논문, 1998

유영대, 「진도씻김굿의 절차와 기능」, 『어문논집』37, 안암어문학회, 1998

유우선, 「가사에 나타난 사상적 영향에 대하여」, 『전남대논문집』14집, 1968

이대복, 「강창문학으로서 본 회심곡」, 『서울사대학보』제7권 1호, 1965

이상보 「불교가사의 역사」, 『불교』19호, 1972
이옥영, 『회심곡연구』, 1988, 이화여대 석사논문
이자균, 「유성기 음반의 명인명창 열전(1)」, 『한국음반학』2호, 1992
이창식, 『한국유희민요연구』, 동국대 박사논문, 1991
이경엽, 『전남무가의 연구』, 1997, 전남대 박사논문
정지은, 『화청의 기원과 전개에 관한 연구-회심곡을 중심으로-』, 동국대
       석사논문, 1998
조상우, 「저승전연구」, 『동양고전연구』14집, 동양고전학회, 2000
조순향, 「용주사판 부모은중경 연구」, 『경기대 논문집』22집, 1988
지병규, 「회심곡의 연구」, 『어문연구』21집, 어문연구회, 1991
최강현, 「불교문학으로서의 가사」, 『금강』6호, 1985

김동국

경상남도 진영 출생
고려대학교 문과대학 국어국문학과 졸업
동 대학원 졸업(문학박사)
고려대학교, 상지대학교, 신라대학교, 순천향대학교, 영동대학교 강사 역임
현재 고려대학교, 순천향대학교 강사

주요 논문

○ 불교민요 연구
○ 불교가사의 몇 가지 문제점에 대한 고찰
○ 회심곡 발생고
○ 회심곡 변이양상 고찰
○ 불교가사의 윤회사상 고찰
○ 불교가사 사상분류고

회심곡 연구

- 초판 인쇄　2008년 1월 25일
- 초판 발행　2008년 1월 25일

- 지 은 이　김동국
- 펴 낸 이　채종준
- 펴 낸 곳　한국학술정보㈜
　　　　　경기도 파주시 교하읍 문발리 513-5
　　　　　파주출판문화정보산업단지
　　　　　전화　031) 908-3181(대표)·팩스　031) 908-3189
　　　　　홈페이지　http://www.kstudy.com
　　　　　e-mail(출판사업팀사업부)　publish@kstudy.com
- 등　　록　제일산-115호(2000. 6. 19)
- 가　　격　27,000원

ISBN　　978-89-534-7905-0 93810 (Paper Book)
　　　　978-89-534-7906-7 98810 (e-Book)